서른일곱 명의 애인

서른
일곱 명의
애인

김은형 교육산문집

Humanist

몸으로 쓴 교육 실천의 따뜻하고도 치열한 기록

'이 땅의 모든 교사에게 꼭 한 권씩 선물하고 싶다!'

나는 이 책을 읽는 내내 스무 번도 넘게 울었을 정도로 벅찬 감동과 전율 속에서 혼자 이렇게 읊조렸다.

교무실의 내 책상 위에는 늘 이 책이 놓여 있다. 수업을 망쳐서 괴로울 때, 아이들과 불화가 생길 때, 교사로서 무력감이 밀려 올 때, 교육 현실이 막막하게 느껴질 때마다 나는 이 책을 펼친다.

그렇다. 이 책은 몸으로 쓴 교육 실천의 가장 따뜻하고도 치열한 기록이다. 이 책에 소개된 이야기들은 우리 교육의 열악한 환경과 절망적인 조건들을 돌파해 나가는 한 위대한 교사의 뜨거운 사랑과 그 실천의 승리를 보여 준다. 우리는 패배감과 무력감에 빠져 무릎 꿇기 일쑤인 교육 현실에서 어떻게 새로운 '희망의 혁명'이 가능한지 구체적인 실체를 통해 만날 수 있다.

이 땅에 이런 교사가 있다는 사실이 얼마나 커다란 위안인가? 이것은 정말로 고맙고 자랑스러운 일이다. 그리고 그분이 내 가까운 동지 가운데 한 분이라는 사실에 나는 대단한 자부심을 느낀다. 이 책은 교사로서의 삶 자체를 강력하게 고양하는 어떤 에너지를 뿜고 있다.

이 책은 단순한 교육 일기가 아니다. 우리 교육의 문제를 꿰뚫는 명철한 인식과 정확한 문제의식, 그리고 우리 사회의 구체적인 삶이 그대로

4

농축되어 있는 교실에서 온몸을 던져 실천하는 전천후의 사랑이 읽는 이를 온전히 감염시킨다. 그런 가운데 교사로서, 또는 학부모로서 우리 자신을 근본적으로 성찰하게끔 한다.

이 책의 추천사를 쓰게 되어 참 행복하다.

이 땅의 모든 교사와 아이들과 학부모님들께 지은이를 대신하여 이 책을 헌정한다.

이명주(시인, 전 전국국어교사모임 이사장)

제자 사랑과 교육 현실에 대한 진솔한 이야기

처음 교단에 섰을 때 나는 어쩌면 폭력 교사였는지도 모른다. 시험 공부를 지독히도 중요시하고, 경쟁력을 높이기 위해 아이들을 때리기도 했다. 내가 열심일수록 아이들도 나도 힘들고 불행해졌다. 이게 어찌 된 일인가 돌아보며 '정말 우리에게 중요한 것은 서로를 이해하고 사랑하는 법을 배우는 일'임을 깨달았을 때는, 너무 앞서 가는 사람이 되어 학교에서 쫓겨나야 했다.

교직을 떠나 있던 5년 동안, 나는 교육에 대해 생각하고 수업 연구하는 데만 온 힘을 다했다. 어떤 때는 학교에 가서 수업하고 싶어 눈물을 흘리기도 했다.

다시 학교에 돌아왔을 때, 나는 비로소 진짜 교사가 될 수 있었다.

매일 아침 설레는 가슴을 안고 우리 반 서른일곱 명의 애인을 만나러 학교에 갔다. 아이들도 그런 마음으로 학교에 와 주기를 바랐다. 내가 꿈에도 그리던 행복한 학교생활이었다.

우리는 함께 운동을 하고, 요리를 하고, 연극 공연을 하고, 밤늦도록 토론을 하고, 야영을 하기도 했다. 우리 반에서는 공부를 못하거나, 운동을 못하거나, 춤을 못 추거나, 시를 못 쓰는 아이들이 더 큰 성과를 내고, 수업과 놀이의 주인공이 되곤 했다.

우리는 정해진 규칙대로만 행동하지는 않았다. 새벽에 학교에 오기도 하고, 오후 여섯 시까지 수업을 계속하기도 하고, 밤 아홉 시까지 토론을 하기도 했다.

농구와 야구의 규칙을 바꾸고, 춤도 노래도 새롭게 바꾸어 즐겼으며, 달력 하나까지 직접 만들어 달면서 교실의 모든 환경을 만들어 나갔다.

지시하는 것과 명령하는 것을 포기하고 내가 가르치는 것의 절대성을 포기했을 때, 나는 우리에게 많은 가능성이 열려 있다는 것을 발견할 수 있었다. 똑같은 원리로, 부모가 자신의 고집과 불필요한 기대를 버리고 아이에게 자유를 주었을 때, 진정한 가족 관계를 맺는 기쁨을 맛볼 수 있으리라고 생각한다.

이 책은 1999년에 나온 《김은형의 교육일기》의 증보판이다.

빠졌던 글들과 새로 쓴 글이 보태져서 다시 예쁜 책으로 묶여져 기쁘다. 서로의 관계 맺음이 어색하고 의사소통이 잘 안 된다고 고민하는 교사나 학부모나 학생에게 조금이나마 보탬이 될까 하고 이 책을 묶었다. 이 책이 그 고민에 대한 작은 해답을 준다면 기쁘겠다.

김은형

차례

3. 엄마, 첫 키스 언제 해 보셨어요?

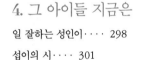

4. 그 아이들 지금은

학생, 교사, 학부모 선언문

1
선생님, 틀려도 돼요?

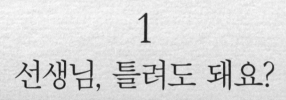

"틀려도 돼요?"라는 말은 나의 가슴을 너무도 아프게 한다.
아이들은 어려서부터 틀리거나 실수하는 일로
창피당하거나 꾸지람을 들어 왔다.
아이들이 모든 일에 소극적인 태도를 보이는 원인은
바로 이런 데서 비롯된 것이 아닐까?

용신이의 고백

며칠에 걸쳐 우리 반 아이들은 차례차례 자기소개를 했다.

"이제 용신이만 남았구나!"

고개를 숙이고 있던 용신이는 나의 격려와 아이들의 독촉으로 어쩔 수 없이 앞으로 나왔다. 용신이는 앞에 나와서도 한참이나 뜸을 들인 후에야 겨우 말을 시작했지만, 잔뜩 주눅 든 용신이의 목소리는 거의 들리지 않았다.

용신이 엄마는 용신이가 어렸을 때 집을 나갔고, 운전기사인 아버지도 거의 집에 들어오지 않아 용신이는 일흔이 넘은 할아버지, 할머니와 어렵게 살고 있었다. 그야말로 꾸지람과 눈칫밥으로 사는 아이였다. 나는 용신이의 어깨 위에 다정하게 손을 올려놓고 속삭였다.

"'저는 박용신이라고 합니다.'라고 말해 봐!"

처음에는 목소리가 모기 소리만 했다. 하지만 나무라지 않고, 더 크게 말하도록 계속 북돋웠다. 그랬더니 용신이는 큰 목소리로 또박또박 말했다.

"거 봐, 목소리가 정말 씩씩하고 힘차구나. 어디 공책 제목 좀 볼까?"

용신이는 부끄러워하면서 공책을 내보였다. '공책'이라고 쓴 견출지가 보였다.

"저는 공책 제목을 '공책'이라고 지었습니다."

아이들이 "와." 하고 웃었다.

"왜지?"

다시 기어들어 가는 목소리로 용신이가 대답했다.

"공책은 공책이니까요."

아이들은 더 크게 웃었다. 개성이 드러나는 창의적인 공책 제목을 짓기 위해 애썼던 아이들에게는 우스운 일이기도 했다.

용신이가 자신의 생각을 드러내 본 경험이 거의 없다는 것을 아이들이 이해할 리가 없었다.

"얘들아, 왜 웃지? 공책에 자기만의 새로운 제목을 붙이라는 선생님의 말에 무조건 따르지 않고 '공책은 공책이다.'라고 말할 수 있는 배짱이 있다는 것은 대단한 일 아니니? 왜 공책에 꼭 특별한 이름을 붙여야 하는 거지? '난 안 붙이고 싶은데……' 하는 것도 개성 있는 생각이 아닐까? 어쩌면 용신이의 공책 제목은 진짜 특이한지도 몰라."

내가 아이들의 웃음을 따돌리자 아이들은 조용해졌다.

"난 용신이가 겪은 사건 중에서 가장 기억에 남는 이야기를 듣고 싶은걸. 기대되지 않니?"

용신이는 잠깐 생각하더니 아주 작은 목소리로 말했다.

"저는 아주 나쁜 놈입니다."

"왜? 그렇게 생각할 만한 무슨 일이라도 있었니? 내가 볼 때 용신이는 참 착한 아이인 것 같은데……."

용신이는 조금 큰 목소리로 말하기 시작했다.

"저는 나쁜 놈입니다. 저는 혁이의 지갑에서 전화 카드와 돈을 훔친 일이 있습니다. 그리고 진짜 나쁜 일은…… 힘이 없는 재근이의 바지를 벗기는 나쁜 일을 했……."

나만 놀란 것이 아니라 듣고 있던 아이들도 용신이의 충격적인 고백에 놀라고 말았다.

"용신이가 그런 솔직한 말을 하다니 참 대단하구나. 돈이 필요했었나 보구나. 갖고 싶은 것이 있었니?"

"아니요. 태성이가 훔치라고 시켰어요."

나는 더 놀랐다. 혁이와 태성이 모두 우리 반이기 때문이었다. 나는 태성이와 혁이의 얼굴을 바라보았다. 두 아이 모두 당혹스러운 표정이었다.

"어떻게 된 일이지?"

하고 내가 묻자, 용신이는 그간의 일에 대해 자세히 설명했다.

"혁이의 지갑에서 훔친 것 중에서 전화 카드는 태성이가 갖고, 오천 원은 저와 태성이가 나눠 가졌습니다. 그런데 태성이가 저를 계속 괴롭혀서 저는 돈을 훔친 일을 혁이에게 말해 버렸습니다. 혁이는 돈을 물어내라고 괴롭혔지만, 태성이는 말을 듣지 않았고 저는 돈이 없었습니다. 그리고 또, 저는 석봉이와 같이 자전거를 훔치기도 했습니다. 그때 엄마, 아빠에게 들킬까 봐 집에 안 들어갔습니다. 그리고 또……."

"또 무슨 일이 있었지?"

"재근이……. 태성이와 함께 집에 가는 길에 태성이가 '고추 좀 보자.' 하면서 재근이에게 바지를 벗으라고 했습니다. 재근이가 놀라는 것을 보니까 재미있어서 '야, 쟤 힘세.'라고 제가 말했는데, 겁이 난 재근이가 그만 바지를 벗었습니다."

이 야만적인 이야기는 아이들과 내 마음을 몹시도 괴롭혔다. 용신이가 한 말이 사실인가를 확인했을 때, 혁이와 태성이는 고개를 푹 숙였다. 나는 당장 태성이를 때려 주고 싶을 정도로 화가 났다. 하지만 꾹 참으며 말했다.

"정말 놀랍고 가슴 아픈 일이구나. 이런 이야기를 솔직하게 털어놓은 용신이의 용기가 대단하다. 어째서 이런 비밀을 우리에게 들려주는 건지 알고 싶구나."

용신이는 처음보다 편안해진 얼굴로 대답했다.

"저는 나쁜 놈이에요."

나는 용신이가 왜 이런 이야기를 했는지 알 수 있었다.

"그런 일들 때문에 용신이가 많이 힘들었구나. 혁이와 태성이, 둘 다 너를 괴롭힌 거지? 또 네가 원하지 않는 나쁜 일이 또 일어날까 봐 두려운 거지?"

용신이가 고개를 끄덕였다.

혁이와 태성이는 학급 내에서 권력을 행사하는 아이들이었다. 나는 혁이와 태성이를 앞에 나오게 해서 이 문제에 대해 어떻게 생각하느냐고 물었다. 혁이와 태성이는 자신들의 잘못을 인정하고 다시는 이런 일이 없게 하겠다고 맹세를 했다.

"나는 부끄러운 일을 용기 있게 고백한 용신이가 자랑스럽다. 다시는 그런 일이 일어나지 않기를 간절히 바라기 때문에 솔직할 수 있는 거다. 여러분이 용신이를 지켜 주길 바란다. 재근이 같은 약한 아이를 도와주기는커녕 괴롭히는 것은 야만인이나 할 짓이다. 오늘 용신이가 한 자기소개는 우리에게 중요한 깨달음을 주었다. 우리 모두 용신이에게 격려의 박수를 쳐 주자."

내가 이렇게 말하자, 아이들은 모두 큰 박수로 대답했다.

천재 시인 경훈이

경훈이는 1학년 3반의 '왕따'였다. 엉뚱한 일로 어린아이처럼 떼를 쓰는 등 비정상적인 행동을 하는 경훈이는 다른 아이들에게 놀림감이 되거나 때로는 얻어맞기도 했다.

경훈이는 마치 1960년대 학생처럼 심이 굵고 짧은 연필에 침을 묻혀 글씨를 쓰곤 했는데, 초등학교 1학년보다도 못한 글씨여서 알아보기 어려웠다. 발음도 너무 부정확해서 경훈이가 책을 읽을 때는 무슨 말인지 알아듣기 힘들었다.

내가 경훈이 담임 선생님께 경훈이에 대해 물어보자,

"경훈이 부모님께서는 경훈이가 특수반에 다니는 것을 수치스럽게 생각하십니다. 그래서 그냥 저희 반에 두고 있지요."

하고 말씀하셨다.

시를 쓰는 시간이었다. 아이들에게 자신의 체험을 바탕으로 한 서사문을 먼저 쓰게 했다. 그 다음에 내용을 압축해서 핵심만 담아 시를 쓰게 하고, 다 쓴 사람은 나에게 개별 지도를 받게 했다.

이미 네 시간 동안 수업을 진행하면서 수십 편의 좋은 시를 읽고, '시 낭송 테이프'를 통해 시를 감상하고, 자신이 좋아하는 시를 조사해 오는 등의 활동을 했었다. 그러나 이제까지 제대로 된 글쓰기 지도를 받아 보지 못해서인지 아이들의 시는 유치한 동시의 수준을 넘지 못하고 있었다. 마치 초등학교 교과서에 나온 동시를 그대로 따라 쓴 것 같았다.

그래서 대부분의 아이들이 시를 서너 번 이상 다시 써야 했다. 물론 개별 지도를 받을 때마다 조금씩 나아지기는 했지만 나의 기대에 미치지는 못했다.

그러나 오늘 경훈이는 국어 시간 최고의 스타로 떠오르게 되었다. 경훈이가 쓴 시는 얼핏 보았을 때는 눈에 들어오지 않았다. 연필에 침을 발라 쓴 글씨는 진하고 흐리기가 들쭉날쭉해서 읽기 힘들었다. 그러나 애써 읽어 본 나는 깜짝 놀라 경훈이를 바라보았다. 경훈이의 기대에 찬 눈빛을 느낄 수 있었다.

나는 다시 시를 읽었다. 짧고 간결한 연과 행의 배열이며 선명한 주제 의식과 시상의 전개 등 고칠 것이 하나도 없었다. 나는 벌떡 일어나 아이들에게 큰 소리로 외쳤다.

"고칠 데가 전혀 없는 훌륭한 시가 여기 나왔습니다. 경훈이는 천재 시인입니다. 자, 제가 경훈이의 시를 낭송해 보겠습니다."

죽음

사람은   옛날   죽음은
죽으면   사람들은   무섭다.
저승으로   이렇게   그래도

간다

나쁜짓을

하면

지옥

착한 짓을

하면

천국.

생각했다.

하늘 쪽은

천국.

땅속은

지옥.

사람은

죽어야지만

세상에 다시

돌아온다.

아이들은 "우와!" 하면서 소리를 쳤다.

시어의 배열과 연의 구분도 너무 정교해서 어느 구석도 교정할 부분이 없었다. 아주 짧은 글이지만, 시를 쓰기 전에 쓴 서사문 역시 경훈이의 생각이 정확히 표현된 글이었다.

나는 TV에서, 죽으면 배를 타고 저승에 간다는 내용이 나온 걸 보았다. 나는 무섭고 별별 생각이 다 났다. 나도 배가 오면 저승에 가야 하나. 무섭다. 죽으면 어디로 갈까. 저승에 가면 환생이 될까. 궁금하다.

나는 수업을 가장 열심히 한 학생에게 '수업 일기'를 쓰게 하고 있었는데, 오늘의 '수업 일기'는 당연히 경훈이 차지였다. 아기같이 코를 흘리고는 있었지만, 경훈이는 '천재 시인', '오늘의 최고 수업 왕'이라는 찬사를 받으며 천진하게 웃고 있었다.

본드 마시는 재학이

재학이는 복학생이다. 공책 제목을 '부모님'이라고 지었다고 발표하면서, 작년에 자퇴할 때의 이야기를 솔직하게 해 주었다.

"제가 처음으로 학교에 가지 않았을 때 아빠가 야단을 쳐서 아빠에게 '미친놈'이라고 했어요."

"저런! 그래서 아버지께 매를 맞았구나?"

"아뇨. 평소에도 늘 욕을 하니까 그것 때문에 때리지는 않았어요. 학교에 가지 않은 것 때문에 야단맞았죠."

"그러니까 재학이 아버지는 재학이가 욕을 해도 야단치지 않는단 말이지?"

"예. 집 나가고 학교도 안 다닐까 봐 아무 말도 안 해요."

그 말에 나는 놀라지 않을 수 없었다.

'아들을 학교에 보내는 것이 재학이 아버지에게는 그렇게도 중요한 일이었을까? 재학이 아버지는 아버지에게 욕하는 것을 아무렇지도 않게 생각하는 아들이 학교에서 배울 수 있는 것이 무엇이라고 생각했을까? 학교에 다닌다는 것이 이 세상 그 무엇보다도 그렇게 중요한 것일까?' 하는 생각에 가슴이 답답해졌다.

그러나 재학이 아버지의 바람과는 달리, 재학이는 나쁜 친구들과 어울려 다니다가 결국 자퇴하게 되었으며, 보호 관찰 조치까지 받게 되었다. 청소년이 범죄를 저질렀을 때, 14세 미만은 구속되지 않고 훈방되지만 14세 이상은 구속되면 죄의 경중을 가리기 위해 보름에서 한 달 정도 '소년 감별소'에 유치된다. 여기서 보호 관찰이 결정되면 풀려나지만 구속이 결정되면 소년원으로 보내진다.

"어떤 잘못을 했지?"

"본드를 했어요. 본드를 하면 춥지 않으니까요."

아이들의 한숨 소리가 가늘게 흘러나왔다.

"그러니까 본드 흡입으로 보호 관찰을 받았구나. 보호 관찰 중에 다시 잘못을 저지르면 가중 처벌이 되는 것으로 알고 있는데."

"한 달에 한 번 상담을 하는데 보호 관찰 중에 또 본드를 하다가 붙잡혔죠. 소년 감별소에서 한 달 동안 지냈어요. 원래는 구속되는 건데 운이 좋았어요. 판사들도 사정하면 봐주거든요. 그래서 다행히 보호 관찰 2년 받는 것으로 끝났어요."

"본드는 위험한 거지?"

"예. 정신 병원에 다니면서 치료받아야 한다고 해서 병원에 갔더니 뇌세포가 반쯤 녹아내렸다고 의사 선생님이 말씀하셨어요. 가끔 속이 메스껍고 어지러워요. 계속 병원에 다녀야 하는데 병원비가 너무 비싸서 요즘에는 잘 안 가요."

"그래도 계속 치료받아야 할 텐데."

"엄마는 나를 정신 병원에 집어넣으려고 해요. 하지만 나는 정신 병원에 가는 것은 싫어요. 거기는 완전히 감옥이에요. 한번 들어가면 못 나와요. 그리고 새벽 여섯 시만 되면 벨이 막 울려서 잠도 못 자요. 또 밤 아홉 시만 되면 무조건 자야 해요. 말 안 들으면 발바닥을 때리는데 맞으면 발바닥이 터져 버려요."

"정신 병원에서 있었던 일이니?"

"아뇨. 감별소에서 있었던 일이에요."

"재학이는 자신이 겪은 일들을 어떻게 생각하지?"

"저는 좋았어요. 엄마는 그것도 모두 좋은 경험이라고 했어요."

"뭐가 좋았지? 여러 가지 고통스러운 점도 있고 건강도 많이 나빠졌는데."

"내 마음대로 할 수 있었으니까요."

재학이의 대답에 나는 너무나 가슴이 아팠다.

"그러면 전에는 자기 마음대로 할 수 없었다는 얘기니?"

"네. 제가 초등학교 때 엄마는 나를 방 안에 가두어 놓았어요. 밖에 나가 놀지도 못하게 감시를 했죠. 아마도 그래서 제가 이렇게 되었나 봐요."

하면서 재학이는 긴 한숨을 쉬었다.

그렇다. 이것이 바로 스프링의 법칙인 셈이다. 너무 꽉 눌렀다가 놓으면 그 억압되었던 힘에 의해 더욱 세게 튕겨 나가는 것이다. 아주 심하게 튕기면 세상 밖으로 나갈 수도 있다.

"죽을 뻔한 일도 있었어요. 옥상에서 본드를 불다가 뛰어내렸는데 다행히 밑으로 떨어지지 않고 옆으로 굴렀어요. 본드를 하면 높은 곳이 아주 낮게 보이거든요. 그래서 뛰어내리려고 했는데 어지러워서 옆으로 넘어졌죠. 떨어졌으면 죽었을 거예요."

그때 누군가가 질문을 했다.

"본드는 한번 하면 못 끊는다는데, 그게 정말이니?"

"그래. 하다가 안 하면 막 하고 싶고 몸이 떨리고 그래. 그리고 안 하려고 해도 친구들이 다 하니까 또 하게 돼."

"친구들 때문에 본드를 끊기 어렵다면 멀리 이사를 가거나 전학하는 게 어떨까?"

하고 내가 제안했지만 재학이는 고개를 저으며 말했다.

"친구가 없으면 너무 심심하고 외로워서 살 수 없어요."

외로움을 타는 재학이. 열여섯 살 소년의 외로움을 달래 줄 따뜻한 사람이 없었던 것은 아닐까 하는 생각이 들었다.

"학생부에서는 자꾸 전학을 가라고 해요. 하지만 나는 전학 가기 싫어요."

"그러면 우리 학교에 다니는 것이 더 좋다는 뜻이니?"

"아니요. 학교에 다니고 싶지 않아요."

"왜 학교에 다니기 싫지?"

"하기 싫은 것을 자꾸만 강제로 시키니까요. 그리고 안 하면 야단맞아야 하니까요."

재학이와의 대화가 여기까지 진행되자, 나는 근본적인 문제에 대해 솔직하게 얘기해야겠다고 생각했다.

"얘들아, 학교에 다니는 것이 왜 그렇게도 고통스러울까? 그렇게도 고통을 주는 학교에 꼭 다녀야만 하는 걸까?"

이런 문제에 대해 아이들과 대화를 나누고 나서, 나는 좀 더 자유가 보장되고 인간의 내면을 중시하는 학교 운동에 대한 이야기를 했다.

"영국의 실험 학교 섬머힐에서는 학생들이 수업받지 않을 권리가 보장된단다. 각자 자유롭게 실컷 놀다가 공부하고 싶어질 때 교실에 들어오면 돼. 아무도 공부하라고 말하지 않고 간섭하지 않으며 경쟁하지 않는다고 하지. 바로 불행한 지식인보다 행복한 트럭 운전사를 만들겠다는 교육 철학이란다."

영국과 독일, 일본, 미국의 자유 학교들에 대해 이야기할 때 아이들은 귀를 세우고 들었다. 나는 또 우리나라의 대안 학교와 특성화 고등학교를 소개해 주었다. 재학이에게 '영산 성지고등학교'로 진학하면 좋을 것이라고 충고했지만 재학이는 별로 관심을 보이지 않았다. 중학교도 제대로 마칠 수 있을지 알 수 없는 상황에서 그런 이야기는 별로 의미가 없었을 것이다.

재학이보다는 오히려 다른 아이들이 새로운 학교에 대해 많이 질문했다. 자유롭고 구속이 없으며 다양한 생활이 가능한 학교에 대한 아이들의 열망이 얼마나 큰지 느낄 수 있었다. 재학이가 계속해서 학교에 다니기는 어려워 보였지만 재학이의 솔직한 체험담이 다른 아이들에게는 반면교사의 역할을 한 것이다.

나는 마지막 정리를 했다.

"우리는 오늘 국어 시간을 온전히 재학이의 공책 제목을 소개받는 데 썼습니다. 재학이의 공책 이름이 왜 '부모님'이었는지를 이해하는 데 이렇게 많은 시간이 걸릴지 아무도 생각하지 못했지만, 특별한 경험과 아픔을 갖고 있는 재학이의 이야기를 들은 것이 우리에게 결코 헛되지만은 않을 것으로 생각됩니다. 우리들은 서로를 이해하려고 노력해야 합니다. 자신이 감당하기에 너무 큰 외로움이나 고통이 있으면 누구나 그것을 극복하기 위해 여러 가지 방법을 찾게 되는데 그 방법이 각각 다를 뿐입니다. 서로를 격려하고 위로하고 사랑하는 마음만이 도움이 될 수 있다고 생각합니다."

수업을 마치고 나는 참 많은 생각을 했다. 입시 경쟁과 권위주의, 틀에 박힌 생활에 대한 괴로움으로 몸부림치던 나의 학창 생활이 떠올랐다. 모든 것을 던져 버리고 훨훨 날아가고 싶은 나의 충동을 억제할 수 있었던 건, 그나마 조금이라도 나를 사랑해 주었던 선생님과 친구들, 부모님과 형제가 있었기 때문이었다. 나에게 그런 사람들과의 연결이 없었다면 과연 나는 어떻게 되었을까.

이런 생각 끝에 다시 재학이가 떠올랐다. 재학이는 온몸으로 우리 교육의 모순과 문제를 고발하고 있는 것은 아닐까 하는 생각이 들었다.

지난 시간까지 말하기 수업을 모두 마쳤기 때문에 읽기 수업을
새로 시작하려고 하는데 정태가 손을 들고 말했다.

"선생님, 지난 시간에 제대로 발표하지 못했는데 다시 하면 안
될까요?"

지난 시간, 정태는 공책도 안 가져왔고 공책 제목이나 사진도
준비하지 않았다. 발표를 시키자 정태는 아무 준비 없이 앞에 나
와 멀뚱멀뚱 서 있기만 했다. 그런 정태에게 나는 약간 화난 목소
리로 다그쳤다.

"벌써 여러 날 시간을 주었는데 왜 아무 준비도 하지 않았지?"

정태는 곤란한 표정으로 대답을 못하고 머뭇거렸다. 정태가 인
상은 좋은 편이지만 뭔가 문제를 갖고 있는 학생이라는 것을 나
는 금방 눈치챌 수 있었다. 그래서 목소리를 편하게 하여 부드럽
고 따뜻하게 말했다.

"뭔가 문제가 있는 거지? 왜 공책을 준비하지 못했는지 솔직하
게 말하고 사과한다면 선생님이 이해할 수 있을 텐데 말이야."

그러자 정태는 솔직하게 말했다.

"지난 학기 말에 잘못한 일이 있어서 근신 처분을 받았는데 방학이라 처벌이 미뤄지게 되었습니다. 그래서 2학년에 올라온 요즘에 학생부에서 벌을 받고 있었습니다. 그러다가 말하기 수업 마지막 시간에 처음으로 교실에 들어왔기 때문에 공책도 준비하지 못했습니다."

학기 초라 나는 아직 각 반 아이들 얼굴을 정확하게 모르고 있었기 때문에 그동안 정태가 교실에 있었는지조차 몰랐던 것이다.

"좀 더 구체적으로 말해 줄 수 있을까? 무슨 일로 근신 처분을 받았지?"

정태는 얼굴을 붉히며 어쩔 줄 몰라 했다. 아이들도 뒤늦게 반에 들어온 정태에 대해서 잘 모르고 있는 듯했다. 한참 망설이던 정태는 결심한 듯 솔직하게 말했다.

"체육 시간에 교실이 비었을 때 친구들의 가방을 뒤져 돈을 훔쳤습니다."

"얼마를 훔쳤지?"

"5000원을 훔쳤습니다. 제가 직접 훔친 것은 아니고 친구가 훔칠 때 망을 봤습니다. 하지만 그 돈은 제가 갖지 않았습니다."

"망을 본 것도 똑같은 잘못이라는 걸 알고 있었니?"

"예."

"그래. 솔직하게 말해 줘서 정말 고맙다. 말하기 싫은 부끄러운 일을 여러 사람 앞에서 말하게 해서 미안하지만, 정태가 다시는 그런 일에 휘말리지 않을 자신만 있다면 오히려 좋은 계기가 될 수 있다고 믿는다. 지금 심정이 어떠니?"

정태는 밝은 얼굴로 말했다.

"다시는 그런 행동을 하지 않겠다고 맹세할 수 있습니다."

그러자 아이들이 박수를 쳐 주었다.

그런데 이번 시간에 정태가 공책을 준비해 온 것이다. 지난 시간에 공책을 준비하지 못한 것이 못내 아쉬웠던 모양이다. 컴퓨터 그래픽으로 정성껏 그림을 그리고 제목을 붙여서 만들었다.

"저는 이 공책의 제목을 '실험'이라고 지었습니다. 과학자들은 어떤 것을 실험할 때 실패한 후에도 또 실험하고 또 실험합니다. 저도 그 사람들처럼 처음에는 실패하더라도 끝내는 꼭 해내고야 말겠다는 생각으로 '실험'이라고 지었습니다."

정태는 밝은 얼굴로 여러 가지 이야기를 했다. 그리고 마지막에는 이렇게 말했다.

"저에게는 다른 사람에게 말할 수 없는 꿈이 있습니다. 그 꿈을 실현하기 위해서 열심히 노력할 것입니다."

"정태의 꿈이 무엇인지 알고 싶은데."

하고 내가 말하자 정태는 수줍게 웃으며 말했다.

"부끄러워서 말할 수가 없어요."

"그러니까 더 알고 싶은데. 나쁜 일이니?"

아이들도 알고 싶다고 말했다. 정태는 머뭇거리다 얼굴을 붉히면서 말했다.

"신부님이 되는 거예요. 저희 집안은 모두 가톨릭 신자거든요. 훌륭한 신부가 되고 싶어요."

나는 놀란 표정으로 물었다.

"그 길은 아주 힘들고 험난한 길인 데다 신부님은 결혼도 할 수 없는데 괜찮겠어?"

"그래도 좋아요."

이번 일로 정태가 많은 것을 생각했음을 나는 알 수 있었다.

"만약 정태가 신부님이 된다면, 그래서 신자들의 고통이나 아픔에 대한 이야기를 들어 줄 수 있다면 얼마나 좋을까? 정태는 신부님이 되어 신자들 앞에서 강론을 할 때 이렇게 말하겠지. '나는 어렸을 때 친구의 돈을 훔친 일이 있습니다. 그 일로 처벌을 받고 가족들의 큰 걱정거리가 되었지요. 그러나 그 일로 인해 나는 이렇게 신부가 되었답니다.'라고 말이야. 그리고 아마도 잘못을 저지른 청소년을 보면 따뜻하게 그를 감싸 안는 좋은 신부님이 되겠지?"

정태는 고개를 끄덕였다. 정태의 하얀 얼굴에 미래의 신부님 얼굴이 겹쳐 보였다. 우리 모두는 기분이 좋았다. 말하기 수업을 마치고 그날 정태는 공책에다 이렇게 썼다.

나는 행운아인 것 같다. 왜냐하면 적극적이고 부드러운 선생님을 만났기 때문이다. 우리 학원 선생님께서 "선생님을 잘 만나야 한다."라고 하셨는데, 나는 성공한 것 같다. 내가 이렇게 생각하게 된 것은 아이들이 발표할 때마다 선생님께서 잘못된 점을 친절하게 고쳐 주시는 것을 보았기 때문이다. 근신 처분 받은 것 때문에 선생님께 좋은 첫인상을 보여 드리지 못해서 서운했다. 앞으로 도둑의 이미지를 벗을 날이 왔으면 좋겠다. 그래서 3학년이 되어서도 복도에서 선생님을 만날 때마다 웃으면서 인사할 수 있으면 좋겠다.

두레를 조직하다

나는 '조'나 '모둠'이라는 말보다 '두레'라는 말을 좋아한다. 두레는 우리 조상들이 함께 일하고 함께 놀던 전통적인 미풍양속이었다. 두레원들은 아침에 신명나게 풍물을 치며 들판에 나가 모두 함께 도와 가며 일하고, 저녁이면 또 풍물을 치며 돌아와 일에 지친 몸과 마음을 풀었다. '두레'에는 슬픈 일, 기쁜 일을 함께 나누는 공동체 정신이 담겨 있었던 것이다.

나는 우리 학급에서도 '두레'를 활용하고 싶었다. 아이들이 공부도 함께 하고 여러 가지 활동도 함께 하면서 더불어 사는 것을 배울 수 있었으면 좋겠다고 생각했다.

새 학기가 되어서 이런저런 일을 하다 보니 어느 새 한 달이 다 되어 간다.

이제 서먹서먹한 기운은 가셨으니 본격적인 두레 활동을 시작하기로 하고 두레를 짰다.

아이들에게 자신이 하고 싶거나 흥미가 있는 일에 대해 마음대로 말하게 했다. 만화, 영화, 오락, 컴퓨터, 그림, 노래, 춤, 독서, 운동 등 아이들이 부르는 것을 모두 칠판에 썼다. 비슷한 것끼리 묶고 아이들이 각자 원하는 것을 선택하여 '독서 두레, 이야기 두레, 영상 두레, 그림 두레, 운동 두레, 봉사 두레' 이렇게 여섯 두레가 만들어졌다. 이제 1년 동안 이 여섯 두레를 중심으로 함께 하는 학급 활동을 하게 될 것이다.

두레의 대표는 '두레머리'라고 부르고 두레원은 역할을 분담하여 수시로 의논할 수 있는 체제로 만들었다. 그리고 아이들은 '두레 회의'를 통해 1년간 무엇을 할 것인가에 대한 계획을 세웠다. '두레 일기'를 쓰는 것과 '두레 신문' 발간을 기본으로 하고, 더 하고 싶은 일들을 계획했다.

> 운동 두레 _ 운동 신문 발간, 두레 체육 대회 개최, 성교육
> 이야기 두레 _ 이야기 신문 발간, 이야기 대회 개최,
>   이야기책 발간
> 영상 두레 _ 영상 신문 발간, 비디오 수집과 대여 사업,
>   연극이나 영화 단체 관람
> 그림 두레 _ 만화 신문 발간, 만화 수집과 만화 대여 사업,
>   만화 그리기 대회, 만화책 발간
> 독서 두레 _ 독서 신문 발간, 학급 문고 운영, 독서 발표 대회,
>   독서 왕 뽑기
> 봉사 두레 _ 봉사 신문 발간, 봉사 활동 소개, 학급을 위한 봉사 활동

운동 두레에서는 학급 회의 시간에 자체 성교육을 하겠다는 참신한 계획을 세웠다. 이야기 두레는 이야기 대회를 열겠다고 했

고, 영상 두레는 비디오 대여 사업을 하겠다고 했다. 영상 두레, 그림 두레, 독서 두레에게는 자료를 보관할 수 있는 책장이 필요했다. 책장을 준비하는 것은 나의 몫으로 했다.

당장 책장을 주문하고 커다란 잡지꽂이도 장만했다. 아이들이 가져온 책과 내가 집에서 가져온 책을 모으니 거의 200권 정도가 되었다. 거기에 학부모님의 참여로 여러 가지 정기 구독 잡지를 마련했다. 학급 문고이지만 책 뒤에 도서 대출 카드를 꽂는 봉투를 붙였으며, 종류별로 분류하고 목록도 만들어 붙였다. 도서 대출 신청 용지도 별도로 만들어 두었다.

영상 두레는 비디오를, 만화 두레는 만화책을 수집하여 유료 대여를 하기로 했다. 여기서 생긴 돈은 새로운 비디오나 만화책을 구입하는 데 쓰기로 했다.

두레 소개와 두레 사업 계획을 실은 두레 신문을 발간하여 교실 뒤 게시판에 붙이자 환경 미화도 마무리되었다. 아이들이 세운 두레별 사업 계획을 참고로 하여, 우선 4월의 학급 운영 계획을 확정했다.

3월 31일 _ 독서 두레 집단 상담

4월 2일 _ 운동 두레 집단 상담

4월 4일 _ 학급 농구 대회(운동 두레 주최)

4월 5일 _ 연극 〈민중의 적〉 단체 관람

4월 6일 _ 학급 고사(학급 회의 시간)

4월 7일 _ 영상 두레 집단 상담

4월 9일 _ 이야기 두레 집단 상담

4월 11일 _ 요리 경연 대회

4월 13일 _ 성교육(학급 회의 시간)

4월 20일 _ 이야기 대회(이야기 두레 개최)

4월 27일 _ 만화 그리기 대회(그림 두레 개최)

5월 4일 _ 독서 발표 대회(독서 두레 개최)

정해 놓고 보니 할 일이 너무 많아서 모두 다 실천하는 것은 쉽지 않을 것 같았다. 그러나 아이들이 모두 의욕적으로 일을 하려고 하니 일단 시작해 보기로 했다.

전설이 되고 싶은 아이들

새 학년이 되면 아이들과 상담을 하게 된다. 그냥 의례적인 과정이 될 수도 있지만, 학급 아이들과 가까워지는 기회가 되고, 또 아이들을 더 잘 이해할 수 있는 기회가 되기도 한다.

나는 개별 상담보다는 두레별로 집단 상담을 하는 것이 좋겠다고 생각했다. 아이들에게는 '상담'이라는 말이 '취조'라는 말로 들렸는지 모두 긴장하는 모습이었다. 그러나 집단 상담에서는 사적인 질문은 없다.

우선 아이들이 먹을 과자와 음료수를 충분히 준비했다. 한 두레가 여섯 명이므로 5000원 정도면 푸짐하게 준비할 수 있다.

우리는 둘러앉아 '사각형 맞추기 놀이'를 했다. '사각형 맞추기'는 A4 용지 정도의 종이를 인원수만큼 준비한 다음 서로 다른 모양의 네 조각으로 잘라 뒤섞어서 한 사람당 네 조각씩 나누어 준 뒤 원래의 사각형 상태로 찾아 맞추는 놀이다. 자기가 갖고 있는 것끼리는 원래의 모양으로 맞출 수 없으므로 다른 사람이 가진 사각형을 가져와야만 한다. 그러나 다른 사람에게 사각형을 달라고 해서는 절대 안 되고 자신의 것을 주기만 해야 한다. 즉, 자신의 것을 주어 다른 친구가 사각형을 빨리 맞추도록 도와주어야 하는 놀이다.

이 놀이는 세상일이 자신의 욕심만 채우려고 해서는 절대로 안 되는 것이며 누군가를 돕는 것이 자신을 돕는 길임을 깨닫게 하는 것으로, 심성 훈련의 일종이다. 이 놀이를 통해 아이들의 마음이 열리면서 자연스럽게 이런저런 이야기가 이어졌다.

맨 처음 상담한 두레는 독서 두레였는데, 사각형 맞추기 놀이를 한 후에 여러 가지 이야기를 나누다가 오후 다섯 시쯤 무난하게 끝났다.

며칠 뒤 두 번째로 상담을 한 운동 두레 아이들은 아주 열정적이었다. 다음 날 있을 학급 농구 대회 준비가 다섯 시까지 계속됐기 때문에 시간이 없었다. 그래서 상담을 다음 주로 연기하자고 제안했지만 아이들은 받아들이지 않았다.

그래서 다섯 시 반이 돼서야 사각형 맞추기 놀이를 시작했다. 그러고 나서 학급 분위기에 대한 이야기, 선생님들 이야기, 그리고 친구들에 관한 이야기를 나누었다. 서로의 장단점에 대해서도 이야기했다. 돌아가면서 한마디씩 하다가 창현이가 불쑥 '성'에 대한 이야기를 꺼내자 갑자기 열띤 분위기로 바뀌었다.

체격이 크고 조숙한 창현이는 정력이 셀 것 같다고 아이들이 자신을 놀리는 문제, 성에 대한 갈등을 해결해야 하는 문제에 대해서 이야기했다. 처음에는 장난스럽게 시작되었지만 문제의 본질에 접근하려는 나의 태도로 대화의 분위기가 진지하게 변하기 시작했다. '성'에 관한 이야기는 마치 막았던 봇물을 터뜨린 것처럼 마구 쏟아져 나왔다.

창현이가 당연하다는 듯이 말했다.

"여자에겐 순결이 중요하지만 남자에게는 크게 문제가 되지 않잖아요."

이런 문제를 그냥 넘어갈 수는 없다. 내가 물었다.

"왜 여자에게는 중요한 것이 남자에게는 중요하지 않은 거지? 그리고 남자에게는 중요하지 않은 것이 왜 여자에게만 중요한 거지?"

"남자는 순결하지 않아도 별로 문제가 되지 않잖아요."

"그래. 여자의 신체 구조상 임신이나 출산 등의 문제가 따르기 때문에 피해를 볼 가능성이 있지. 그러나 피해를 볼 가능성이 있다는 것과 순결을 강요받는 것이 같은 문제일까?"

"……."

"창현이는 다른 남자를 사랑하거나 다른 남자와 잠을 잔 경험이 없는 순결한 여자와 만나기를 원하는 거지?"

"예."

"그러면 여자는 어떨까? 아무렇게나 행동한 남자를 원할까?"

"아뇨."

"만약 여자들에게만 순결이 중요하다면, 여자들은 결혼하기 전에는 절대로 남자를 가까이 해서는 안 되겠지? 그리고 남자들이 성적 갈등을 느껴서 여자를 원할 때는 창녀들만을 상대로 해야 하겠지?"

"……."

"육체적 순결과 정신적 순결이 같은 것이라고 생각하니?"

"아뇨."

"그러면 어느 것이 더 중요하다고 생각해?"

"정신적인 것이죠."

"그러면 한 가지만 더 물어볼까? 네가 여자였더라도 남자는 아무렇게나 행동해도 좋고 자신만 순결을 지켜야 한다고 생각했을까?"

"아뇨."

"그러니까 우리가 무엇을 판단할 때 나한테 유리한가 아닌가가 기준이 되어서는 안 되고 모두에게 공정한가 불공정한가를 기준으로 삼아야만 하는 거야."

내 말에 창현이가 고개를 끄덕였다.

나는 다른 학교에 있을 때 아이들과 나누었던 이야기를 들려주었다.

어느 날 수업 시간에 화통하고 넉살이 좋은 병주가 손을 번쩍 들고 질문을 했다.

"선생님! 옆 학교에서 여학생 한 명이 화장실에서 오이로 자위행위를 하다가 오이가 부러져 꺼내지 못하는 바람에 병원에 실려 갔다는데 사실이에요?"

아이들은 폭소를 터뜨렸다. 그리고 나의 반응을 기다렸다.

"그래, 그게 사실일 것 같니?"

"모르겠어요."

"그건 사실이 아닐 확률이 높단다. 남성은 '발기'가 되는 것처럼 외형적 형태로 성적 충동이 나타나지만 여성은 남성에 비해 덜 그렇지. 더구나 젊은 여성이나 여학생의 경우는 그럴 확률이 더욱 낮다. 여성들은 다정하고 따뜻한 말이나 손을 잡고 포옹하는 것, 키스하는 것 정도로 충분히 만족하는 경향이 있어. 여성들은 아무리 사랑한다 해도 성적 충동을 남자보다 먼저 느끼는 경우가 매우 적단다. 연애를 할 때도 손을 잡거나 입술을 허락했다고 해서 남자처럼 성적인 충동을 느끼고 있다고 착각하면 곤란하지. 사랑하는 대상 없이 자위행위를 할 정도의 강한 성적 충동을 여성이, 특히 여중생이 느낄 확률은 아주 적단다."

이 이야기는 나중에 어른이 되었을 때 사랑하는 여성과의 성을 어떻게 풀어 나가야 하는지에 대한 이야기로 이어졌다. 아이들은 진지하고 관심 있게 이야기를 나누었다.

남성과 여성의 성감에 대한 차이에 대해서도 이야기를 나누었고, 청소년기의 성적 욕구를 어떻게 해결할 수 있을지에 대해서도 이야기했다. 또 자위행위나 결혼과 무관한 성관계에 대한 이야기도 나누었다. 솔직한 질문들이 많이 쏟아져 나왔다.

"선생님, 결혼 전에 성관계를 하는 것이 꼭 나쁘다고 할 수 있나요?"

"일방적으로 어느 것이 옳다고 판단하는 것은 옳지 않단다. 경우에 따라 다를 수 있지만, 다만 어떤 행동에는 반드시 책임이 따른다는 것을 생각해야 하겠지. 나는 결혼과 성을 꼭 일치시킬 수만은 없다고 생각한다. 불과 한 세대 전까지만 해도 결혼 전에 순결을 잃어서는 안 된다고 생각하여 무조건 자신의 첫 남자에게 시집을 가는 여성들이 많이 있었고 그 결과 불행한 결혼 생활을 하는 경우도 많았지. 이렇게 여성에게만 순결을 강요하는 것은 여성이 자신의 삶을 주체적으로 살지 못하게 하기 때문에 옳지 않다고 생각해. 자유분방한 성이 여성에게만 불리한 것으로 생각하는 무책임한 남성들이 많지만 남성 자신이 피해자가 되기도 하지. 내가 알고 있는 이야기를 들려줄게."

그 남자는 착실하게 직장 생활을 하는 사람으로 누가 봐도 나무랄 데가 없는 성실한 사람이었다. 그러나 이상하게도 술을 마시거나 비 오는 날이 되면 매우 괴로워하곤 했다. 자학적이기까지 한 그 남자의 여러 행동을 지켜보다가 뒤늦게야 자신의 과거를 고백하는 것을 들을 수 있었는데 그 사연은 이렇다.

그 남자는 고등학교를 졸업하자마자 사랑하는 여자와 동거 생활을 시작했다. 물론 경제적으로나 사회적으로 준비가 되어 있지 않았고 어른들의 동의도 구하지 못했다. 얼마 가지 않아 여자는 아기를 갖게 되었다. 서로 깊이 사랑한다고 생각했지만 계속 닥쳐오는 현실적 어려움을 이겨내지 못하고 결국 두 사람은 서로의 갈 길을 가게 되었다.

아기는 춘천의 어느 고아원에 맡겼는데, 그 후 그 남자는 안정된 직업을 얻고 새로운 삶을 출발할 수 있었지만 늘 자신을 따라다니는 그 부끄러운 과거 때문에 편하지 않았다. 가끔 고아원에 가서 아버지가 아닌 남으로 그 아이를 보고 오면서 견딜 수 없는 죄책감에 남몰래 눈물 흘려야 했다. 평소에는 잊고 살지만 술을 먹거나 비 오는 날이 되면 그는 그만 죄책감으로 실의에 빠지고 마는 것이다.

학교는 어둠에 잠겼고 배에서는 꼬르륵 소리가 났다. 이제 그만 이야기를 마치자고 했지만 아이들은 싫다고 했다. 승민이가 말했다.

"다시 이런 기회가 오기 어렵잖아요. 저는 초등학교 때 텔레비전의 청소년 드라마 같은 것을 보면서 중학생이 되면 진지한 이야기들도 많이 나누는 줄 알았어요. 그런데 막상 중학교에 와 보니까 정말 삭막했어요. 선생님 우리 더 오래 이야기해요. 그래서 우리가 전설을 남기는 거예요."

나는 웃으며 말했다.

"전설은 그렇게 쉽게 만들어지는 게 아니야."

하지만 승민이는 나보다 한 수 위다.

"우리가 여기서 밤새 이야기하면 전설이 만들어지는 거예요."

요즘 아이들은 잠깐만 남아 있으라고 해도 학원에 가야 한다느니 하면서 불만투성이라고 불평하는 선생님들에게 이 아이들의 모습을 보여 주면 어떨까 하는 생각이 들었다.

밤 여덟 시 반이 되어서야 사정해서 간신히 아이들을 돌려보낼 수 있었다. 배가 몹시 고팠지만 마음은 뿌듯했다.

폭주족이 되고 싶은 석봉이

"누구나 어떤 목표를 향해서 살아간다. 자신이 하고 싶은 일에 자신의 인생을 걸어 보는 것은 아름다운 일이다. 여러분은 무엇에 자신의 인생을 걸고 싶은가?"

요즘 왠지 분위기가 약간 흐트러지는 느낌을 받았기 때문에 오래간만에 진지한 이야기를 시작했다. 자신이 하고 싶은 일에 대해 말해 보자고 하자 석봉이가 손을 번쩍 든다.

"폭주족이 되고 싶어요."

아이들이 "와." 하고 웃었다. 사납고 험악한 생김새 때문에 아이들은 석봉이를 '인상파'라고 불렀다. 녀석은 중학교 1학년 때 가출하는 등 제법 문제를 일으킨 전력도 있다.

나는 진지한 의도와는 상관없이 아무렇게나 말하는 것 같아 꽤 씸했지만 꾹 참고 석봉이를 앞으로 나오게 했다.

"왜 폭주족이 되고 싶지?"

"폭주족이 좋으니까요."

"어떤 사람들을 폭주족이라고 하는지 알지? 한밤중이나 새벽에 오토바이를 타고 떼를 지어 몰려다니면서 요란한 소리를 내어 사람들의 잠을 설치게 한다는 것은 알고 있겠지?"

"알고 있어요."

나는 잠시 말을 멈추었다. 고지식하게 이야기를 풀어 나가고 싶지는 않았다.

"폭주족이 되려면 오토바이가 있어야 할 텐데."

"훔치면 돼요."

요즘에 한다하는 꾸러기들에게는 오토바이 훔치는 것은 쉬운 일인지도 모른다. 그러나 내가 아무리 솔직한 표현을 허용하는 편이라고는 하지만 공개적이고 당당하게 그런 말을 하는 것은 당혹스러웠다. 대부분의 아이들은 아직도 순진하기만 한 소년들이고, 석봉이도 심각한 문제를 일으킬 만한 단계까지 나가 있는 아이는 아니었다. 아이들은 석봉이의 말에 웃었지만 돌발적인 석봉이의 말에 대한 나의 태도 또한 주시하고 있었다.

"석봉아, 너 지금 장난하고 있니?"

"아니에요. 진짜예요."

"그래? 남의 것을 훔치는 일이 아무렇지도 않은 일이라고 말하는 거니?"

"네."

"그렇다면 누군가에게 이유 없이 피해를 주는 일이 괜찮다는 거야? 그 사람에게 엄청난 고통을 줄 수도 있는데?"

석봉이는 여전히 진지한 표정으로 말했다.

"예. 괜찮다고 생각해요."

처음에 웃고 넘기거나 잘라 버렸어야 할 이야기인지도 모른다.

그러나 이제는 쉽게 넘길 수 없었다.

"그렇다면 너도 남으로부터 피해를 받아도 좋으니? 예를 들어 너희 집에 도둑이 들어서 다 훔쳐 간다든가, 너를 때린다든가 하는 그런 나쁜 일이 일어나도 좋다는 거야?"

"예. 괜찮아요."

"석봉아, 다시 한 번 묻겠는데, 너 정말 장난으로 그렇게 말하는 거지?"

"아니에요. 진짜 그렇게 생각해요."

석봉이는 자신이 주장한 논리를 바꾸지 않기 위해 억지를 부리고 있었다. 자신의 논리가 잘못되었음을 석봉이 스스로 인정하게 하려면 어떻게 해야 할까? 궁여지책으로라도 국면을 바꾸지 않으면 안 되었다.

"석봉아, 여기 한 대만 때려 줄래?"

내가 머리를 내밀자 석봉이는 장난이라고 생각했는지 별 의심 없이 나의 머리를 살짝 건드리며 때리는 시늉만 했다. 나는 그 동작에 맞추어 석봉이의 뺨을 세차게 때렸다. 예기치 않은 공격을 받은 석봉이는 울면서 펄펄 뛰었다. 하지만 나는 아무렇지도 않게 물었다.

"왜 화를 내지? 너는 다른 사람에게 피해를 받는 것도 괜찮다며?"

석봉이는 여전히 씩씩댔다.

"아까 네가 주장했던 것은 틀린 것이라고 인정해라. 다른 사람에게 이유 없이 피해를 받는 것이 절대로 괜찮은 일이 아니라는 것을 지금 너는 온몸으로 증명하고 있는 거야."

석봉이는 여전히 씩씩대면서 어쩔 수 없이 아까 자신이 말한 것은 틀렸다고 인정했다.

그러나 석봉이는 어리석게도 두 번째 실수를 저질렀다. 자신의 실수를 인정하고는 화가 난 나머지 내 마이크를 교탁 위에 요란하게 집어 던졌다. 나는 무례한 석봉이의 태도를 꾸짖으며 그 행동에 대해서 다시 사과하라고 말했다.

"어디서 이런 태도를 취하는 거지? 지금 네가 화를 내는 것은 전혀 온당치 않아. 자신이 말한 것이 틀렸다고 인정하면 그뿐이지, 선생님 앞에서 마이크를 집어 던지는 것은 분명히 잘못이다. 나는 너에게 그런 대접을 받을 이유가 없어."

그래서 석봉이는 마이크를 집어 던진 것에 대해 또 한 번 사과해야 했다. 석봉이는 자기 자리에 들어가서도 계속 씩씩거렸다. 무엇이 분하냐고 물으니, 아이들 앞에서 망신을 당했기 때문이라고 말했다.

이런 종류의 이유 없는 반항은 정말 난감한 것이다. 어떤 선생님은 이런 현상이 학교에서뿐만 아니라 일반적으로 나타나고 있다고 걱정을 하기도 했다. 도덕이나 가치보다도 자신의 물질적 욕구나 이기심이 앞서는 요즘의 현상이라고 말이다.

"다른 사람의 말에 대해 반박을 하려면 좀 더 논리적으로 준비해서 의견을 제시하지 않으면 안 된다. 아무 말이나 다 의견이 되는 것은 아니다."

나는 석봉이의 말이 논리적이지 않다는 것을 지적하는 것으로 이 상황을 마무리했다.

"선생님은 석봉이를 아주 예쁜 학생이라고 생각하고 있었어. 석봉이가 남에게 피해를 주는 일을 아무렇지도 않게 생각하는 아이가 아니라는 것은 충분히 알고 있다. 다만 말하다 보니 그렇게 된 것뿐이지?"

수업이 끝난 후에 부드럽게 한마디 건네자 석봉이의 표정은 언제 그랬냐는 듯이 풀어졌다.

내가 석봉이의 머리를 쓰다듬자 석봉이는 갑자기 순한 강아지처럼 몸을 움츠리고 피시시 웃으며 머리를 조아렸다.

석봉이의 행동은, 사랑과 관심은 부족하면서 훈계만 하려고 하는 어른들에 대한 이유 있는 반항이 아니었을까?

영어 선생님을 고발하다

"선생님, 아이들이 교장실에 가서 영어 선생님을 고발했어요."

몇몇 아이들이 나에게 달려왔다. 무슨 일인가 영문을 몰라 어리둥절해 하자 이구동성으로 아이들이 떠들었다. 영어 수업을 하러 들어온 선생님이 책상 위에 라면 부스러기를 어지럽게 늘어놓고 치우지 않은 아이를 때리자 여러 아이들이 때리지 말라고 말했는데, 그중에서 목소리가 가장 컸던 유만이가 집중적으로 몽둥이찜질을 당했다는 것이다. 마구 휘두르는 몽둥이를 피하기 위해 팔을 들어 얼굴과 머리를 가렸기 때문에 팔꿈치를 집중적으로 맞아 부어올랐고, 분을 못 이긴 유만이는 그 길로 교장실로 달려가 부당함을 고발했다는 것이다.

나이 많으신 영어 선생님은 옛날 엄마들처럼 아이들을 다룬다. "이놈의 새끼들"이라거나 "개새끼들"이라는 말은 보통이고, 가끔은 종아리를 때리는 것과는 차원이 다른 몽둥이세례를 퍼붓기도 하는데, 잘못을 저질렀을 때뿐만이 아니라 성적이 나쁘다거나 공부를 열심히 안 해도 마찬가지이다. 그러다 보니 자연히 아이들의 불만이 높아지곤 한다.

옛날 우리가 자라던 시대에는 그런 일이 문제가 되지 않았다. 우리 엄마도 "미친년"이라거나 "나가 죽어라" 하는 욕을 종종 했던 기억이 난다. 그러나 요즘 같은 '체벌 불가' 시대에 이런 일은 사고이다.

나는 영어 선생님을 이해하고는 있었지만 편을 들지는 않았다. 아이들에게도 잘못이 있지만 선생님이 과도하게 행동하신 것이니 사과해야 한다고 주장했다. 선생님도 흔쾌히 유만이에게 미안하다는 말씀을 여러 차례 하시며 아픈 부위를 어루만져 주기도 하셨다.

내가 유만이를 불렀을 때 유만이는 내 눈치를 봤다. 내가 어떤 말을 할까 의구심 어린 눈이었으며, 변명의 말도 준비하고 있는 듯했다. 그러나 나는 단순 명쾌하게 평가했다.

"잘했다. 부당한 일에 항의할 줄 아는 것은 훌륭한 일이다. 유만이가 용기 있는 행동을 했다고 생각한다."

담임의 입장이 곤란하고 난처할 것이라고 생각해 눈치를 보던 유만이는 나의 평가에 매우 만족해 하며, 덧붙여 주의 사항을 말하는 나에게 머리를 조아렸다. 나는 학급 전체에게도 같은 이야기를 했다. 다만, 학생으로서 수업 준비가 부실했던 점에 대해서는 다시 생각할 필요가 있다고 지적했다.

유만이는 끼가 있는 자유분방한 아이다. 멋을 부리며 다니고, 여학생들에게서 온 편지를 공개하며, 두레 활동 시간에는 '연애편지 쓰는 법'을 강의하기까지 했다. 간지럽고 로맨틱한 문구를 늘어놓아 상대를 사로잡는 기술을 나열하는 모습은 그야말로 바람둥이의 모습이었다.

유만이가 친화력이 있고 재치가 있어 귀엽게 생각하고 있긴 했지만, 청소 시간에 주머니에 두 손을 꽂고 그야말로 건달처럼 빈둥거리는 모습은 밉살스러웠다. 게다가 약한 아이들에게 으름장을 놓는 모습을 자주 보게 되어 조금은 걱정스럽기도 했다.

영어 선생님 고발 사건이 있은 지 몇 달 뒤의 일이다. 소풍을 갔다 온 다음 날, 유만이는 1학년 아이들로부터 돈을 빼앗은 일로 학생부에 고발되었다. 근래에 더욱 건들거리더니 드디어는 좋지 못한 일에 손을 대고야 만 것이다.

학생부에 가서 조사를 받은 뒤 유만이가 나에게 왔다. 이미 학생부 선생님께 설명을 들었기 때문에 나는 더 묻지 않았다. 가만히 유만이의 얼굴을 바라보니 미안한 표정을 짓고 있긴 하지만 이 일을 큰 잘못으로 여기며 뉘우치고 있다는 느낌은 들지 않았다. 나는 유만이의 손을 잡고 말했다.

"유만아, 지난번 부당하게 폭력을 사용했다고 영어 선생님을 고발했을 때, 나는 네가 훌륭한 일을 했다고 칭찬했다. 자신이 가진 힘을 이용해 자신보다 약한 사람을 괴롭히는 일은 부당한 일이기 때문이다. 그런데 지금 유만이는 자신의 힘을 이용해 동생들의 돈을 빼앗았다. 강도 행위지. 앞의 일과 이번 일은 어떤 관계가 있는 것일까?"

유만이는 고개를 푹 숙였다.

"유만이는 잘못된 일에 저항하고 약자를 도와주는 사람이라고 생각했는데, 혹시 그게 아닌 건 아닐까? 자신에게 이익이 되는 일에 대해서는 나쁜 일이라도 강행하고, 자신에게 손해가 되면 상대가 누구건 대항을 하는 이기주의자인 것일까? 유만이가 약자를 괴롭히는 그런 사람이라면 난 유만이를 용서할 수가 없어."

유만이의 눈에서 눈물이 툭 떨어졌다.

"유만아, 약자에게 강하고 강자에게 약한 사람은 보통 사람이란다. 비겁하기 쉽지. 나는 강자에게 강하고 약자에게 약한 사람이 특별한 사람이라고 생각한다. 유만이는 그런 특별한 사람이 되고 싶지 않니?"

"선생님, 잘못했어요. 다시는 안 그럴게요."

유만이는 더 깊이 고개를 숙였다. 그리고 나는 유만이의 손을 꼭 잡았다.

영기의 준비물

종례 시간이라 교실에 가니, 바로 전 시간인 미술 시간에 우리 반 전체가 벌을 받고 있었다. 복도에서 얼마를 기다린 후에야 미술 선생님이 나오셨다.

교실에 들어가니 아이들이 몹시 화가 난 표정으로 가방을 싸고 있었다.

"왜 벌을 받았지?"

묻자마자 기다렸다는 듯이 이구동성으로 외쳤다.

"영기가 미술 준비물을 안 가져와서 그래요."

"영기는 숙제도 매일 안 해 와요."

하고 말하는 아이들 눈총이 매서웠다.

미술 선생님은 한두 명만 준비물을 안 가져와도 반 아이들 모두에게 벌을 주었기 때문에 아이들은 번번이 벌을 서야 했다. 특히 영기는 숙제도 안 해 와서 다른 아이들까지 혼나는 일이 자주 있었다.

"어떻게 해야 하지?"

아이들의 격한 정서가 걱정스러워 되물으니 "때려 주세요." 하고 모두들 외쳤다.

"영기 문제에 대해서 오늘 얘기를 좀 해야겠구나."

나는 영기를 앞으로 나오게 했다. 겁이 난 영기가 울기 시작했다. 나는 영기 어깨에 손을 올려놓고 달래서 울음을 그치게 했다.

"영기야, 아이들이 너를 때려 주라고 하는데 선생님이 지금 너를 때리면 다음 시간부터 준비물도 잘 가져오고 숙제도 잘 해 올 수 있겠니?"

영기는 자신 없이 머리를 저으며 고개를 숙였다.

"숙제나 준비물 때문에 지금까지 선생님께 매를 맞거나 혼난 일이 많지?"

영기가 고개를 끄덕였다.

"언제부터 혼났지?"

"초등학교 2학년 때부터요."

나는 고개를 끄덕였다. 그리고 영기와 나를 지켜보고 있는 아이들에게 말했다.

"얘들아, 영기는 초등학교 2학년 때부터 그러니까 무려 6년간이나 이 문제로 매를 맞고 혼났다는구나. 그런데 아직도 그 버릇을 못 고치고 있는데 지금 영기를 때리는 것이 효과가 있을까?"

많은 아이들이 고개를 저었다. 나는 영기에게 다정하게 말을 건넸다.

"영기야, 왜 그런 문제가 생겼는지 이유를 말해 줄 수 있겠니?"

영기는 한참 동안 고개를 숙이고 망설이다가 이윽고 솔직하게 말했다.

"초등학교 2학년 때 엄마와 아빠가 이혼을 했어요. 처음에는 아빠와 살았는데 아빠는 늦게 들어오셨어요. 그때부터 숙제를 안 하고 준비물도 안 가져갔어요. 1년 뒤에는 엄마와 살게 되었는데 엄마도 식당에 나가 일하고 늦게 오셨어요. 그래서 매일 오락실에 다니느라 숙제랑 준비물을 깜빡 잊었어요."

"얘들아, 문제가 어디에서 시작되었는지 이제 알겠니? 영기는 아주 어려서부터 자기 일을 스스로 챙겨야 했는데 그게 힘들었던 거야. 지금은 이미 습관이 되어서 고치기도 힘들겠지? 하지만 영기가 지금처럼 생활하는 건 문제가 있지 않겠니? 영기를 도울 수 있는 방법이 없을까? 좋은 생각이 있으면 말해 다오."

아이들의 절반 이상이 손을 들었고 수많은 의견들이 쏟아져 나왔다. 처음에는 손목에다 숙제를 적어 가게 하거나 쪽지를 목걸이로 걸어 주자는 등 주로 잊지 않도록 하기 위한 방법들에 대한 얘기가 많았다. 그러나 모두 지속성과 효과 면에서 만족하기 어려운 방법들이었다.

그 다음에는 봉사를 자원하는 학생들이 나왔다.

"영기에게 매일 아침 전화를 걸어 주겠어요."

"영기와 집에 가서 숙제를 같이 하겠어요."

"영기의 짝이 되게 해 주세요. 숙제도 같이 하고 준비물을 두 개 이상 가져와서 영기에게 주겠어요."

처음과는 딴판인 아이들의 이야기에 흐뭇했다.

"영기야, 좋은 생각인데 괜찮겠니?"

그러나 영기는 가만히 고개를 저었다. 그리고 결국 긴 토론 끝에 영기는 스스로 결론을 내렸다.

"제가 스스로 노력해 볼게요."

영기의 대답이 바로 우리 모두가 찾던 정답이었던 것이다.

"그래. 영기가 자신의 문제를 스스로 해결하려는 의지를 갖는 것이 가장 중요하겠지? 쉽게 고쳐지지 않더라도 영기를 기다려 주도록 하자."

그날 우리는 두 시간 정도의 토론으로 아주 만족스러운 결론에 도달했다.

놀라운 건, 아이들은 이제 더 이상 영기를 비난만 하지 않게 되었고, 영기도 무책임한 자신을 돌아보며 책임 있는 행동을 하기 시작했다는 점이다.

두 달이 지난 뒤 확인한 결과 아직 한 번도 실수하지 않았다는 미소 띤 영기의 답을 들었다. 우리는 더 이상 그 문제로 고민하지 않게 된 것이다.

선생님, 틀려도 돼요?

"아무래도 오늘도 방과 후에 보강을 해야겠는데……."

나의 말이 끝나기도 전에 왼쪽 분단 두 번째 줄에 앉아 있던 한 아이가,

"에이 좆같애."

하고 내뱉었다.

놀라 그 애를 바라보니 상호였다. 상호만이 아니라 많은 아이들이 몹시 짜증을 내거나 속상해 하고 있음이 틀림없었기 때문에 그 마음은 이해할 수 있었다. 그 시간도 체육 시간을 빌려서 보강 중이었고, 그 전날도 오후 다섯 시까지 보강을 했으니 왜 안 그렇겠는가?

나와 눈이 마주치자 상호는 조금 당황한 듯 고개를 숙였다. 나는 조용히 물었다.

"실수했지?"

상호가 고개를 끄덕였다.

"그럼 일어나서 사과해."

상호는 정중하게 고개를 숙이며 사과했다.

"선생님, 죄송합니다."

다시 수업을 진행하다 문득 상호를 보니 전보다 진지하게 공부하는 모습이었다. 미안한 마음 때문에 더욱 열중하고 있음이 확실히 느껴져서 대견스러웠다.

수업 끝나는 종이 나자 나는 상호에게 '수업 일기'를 건넸다. 상호는 '내가 어떻게?' 하는 놀란 표정을 지었다. '수업 일기'는 그 시간에 특별히 성과를 냈거나 칭찬받을 만한 사람에게 주어지는 것이기 때문이다.

"선생님한테 욕한 것 반성하고 열심히 수업을 하는 모습을 보니까 선생님이 아주 기쁘구나."

상호의 얼굴에 웃음이 돌았다.

시 수업에는 많은 시간이 필요하다. 시 감상을 위해 네다섯 시간을 보내고, 교과서 시와 교과서 밖의 시를 비교·연구하여 발표하고, 시에 대해 충분히 질문하고 토론한 다음, 발표에 대한 평가를 한다. 그 후 시 창작을 하고, 시화를 만들어 영상 시 수업까지 하려면 늘 시간이 부족한 편이다. 어쩔 수 없이 다른 수업을 빌려오기도 하고 방과 후 보강을 하기도 하는데 처음에는 아이들의 저항이 만만치 않았다. 하지만 나도 쉽게 물러날 수 없었다.

"보충 수업만은 정말 안 해야 하는데 미안하구나. 너희들이 얼마나 힘들지 충분히 이해하고 있다. 하지만 조금만 시간이 지나면, 이렇게 정성을 다해 공부한 것에 대해 보람을 느낄 수 있을 거야. 너희들이 나를 이해해 줄 거라고 나는 굳게 믿는다."

그날 상호는 '수업 일기'에 아주 간명하게 썼다.

내가 오늘 국어 시간에 아주 큰 실수를 했다. '보강'이란 말에 "아이 좆 같애."라고 말했다. 나는 얼떨떨했다. 일남이는 뒤에서 "뭐 같애?" 하고 놀렸다. 선생님께서 나에게 "죄송합니다."라고 하라고 하셔서 사과했다. 그런데 선생님이 나에게 이 말을 시키지 않으셨다면 했을까? 안 했을 까? 난 궁금했다.

이제부터는 실수를 하지 말아야겠다. 이런 내 자신이 부끄럽다.

상호의 글에서 나는 새로운 것을 확인한다. 상호는 실수한 것을 부끄러워만 하는 것이 아니라 실수에 대해 사과하는 법을 배웠으리라고 말이다.

수업 중에 나는 늘 아이들에게 이렇게 말한다.

"실수를 두려워하지 않는 사람만이 발전할 수 있다."

사소한 질문에 답하려고 할 때도 아이들은 꼭 이렇게 질문한다.

"선생님, 틀려도 돼요?"

"물론이지. 틀리지 않는 사람은 발전이 없단다."

정말 그렇다. 하다못해 문법 문제라도 칠판에 나와 풀었을 때, 틀린 사람은 자신이 틀린 문제만은 절대로 잊어버리지 않는다는 사실을 나는 늘 아이들에게 말해 준다.

"틀려도 돼요?"라는 아이들의 말은 나의 가슴을 너무도 아프게 한다. 어른들에 대한 경계와 두려움이 섞여 있기 때문이다. 아이 들은 어려서부터 틀리거나 실수하는 일로 창피당하거나 꾸지람을 들어 왔다. 아이들이 모든 일에 소극적인 태도를 보이는 원인은 바로 이런 데서 비롯된 것이 아닐까?

십몇 년의 교직 생활 동안 학생에게 그런 욕설을 들은 것은 오늘이 처음이다. 그러나 상호의 실수는 우리의 관계를 새롭게 만드는 귀중한 역할을 했다. 상호가 그런 말을 하지 않았다면 나는 상호의 존재 자체에 대해서 깊은 관심을 갖지 않았을지도 모른다. 상호도 마찬가지일 것이다.

상호의 말이 조금도 서운하게 들리지 않았다는 것도 기뻤지만, 수업 중에 일어나는 일은 그 자체가 하나의 교육 요소가 될 수 있다는 것을 다시 깨달은 기쁨이 더 컸다.

잘한다는 것

수업 시간에 승렬이를 바라보는 것은 즐거움이었다. 맑고 깨끗한 눈빛과 진지하고 성실한 자세, 긍정적이며 발전적인 태도를 가진 승렬이는, 선생님께는 예의바른 제자이고 친구들에게는 착한 친구였다. 누구나 승렬이가 괴로워하거나 힘들어하는 일은 상상해 본 일이 없을 정도였다.

그런데 승렬이가 쓴 시는 나를 놀라게 했다.

잘한다는 것

애들은 나보고
공부를 잘한다고 한다.
나도 가끔은 그렇게 생각한다.
그러나 무언가를 잘한다는 것은
그 사람을 괴롭게도 한다.

애들은

공부를 잘한다고

이상한 눈으로 본다.

또 내가 조금만 잘못하면

"공부 잘하는 애도 실수를 하네."

"니가 그러고도 전교 3등이냐?"

야유를 보낸다.

어머니께선

시험 때마다

"그렇게 해서 어떻게 1등을 하겠니?"

"딴 애들은 밤새도록 공부한다는데."

하시며,

나의 어깨에

크디큰 짐을

얹으신다.

그나마

아버지의

따뜻한 조언과

나를 이해해 주는 친구들의

따뜻한 위로로

이 괴로움을

버티고 있다.

이렇게 살기 싫다.
그러나 여기서 도피하긴 늦었다.
나는 그 어려움을
버텨야만 한다.

다음에 태어나면
좀 더
편하게 살리라

공부 잘하는 것을 비정상으로 취급하는 이유는 질시 때문이기도 하지만, 사실은 아이들이 '공부'의 내용에 공감하지 못하기 때문이 아닐까?

승렬이의 시는 '공부를 잘한다는 것이 과연 좋기만 한 것일까?' 하는 의문을 갖게 만든다. 무엇이 침착하고 사려 깊은 승렬이를 괴롭혔을까?

나는 늘 가정 형편이 어렵거나 공부를 못하는 아이들, 또는 문제를 일으키는 아이들에 대해서만 고민했지 승렬이 같은 아이들에게는 마음을 써 본 일이 별로 없다.

하지만 우리 교육의 병폐인 성적 위주의 경쟁 체제에서는 공부 잘하는 아이들 또한 피해자이다. 언제부터인가 열심히 공부하는 아이들이 '범생이'라고 불리며 손가락질을 받고 있다. 노래를 잘한다든가 춤을 잘 춘다든가 만화를 잘 그린다든가 독서를 많이 한다든가 하는 것은 선망의 대상인데, 공부 잘하는 것에 대해서는 가치를 부여하지 않으려는 경향이 있는 것이다.

그것은 입시나 성적을 올리기 위한 '공부'에 대한 부모와 선생님들의 일방적인 가치 평가에 대한 반발일 수도 있다. 즉, 시험 점수로 아이들을 평가하는 데에 동의하지 않고 있다는 증거이기도 하다. 또 단지 공부를 잘한다는 이유로 특별한 대우를 받는 풍토에 대한 경계이기도 하다.

승렬이의 시에서 가장 마음이 아픈 대목은 마지막 부분이다. "다음에 태어나면 좀 더 편하게 살리라."라고 말하는 승렬이에게 "다시 태어날 때까지 기다리지 말고 바로 지금 이 순간부터 편하게 살아라."라고 말하고 싶다.

아이들이 경쟁과 질시로부터 자유로워질 수 있도록 도와주고 싶다.

선생님을 청와대로!

날씨가 더워지면서 5, 6교시 수업이 더욱 힘들어졌다. 점심시간에 땀을 흠뻑 흘리고 뛰어놀던 아이들은 수업 시작종이 울린 후에야 헐레벌떡 뛰어 들어왔다. 아이들은 물을 먹느라고 부산하고, 교실은 어수선했다. 책 없는 녀석에, 필기구가 없어 이리저리 빌리러 다니는 녀석, 수업이 시작되자 엎드려 자는 녀석…….

교과서에 실려 있는 〈우리의 청소년〉이라는 글을 읽는데, 당위적이고 상투적인 이야기만 열거해 놓았기 때문에 재미가 없었다. 청소년은 존경하고 따를 만한 인물을 찾아야 하고, 옳고 그른 것을 판단해야 하며, 아는 것을 실천하고, 우리 것을 사랑할 줄 알아야 한다는 내용이었다. 사회는 청소년의 중요성을 인정해 주어야 한다는 설명도 있었다. 물론 좋은 이야기이지만 우리의 현실과 동떨어진 내용이라 아무런 감동도 주지 않는 글이었다.

책을 보는 녀석들이 절반도 안 되고, 오늘따라 유난히 산만한 분위기였다. 전에 '청소년'을 주제로 심포지엄식 수업도 하고 만화수업도 진행했던 경험을 살려 아이들을 집중시켜 보기로 했다.

"얘들아, 선생님이 생각하는 이상적인 청소년의 삶에 대해 얘기해 줄까? 잘 듣고 너희들도 어떻게 살아야 진짜 잘 사는 것인지 고민해 볼래?"

지루하던 참에 잘됐다는 듯 아이들이 일제히 "예." 하고 힘차게 대답했다.

"지금은 학교에서 하는 교육이 지식 교육 중심으로만 되어 있어서 전인 교육도 잘 안 되고 생활 교육도 잘 안 되잖니. 그리고 청소년 시기가 너무 길어서 결혼도 못하고, 경제력이 부족하여 스스로 무능하다는 느낌을 받게 되니까 무책임한 방황을 많이 하게 되는 것인지도 몰라. 그래서 내 생각인데, 지식 교육과 노동 교육과 전인 교육을 하기 위해서는 학교와 공장과 가정을 동시에 갖도록 해 주는 거야."

"어떻게요?"

누군가가 다급하게 외쳤다.

"음, 학교와 공장, 농사지을 일터가 결합되어 있고, 운동 시설이나 수영장, 휴양 시설, 예술 활동 등을 할 수 있는 공간을 같이 두는 거야. 지식을 쌓는 이론 공부는 오전에만 하고, 일주일 중 사흘은 오후에 공장이나 회사에서 일을 해서 돈을 벌고, 나머지 오후에는 스포츠나 문화 예술 활동을 하는 거야. 자기의 취미나 적성에 맞게 시간 계획을 짜는 거지. 그리고 무엇보다 중요한 것은 자유롭게 연애를 할 수 있게 해 주는 거야. 만약 결혼을 원한다면 별도의 기숙사에서 함께 생활하게 해 주는 거지. 최소한의 생활비를 벌 수 있도록 주선해 주고, 공부, 동아리 활동, 스포츠나 예술 활동도 자유롭게 할 수 있도록 하는 거지. 어때?"

아이들은 대찬성의 박수를 치며 환호성을 질렀다. 그러다가 누군가가 이렇게 외쳤다.

"선생님이 대통령 하세요."

다른 아이들도 박수를 치며 외쳤다.

"선생님을 청와대로 보냅시다!"

나는 잠시 미소를 지었다.

"세상은 누구 한 사람만의 힘으로 바꿀 수 잇는 게 아니란다. 내가 대통령이 된다면 나의 주장이 모두에게 받아들여질까?"

아이들도 금세 눈치를 채고 고개를 저었다. 아이들은 아주 빨리 환상에서 현실로 굴러떨어졌다.

"모두가 원하는 좋은 세상이 어떤 세상인지 상상해 보는 건 재미있지 않니? 우리 스스로 우리가 살고 싶은 세상을 만들어 나가야 한단다."

우리는 다시 재미없는 교과서에 얼굴을 처박았다.

열다섯 살의 요리사들

학급 단합을 위한 요리 경연 대회를 열었다. 정성을 다해 요리하는 것은 예술적 체험이 될 수 있기 때문이었다. 또 우리 반에 들어오시는 학과 선생님들을 초청하여 그동안의 노고에 감사하는 마음으로 음식을 대접할 수 있기 때문이기도 했다. 이 기회에 선생님들과 학생들 사이에 쌓였던 오해도 풀고 맛있는 음식을 함께 맛보며 정을 나눌 수 있었다.

먼저 학급 회의 시간에 두레별로 요리 계획을 세웠다. 기본 메뉴는 밥과 찌개인데 여기에 자기 두레 나름대로 개성을 살린 반찬이나 요리를 더할 수 있게 했다.

'밥은 어떻게 지을 것인가? 어떤 찌개를 끓일 것인가? 반찬은 어떤 것들로 준비할 것인가? 그릇 등 식기 준비는 어떻게 할 것인가? 후식은 무엇으로 할 것인가? 역할 분담은 어떻게 할 것인가?' 등에 대해 각 두레는 머리를 맞대고 계획을 세웠다.

요리 계획을 세운 뒤에, 두레별로 초청할 선생님을 정해서 멋진 초대의 말을 적은 초청장을 만들었다. 교장 선생님, 교감 선생님도 초대하고, 학과 선생님들은 심사 위원으로 초대했다. 초청장에는 메뉴도 소개하고 요리 경연 대회의 취지와 목적도 써 넣었다.

아이들은 아주 열심히 준비했다. 벌써 일주일 전부터 초대장을 들고 다니면서 선생님마다 붙잡고 꼭 오시라고 부탁하는 모습이 보였다.

토요일 3교시 후에 요리 경연 대회를 열었다. 아침 자습 시간에 가사실에 가서 미리 쌀을 씻어 안치고, 찌개 끓일 준비도 모두 해 놓았다. 3교시가 끝나면 바로 와서 불만 켜도록 해 두었더니 아주 짧은 시간에 음식이 완성되었다.

전골 요리, 된장찌개, 김치찌개, 생선찌개 등 두레마다 다양한 음식을 준비했다. 또 찌개 외에도 돈가스, 떡볶이, 빈대떡, 볶음밥 등도 등장했다. 반찬은 집에서 가져온 것이 많았고 음료수와 차, 과일 등이 후식으로 준비되었다.

요리가 완성되자 아이들은 두레별로 밥과 찌개, 반찬 등을 미리 떠서 선생님들의 상을 차려 놓아 선생님들이 오시는 대로 드실 수 있도록 했다. 선생님들이 맛있게 드실 수 있도록 아이들은 시중을 잘 들었다.

예상했던 대로, 남학생들의 요리 솜씨가 어쩌면 이렇게 좋으냐고 선생님들이 칭찬을 많이 해 주셨다. 앞치마를 두른 열다섯 살 사내아이들의 모습은 아주 귀여웠다.

마지막으로 남은 일은 설거지와 뒤처리였다. 이것이 가장 어려운 일이기 때문에 요리 계획을 세울 때 미리 역할 분담을 했다. 가능하면 음식 쓰레기가 나오지 않도록 음식의 양을 잘 조절해서 버리는 것이 없도록 했다. 또 설거지를 다 하고 음식 찌꺼기까지 잘 처리한 두레만 집에 갈 수 있도록 했다.

요리 경연 대회였지만 순위를 매기는 평가는 일부러 하지 않았다. 대신 다음 날 아침에 요리 경연 대회의 의의와 진행에 대한 자체 평가를 해 보았다.

아이들끼리 단합이 잘 되고 역할 분담이 분명했던 두레는 만족할 만한 평가를 받았지만, 아이들 사이에 갈등이 있었던 두레도 있었다. 또 수업이 끝난 후에 다른 반 친구들이 마구 들어와서 음식을 빼앗아 먹었기 때문에 어려움을 겪었다는 이야기도 있었다.

아이들은 찌개 끓이는 것보다도 밥을 잘 짓는 것이 더 어렵다는 것과 음식을 알맞게 준비하는 것도 중요하다는 것과 뒤처리를 하는 일이 매우 힘들다는 것을 깨달았다고 했다.

아이들은 이번 일로 집안일을 하시는 어머니의 노고를 다시금 새겨보게 되었다.

가슴 뜨거운 이야기

그동안 미뤄 두었던 영상 두레 집단 상담을 했다. 지난번에 운동 두레가 밤늦게까지 이야기를 나누었다는 말을 듣고 영상 두레 아이들은 자신들이 그 기록을 깨겠다고 벼르고 있었다. 아이들은 아예 늦게 갈 각오가 되어 있었고 어떤 이야기라도 할 준비가 되어 있었다.

먼저 '자신이 가장 좋아하는 사람과 가장 싫어하는 사람'의 얼굴을 그리고 그 이유를 설명하도록 했다. 내가 시범을 보이자 아이들이 돌아가면서 자신이 그린 그림을 보여 주면서 이야기를 했다.

종현이는 자신이 가장 싫어하는 사람으로, 공부를 뛰어나게 잘하지만 지나치게 이기적이고 자신의 고집만 세우는 한 친구에 대해 이야기했다. 친하게 지내려고 해도 결국은 그 친구의 그런 성격 때문에 늘 마음이 안 좋다고 했다.

또 좋아하는 사람으로는 사촌 형을 들었다. 행실이 나쁘다면서 친척들이 욕하는 사촌 형을 왜 좋아하게 되었는지 그 이유를 우리에게 이야기해 주었다.

우연히 형과 오락실에 갔다가 깡패들의 시비로 싸움이 붙었는데 형이 자신을 감싸고 피하라고 하면서 형 혼자만 많이 맞는 것을 보고 자신도 대들다가 흠씬 매를 맞았다는 것이다. 둘이 매를 맞고 돌아오는데 형이 그렇게 좋을 수가 없었다며, 다른 사람들은 형을 욕하지만 자신은 그 형이 너무 좋다고 했다.

나는 종현이의 이야기가 좋았다. 종현이의 듬직하고 깊이 있는 인간 됨됨이를 느낄 수 있었기 때문이다. 사람을 겉으로 보지 않고 마음으로 보려는 태도가 기특했다.

적극적이고 욕심 많은 다훈이는 이런 이야기를 했다.

"저는 박정희 대통령을 가장 좋아해요. 군인이 되면, 박정희 대통령같이 군사 혁명을 일으켜 대통령이 되어 부정부패나 일삼고 경제 난국을 만든 정치가들을 모두 혼내 주고 싶어요."

다훈이의 순진한 말에 나는 웃음이 나왔지만 진지하게 역사 이야기를 함으로써 왜 다훈이의 생각에 문제가 있는지를 설명했다. 일제 강점기부터 육이오 전쟁, 그리고 분단의 과정, 이승만 독재 정권과 사일구 혁명, 박정희의 군사 혁명과 독점 재벌의 탄생, 유신 헌법, 18년간의 장기 집권과 그 비참한 말로, 그리고 광주 항쟁에 이어 오늘에 이르기까지 질곡의 역사를 알기 쉽게 설명했다.

다훈이는 중요한 대목마다 고개를 끄덕이며 진지하게 들었고 다른 아이들도 아주 열심히 들었다.

"왜 군사 혁명과 박정희 대통령을 무조건 칭찬할 수 없는지 이제 이해가 되지?"

다훈이는 만족스러운 표정을 지으며 깊이 깨달았다고 말했다.

"정치와 역사 이야기를 오래 해서 미안하다."

내가 이렇게 말하니,

"아니에요. 그런 게 진짜 재미있어요."

하고 아이들은 진지하게 대답한다.

명우는 싫어하는 사람으로 친구 몇 명의 얼굴을 그렸다.

"나에게는 나쁜 친구들이 있어요. 1학년 때부터 그 애들과 함께 어울렸는데, 처음에는 재미로 놀았어요. 아무도 나와 놀아 주지 않으니까요. 하지만 점점 그 애들이 나를 이용하기 시작했어요. 필요할 때는 나와 놀자고 하고, 함께 놀면 따돌리고 골탕을 먹이기만 해요. 그 애들과 놀고 싶지 않아도 이제는 어쩔 수가 없어요. 자꾸 나오라고 하고 안 나오면 가만 놔두지 않겠다고 해요. 함께 있으면 나쁜 짓도 하게 되고 그래서 힘들어요."

명우가 우리 반 아이들과는 잘 어울리지 않고 별로 좋지 않은 아이들과 어울린다는 것을 알고 있었지만 대책을 세우지 못하고 있었다. 그런데 그 이야기가 명우의 입에서 자연스럽게 나오니 다행스러웠다.

"그러니까 너는 이제 그 애들과 관계를 끊고 싶구나?"

내가 묻자 명우는 고개를 끄덕였다.

"하지만 저는 용기가 없고 두렵기 때문에 관계를 끊을 수가 없어요. 오늘도 점심시간에 그 애들에게 끌려가서 물풍선을 잔뜩 맞고 왔어요. 그렇지만 그 애들이 누구라고는 말할 수가 없어요."

"얘들아, 이 일을 어떻게 하면 좋겠니?"

그때, 정현이가 묵직하게 말했다.

"선생님, 저희가 명우를 지키겠습니다. 명우야, 만약 그 애들이 자꾸 강요하고 건드리면 우리에게 말해!"

다훈이도 말했다.

"우리와 함께 다니면 그 애들이 절대로 명우를 어떻게 하지 못할 거예요."

나는 가슴이 뜨거워졌다. 마치 이 순간을 위해 집단 상담을 시작한 것처럼 흐뭇했다. 그동안 명우가 '학급 농구 대회'나 '신문 만들기' 등 영상 두레의 일을 전혀 돕지 않고 밖으로만 돌아서 아이들이 못마땅해 했는데 이제는 두레 아이들과도 친해질 것 같았다. 밤이 깊어질 때까지 우리는 명우에 대한 이야기로 많은 시간을 보냈다. 나는 마치 큰 시름을 덜어 낸 기분으로 명우의 해맑은 표정을 바라보았다.

창현이는 자신이 가장 싫어하는 사람으로 아버지를 꼽았다. 좋을 때도 있긴 하지만, 약속은 잘 지키지 않으면서 잔소리를 많이 하고 자신을 아기 취급하며, 언젠가는 엄마와 싸우다가 엄마를 밀어서 허리를 다치게 한 적도 있는 아버지가 싫다고 했다. 나는 창현이가 가끔 비뚤어진 모습을 보이는 이유를 몰랐는데 그제야 이해할 수 있었다.

늘 말이 없는 편인 태욱이는 자신이 이 세상에서 가장 좋아하는 사람은 엄마라고 첫마디를 꺼냈다. 그러고는 울음을 터뜨렸다. 우리는 태욱이가 하고 싶은 이야기가 무엇인지 짐작할 수 있었기 때문에 아무 말 없이 울음이 그치기를 기다렸다. 태욱이는 울음을 참으려고 무척 애를 썼지만, 한 문장을 끝까지 다 말하지 못하고 울음을 터뜨리곤 했다. 늘 몸이 아프다고 하면서도 일을 나가야 하는 엄마, 일을 하고 돌아오면 끙끙 앓는 엄마가 불쌍하다고 했다. "끄윽끄윽" 하고 울음을 삼키는 소리가 오래오래 들렸다.

밤 아홉 시가 되어서야 겨우 이야기를 끝낼 수 있었다. 우리에게 '집단 상담'이라는 말은 어색하다. 누가 누구를 상담한 것이 아니라 우리는 그저 우리들의 마음을 열어 놓고 이야기했을 뿐이기 때문이다.

나는 태욱이를 신길동 집 근처까지 데려다 주었다. 우리는 조용한 음악을 들으면서 말없이 갔다. 태욱이가 차에서 내리기 전에 '실직자 자녀 등록금 면제'를 신청하여 어려운 부모님을 도와드리면 어떻겠느냐고 내가 조용히 제안했고, 태욱이는 말없이 고개를 끄덕였다.

유서 쓰기

무주로 농촌 봉사 활동을 가려고 했지만 비용이 만만치 않았다. 왕복 차비만 해도 2만 원이고, 숙박비까지 하면 기초 비용이 3만 원은 든다. 게다가 먹을 것을 준비하고, 비상금까지 갖추려면 4, 5만 원은 있어야 했다.

아이들도 처음에는 멀리 농활을 가는 것에 들떠 있었지만 비용 이야기를 하자 얼굴이 어두워졌다. 형편이 어려운 아이들이 많기 때문이었다.

무주에 답사까지 다녀왔고 아이들과 자연 속에서 함께하는 기쁨을 얻고 싶은 생각이 간절하기는 했지만 어쩔 수가 없었다.

우리는 의논 끝에 돈이 안 드는 '학교 앞뜰 야영'을 하는 것으로 전원 일치 합의를 보았다. 일주일 전부터 원하는 학생들을 중심으로 두레를 새로 편성했고, 프로그램을 짜고 역할 분담을 했다.

프로그램은 텐트 치기, 축구 대회, 폐품을 이용한 공동 작품 만들기, 저녁 요리 대회, 촌극 발표회, 영상극 〈자물쇠〉 관람, 난파선 놀이, 유서 쓰기, 촛불 의식의 순서로 진행하기로 했다.

하룻저녁에 이 프로그램들을 다 해낼 수 있을지 걱정했는데 예상 밖으로 순탄하게 진행되었다.

축구 대회와 폐품을 이용한 공동 작품 만들기를 하고, 저녁 식사 후에는 두레별 촌극 발표회를 했다. 저녁밥은 운동장의 텐트 옆에서 해 먹고 행사는 교실에 들어와서 진행했다. 책상과 의자를 미리 치워 두고 교실을 깨끗이 청소한 뒤 벽에 노래를 적은 종이를 붙였다.

촌극 대회를 준비하면서 연기의 어색함을 감추기 위해 모두 탈을 만들어 쓰게 했는데, 그것이 효과가 있어서 아이들의 순발력과 창의력을 끌어낼 수 있었다.

촌극의 내용은 학교 폭력의 문제, 입시로 인한 부모와 자식 간의 갈등 문제, 방탕하게 굴다가 거지가 된 재벌 아들의 이야기, 〈심청전〉과 〈춘향전〉을 섞어서 패러디하여 새롭게 만든 이야기 등이었다. 아이들이 연기를 할 때마다 우리는 모두 배꼽을 잡고 웃었다.

촌극 대회가 끝난 후, 영상극 〈자물쇠〉를 보았다. 도시 영세민의 어린 자녀들이 부모가 문을 잠그고 일 나간 새 불장난을 하다가 죽게 된 슬픈 사건을 줄거리로 하여, 성암여상의 미술 선생님과 학생들이 그림을 그려 슬라이드 영상극으로 만든 것이었다.

가난을 면해 보려 농촌을 떠난 일가족이 도시의 변두리 지하실 방에서 어렵게 살아가는 장면과 일 나간 엄마, 아빠를 기다리다가 불장난을 시작한 아이들이 밖으로 잠긴 문을 못 열어 불타 죽는 장면, 그리고 애통해 하는 부모의 모습이 매우 사실적으로 표현된 작품이었다. 정태춘의 〈우리들의 죽음〉을 배경 음악으로 하여 만든 이 작품은 가난한 우리네 이웃의 삶을 돌아보는 기회를 만들어 주었다.

난파선 놀이는 좀 더 진지하게 진행되었다. 아이들이 두레별로 탄 배는 난파하고 마는데, 한 사람만 구명보트로 살아날 수 있고 나머지는 모두 죽을 수밖에 없다. 한 사람만 살 수 있기 때문에 자신이 꼭 살아야 하는 이유를 말하여 다른 사람들을 설득해야 했다.

그리고 마지막으로 유서를 썼다. 아이들은 매우 슬퍼했다. 유서를 쓰는 시간 동안 침통한 분위기가 계속되었다. 유서를 다 쓰고 나서 교실의 불을 끄고 한 사람씩 나와서 유서를 읽었다. 몇몇 아이들은 눈물을 흘렸다. 대부분의 아이들은 부모님께 효도하지 못하고 죽는 것을 가장 슬퍼했다.

> 부모님 정말 죄송합니다. 맨날 입으로만 "커서 호강시켜 드릴게요. 돈 많이 벌어서 부모님 호강시켜 드릴게요."라고 한 것을 사나이답게 실천으로 못 옮기고 저 먼저 죽습니다.
>
> 아버님, 어머님은 매일 "공부해라. 출세해서 남부럽지 않게 살아라." 하셨는데 그 약속을 못 지켜 죄송합니다. 정말 죄송하다는 말밖에는 나오지 않습니다.
>
> 저의 몸은 비록 이승에 없지만, 마음만은 부모님의 영원한 수호천사가 돼 드릴게요. 죄송합니다.
>
> 저를 화장시켜 강에 뿌려 주세요. 이 틀에 박힌 세상에서 영원히 훨훨 날아가 나의 꿈을 이룰 수 있도록.
>
> 신대용

나는 네 살까지는 구로공단 단칸방에서 살았고, 다른 애들은 한두 편씩은 다 가지고 있던 만화 비디오 하나 빌려 보지 못하고, 하루 한 끼는 라면을 먹으며 어렵게 살았다.

네 살에서 여섯 살까지는 그 옛날 보릿고개를 지내는 것과 같았다. 한 줄에 천 원짜리 김밥 하나를 못 사 먹고 살았다고 하면 누구도 믿지 않을 것이다.

1995년에 가정의 기틀이 잡혔지만, 늘 절약하라는 이야기만 들었고 옷을 사도 "골라, 골라" 시장 바닥에서 파는 것만 입으며 살았다. 지금은 사정이 많이 좋아져서 그때와 비교해 보면 참새가 매가 된 것과 같다고 봐도 과언이 아니다.

그러나 IMF로 인해 다시 1990년대로 뒷걸음질을 하고 있다. 지금 갖고 있는 시계도 산 게 아니고 옷이나 신발은 3만 원짜리 이상은 없다. 핸드폰 가지고 다닌다고 부자라고 하지만, 3만 원짜리 재고 가입한 싸구려일 뿐. 싸구려에 둘러싸였던 지금까지의 내 가난했던 삶을 무엇으로 보상받을까? 유치원 때부터 아침에 본 엄마 얼굴을 밤늦게나 다시 보며 살아온 내 싸구려 인생이 억울해서 살아야겠고, 죽더라도 눈을 못 감는다. 아니 안 감을 것이다.

임광용

비록 연극적 설정이지만, 죽음이나 삶에 대해서 깊이 생각해 보지 못한 열다섯 살 나이에 유서를 쓰는 체험이 조금은 충격적이었던 것이 분명하다.

유서 읽기가 끝난 후 모두가 초를 들고 하나의 원으로 둥글게 둘러섰다. '생명의 불'을 다시 켜는 의식을 행하기 위해서였다. 내가 먼저 옆 사람에게 불을 붙여 주고 그 사람이 다시 옆 사람에게 불을 붙여 주는 식으로 이어졌다. 자신의 불이 켜지면, "새로운 생명을 주셔서 고맙습니다." 하는 말과 함께 자신의 다짐을 이야기했다. "부모님께 효도하고 공부 열심히 하겠습니다."라든지 "그동안 친구들을 괴롭혔는데 앞으로는 사이좋게 지내겠습니다." 하는 약속이 많았다. 서른일곱 개의 생명의 불이 켜지자 우리는 마지막으로 다 같이 〈사랑으로〉를 불렀다.

촛불 의식이 끝난 시간은 새벽 한 시. 우리는 운동장의 텐트로 돌아와 잠을 청했지만, 아침까지 잠을 잔 아이는 한 명도 없었다. 오로지 나 혼자만 코를 골며 곯아떨어지고 말았다.

콘돔 값을 물어 주다

지난번 사생 대회 끝나고 돌아오는 길에 어디서 났는지 아이들이 모두 큰 풍선을 불어서 가지고 놀고 있었다. 나는 아무 생각 없이 그냥 지나쳤는데 창현이가 나의 손에 슬그머니 비닐 포장된 물건을 쥐어 주고는 킬킬거리며 도망을 쳤다. 자세히 보니 일회용 콘돔이었다.

"이게 어디서 났니?"

"공원 화장실의 자판기에서 꺼냈어요. 선생님, 왜 공원 화장실에 콘돔이 있어야 하죠?"

"필요한 사람들이 있으니까."

아이들은 "우하하." 하고 폭소를 터뜨린다.

"인석들아, 만약을 대비하는 것도 모르냐?"

나도 웃으며 넘어갔다. 아이들은 사이즈가 작다는 둥 어떻다는 둥 하며 떠들었다. 그러나 다음 순간 나는 이상한 생각이 들었다.

"콘돔을 돈 주고 샀니?"

"아니요. 대용이가 손을 넣어서 막 꺼냈어요. 자판기가 엉성해서 막 나와요."

나는 웃음을 멈추었다. 하지만 그날은 더 이상 이야기할 분위기
가 아니었기 때문에 다음 날 종례 시간에 장난을 친 녀석들을 세
워 놓고 야단을 쳤다.

"너희들, 장난으로 남의 물건에 손을 댔으니 실수를 했다. 콘돔
이 너희에게는 우스운 물건이겠지만 꼭 필요한 사람에게는 소중
한 것일 수도 있고, 또 그것을 팔아서 회사를 운영하는 사람들에
게는 손해를 입혔구나. 그것은 절도죄에 해당된다."

아이들은 찔끔해서 고개를 숙이고 잘못했다고 말했다.

"손을 댄 것만큼 변상해라."

하고 내가 말하니, 대용이와 다른 몇 명이 돈을 걷어 만 원을 만
들었다.

오늘 집으로 가는 길에 원상회복을 해 놓기 위해 늠늠이와 종
광이, 대용이를 데리고 낙성대 공원에 갔다. 늠늠이는 '늠름하다'
는 뜻의 순우리말 이름을 가진 아이다.

지난번에 꺼냈던 것만큼의 콘돔을 사 가지고 가려다가 생각을
바꿔 자판기의 상황을 점검할 겸 일단 공원 화장실로 먼저 갔다.
아무리 생각해도 어떻게 콘돔을 자판기에 집어넣어야 할지 묘안
이 떠오르지 않아 이리저리 궁리만 하고 있는데, 아이들은 나보다
현명했다.

"선생님, 우리가 빼낸 것만큼을 돈으로 집어넣으면 되잖아요."

옳거니 하면서 얼마나 빼냈느냐고 물으니 300원짜리 20개 정
도라고 했다. 아이들은 매점에 가서 잔돈을 바꾸어다 6000원을
집어넣었다. 늠늠이는 자판기를 쓰다듬으며 "배부르지?" 하고 능

청을 떨었다.

아이들과 화장실에서 나오는데 아저씨들 몇 명이 화장실에 들어오다가 나를 이상한 눈으로 바라보았다. 웬 여자가 남자 화장실에서 아이들을 데리고 나오는 것이 이상하게 보였던 것이다. 아이들이 배꼽을 잡고 웃었다. 돌아오는 길에 남은 4000원으로 떡볶이와 순대를 사 먹었다.

"인석들! 다시는 남의 물건에 손대지 않겠지?"

"예. 절대로 남의 물건에 손대지 않겠습니다."

아이들은 즐겁게 맹세했다.

다훈이의 담배

소풍 가는 날인데 정말 운이 없게도 아침 일곱 시 전부터 비가 주룩주룩 내렸다. 원래 일곱 시까지도 비가 오면 공부할 준비를 갖춰서 학교로 등교하기로 했지만, 비가 와도 소풍을 강행하기로 학교 방침을 갑자기 바꾸었기 때문에 아이들이 우왕좌왕했다.

학교 전체가 서울랜드로 소풍을 갔는데 우리 반만 남산으로 갔다. 오전에는 남산식물원을 둘러보고 오후에는 과학관에서 하루를 보냈다. 실내 활동이었기 때문에 비를 맞을 염려도 없었다. 보통 때는 복잡한 과학관이 그날 오후 시간은 텅 비어 있었다. 우리는 도우미의 친절한 설명까지 들어 가며 여러 가지 과학 실험을 해 볼 수 있었다.

"서울랜드에서 비를 쫄딱 맞으며 우왕좌왕하고 있을 애들을 생각해 봐라. 선생님이 선견지명이 있지?"

그러나 나는 조금 양심에 찔렸다. 사실은 일에 쫓겨 적당한 소풍 장소를 답사하러 갈 시간이 없어서 이번에는 다른 반이 가는 데로 편하게 가려고 마음먹었기 때문이다. 그래서 소풍 장소에 대

해 의논할 때,

"백일장도, 사생 대회도 우리 반만 따로 갔으니까 한 번쯤은 다른 반과 같이 가는 것도 괜찮겠지? 한 명이라도 찬성하는 사람이 있으면 나도 서울랜드로 그냥 갈 테다."

했지만, 단 한 명도 서울랜드로 가자는 아이가 없었다. 그래서 어쩔 수 없이 급히 생각해 낸 것이 남산이었다. 시내로 일을 보러 갔다가 언뜻 생각나 남산을 답사했던 것이다. 그런데 비가 와서 실내에서만 활동하게 된 것이 오히려 다행스러운 일이 될 줄이야.

다훈이는 점심을 먹을 때도 곁을 맴돌면서 내 눈치를 보며 애원하고 있다.

"선생님, 정말 안 피웠어요. 믿어 주시는 거죠? 네?"

나는 웃었다.

"학교에 돌아가서 이야기하자니까. 왜 자꾸 안 피웠다고 그러지? 내가 언제 담배 피웠냐고 물었니?"

그러나 다훈이는 더욱 안달이 나서 애걸복걸한다. 지난번 사생 대회 때의 콘돔 사건 때문에 후환이 두려운가 보다.

내가 아침에 아직 오지 않은 아이들을 기다리느라 우산을 쓰고 남산 입구에 서 있는데, 내 앞에 있던 다훈이가 주머니에서 몰래 담배를 꺼내 유만이에게 건네주는 것이었다.

"다훈아, 내 눈에 뭔가가 보였구나. 그런 물건을 내 앞에서 주고받는 것을 보니 나를 너무 믿고 있나 보다."

"앗, 선생님, 사실은요……."

"아무 설명도 필요 없다. 일단 압수다. 중학교 2학년에게는 조금 이르다고 생각되는데. 너희들의 건강을 위해서 말이야. 자세한 이야기는 학교에 가서 하자."

"아아, 선생님!"

다훈이는 모범생이지만 초범은 아니다. 지난 사생 대회 때도 화장실에서 담배를 피웠다는 이야기가 들려오고 있었기 때문이다. 그때도 나는 아무 말도 하지 않았건만 다훈이가 스스로 교무실로 찾아와 눈물을 뚝뚝 흘리며 다시는 담배에 손대지 않겠다는 약속을 한 터이다. 나는 아무런 꾸지람도 하지 않았고 약속도 강요한 적이 없었는데 말이다. 다훈이는 이번에도 울 수는 없다고 생각했는지 더 필사적이다.

"선생님, 믿어 주세요. 정말 안 피웠어요."

"그래? 그런데 담배는 어디서 났지?"

"오다가 길에서 주웠어요. 정말이에요."

"다훈아, 나는 담배 때문에 너를 야단칠 마음이 추호도 없다. 그런데도 네가 내게 거짓말을 계속 한다면 나는 너와 절대로 이런 이야기를 나누지 않겠어."

"……."

"비 오는 날 길에 떨어진 담배가 어떻게 그렇게 젖지 않고 그대로 있을 수 있지? 그게 바로 네 거짓말의 증거야."

"선생님, 사실대로 말씀드리겠어요. 사실은 어제 제가 담배를 샀어요."

"어느 담배 가게지?"

"아빠 심부름이라고 했어요. 그것만은 묻지 말아 주세요."

"그래, 그건 나중에 이야기하자. 하지만 그 사람은 처벌을 받을 수 있어."

"선생님, 처음이에요. 지난번 사생 대회 이후에 오늘이 처음이었어요."

"다훈아, 또 거짓말을 하는구나. 벌써 담배 여러 대가 비어 있던데. 아버지라도 드렸니?"

"선생님, 사실대로 말씀드릴게요. 사실은 어제 두 대 피웠어요. 그리고 오늘 두 대 피웠구요. 유만이는 아직 못 피웠어요. 아까 달라고 해서 주는데 선생님이 보신 거예요."

"……."

"선생님, 정말 죄송해요."

"나에게 죄송할 건 전혀 없어. 네 몸에게 미안한 일이지. 나는 별로 자세하게 알고자 한 것도 아니야."

"거짓말을 해서 죄송해요."

"네 나이에 담배 피우는 것은 조금 이르다고 생각한다. 선생님이 문제를 삼는다면 단지 그런 이유 때문이야."

다훈이는 정다운 눈빛으로 나를 바라보면서 안도의 숨을 내쉬며 웃는다.

"선생님, 그러면 학교에 돌아가서는 문제 삼지 않으시겠지요?"

"글쎄, 그건 장담하지 못하겠구나."

"선생님!"

다급한 다훈이의 목소리. 그의 얼굴에 검은 그림자가 뒤덮인다.

"다훈아, 나는 단지 너의 건강을 걱정하고 있다는 것을 네가 이해해야 한다."

"……."

그 뒤 학교에 돌아와 그 문제를 다시 거론하는 일은 없었다.

점심시간의 음담패설

우리 학교 아이들은 1년 내내 교실 밖에서 밥을 먹는다. 아이들은 삼삼오오 짝을 지어 뒤뜰에 모여 앉아 도시락을 먹는데, 비가 오는 날은 중앙 현관이나 건물 처마 밑에 앉아서 먹기도 한다. 처음에는 이상하게 보였지만 야외에서 밥을 먹는 것도 괜찮다 싶어 그러려니 했다. 그러나 사실은 아이들이 자신의 도시락을 온전히 지키고 싶어서 교실 밖으로 나와 끼리끼리 먹는다는 사실을 알고 나서는, 쌀쌀한 날씨에도 양지를 찾아 모여 앉은 아이들을 다시 바라보게 되었다.

아이들이 밥을 먹고 간 자리에는 음식 찌꺼기가 흩어져 있거나 빈 참치 깡통이 버려져 있는 경우도 있어서 눈살을 찌푸리게 했다. 식당이 없는 것도 안타까운 일인데, 거친 친구들을 피해서 땅바닥에서 밥을 먹는 아이들의 모습은 너무 애처로웠다.

지난번 만화 그리기 대회 이후 나는 매일 교실에서 아이들과 함께 밥을 먹었다. 처음 점심을 같이 먹은 날, 나는 우리 반에서 다른 아이들에게 피해를 주는 아이들이 누구인가를 금방 알 수 있었다. 주로 '잡 두레' 아이들이었다. 문학 두레, 이야기 두레, 운동 두레, 컴퓨터 두레 등 주제 있는 두레에 비해 아무거나 닥치는 대로 하겠다는 뜻에서 모인 잡 두레는, 여러 가지 일을 다 한다 해서 'JOB 두레'도 되고, '잡(雜) 두레'이기도 하단다. 아이들이 두레를 새롭게 조직하기를 희망했기 때문에 새로 만들어진 두레이다.

어쨌거나 정훈이, 별마로, 대용이, 늠늠이, 창현이가 중심 멤버인데 이 녀석들이 우리 반 꾸러기요 막가파이다. 정훈이는 벌써 학생부에서 처벌받은 적이 있고 창현이와 함께 중학교 1학년 때부터 악동으로서의 전과가 제법 있었다. 지난번 콘돔 사건의 주동들도 있었다. 여기에 1학기 부반장 별마로, 현재 부반장 늠늠이가 가세하니 천하무적이다. 별마로는 별처럼 높이 되라는 뜻으로 부모님이 지어 준 순우리말 이름을 가진 아이다. 제 밥은 미리 먹어 치우고 점심시간에는 친구들의 것을 빼앗아 먹는 별마로, 반찬 없이 밥만 싸 와 친구들의 반찬을 털어 가는 정훈이, 그리고 그 밖에도 도시락을 들고 다니며 꾸러기 짓을 하는 녀석들이 많았다.

내가 교실에서 같이 밥을 먹자 어쨌든 질서가 조금씩 잡혔다. 돌아다니거나 서서 밥을 먹지 않도록 주의를 주고 밖에도 나가지 않도록 했다. 남의 것을 못 먹어 전전긍긍하는 정훈이에게 내 반찬과 밥을 덜어 주며 달랬지만, 한참 먹성 좋은 나이에 엄마의 정성이 담긴 그럴싸한 남들의 반찬이 얼마나 먹고 싶으랴 하는 생각이 들어 안쓰럽기도 했다.

내가 잠시 한눈을 파는 사이에 책상 밑으로 기어가서 남의 것을 빼앗아 먹고 오기도 했지만 그래도 질서는 잡혀 갔다.

다른 아이들은 아주 흡족해 했다.

"선생님, 천국이에요. 천국!"

아이들에게 필요한 평화의 시간은 10분. 아무리 길어도 15분이면 족하다. 아이들은 어찌나 빨리 밥을 먹어 치우는지 내가 막 두세 숟가락을 입에 넣을 무렵이면 모든 게 끝난다. 아이들은 밥을 다 먹으면 내가 밥을 먹고 있건 말건 무조건 뛰어다닌다.

"이놈들아, 선생님은 아직 다 안 잡수셨다."

하고 외쳐도 소용이 없다. 먼지 속에서 나는 혼자 밥을 먹는다.

"너희들만은 선생님이 숟가락을 놓을 때까지 절대로 자리를 떠서는 안 된다."

하며 강제로 잡 두레 아이들을 앉혀 놓았다.

"선생님이 진지 잡숫는 동안 재미있는 이야기를 바치도록 하라."

내가 농담을 하자 별마로가 말했다.

"선생님, 코끼리와 개미가 그거 한 이야기 해 드릴까요?"

"음, 한번 해 보도록 하라."

"개미가 물에 빠졌어요. 개미가 살려 달라고 코끼리에게 애원했어요. '살려 주면 뭐 해 줄 건데?' 하고 코끼리가 물었어요. 개미는 '해 달라는 대로 뭐든지 다 해 줄게.'라고 말했죠. 그래서 코끼리가 개미를 구해 주었죠. 그래서 코끼리는 개미에게 그걸 해 달라고 했어요."

그러자 아이들은 "그게 뭐냐?" 하며 한참 웃고 떠들었다.

"그래서 개미는 코끼리의 그거 속으로 들어갔죠. 그런데 아무리 개미가 애를 써도 코끼리에게는 기별도 없는 거예요. 그런데 그때 벌이 날아와 코끼리를 쏘아 댔죠. 코끼리가 따끔따끔한 것을 못 참아서 '아야, 아야.' 하고 외쳤죠. 그랬더니 개미가 뭐라고 했게요?"

"글쎄."

"아파도 조금만 참아, 조금만 참아, 했대요."

나는 웃었다. 이렇게 해서 우리는 하루하루 즐거운 점심시간을 보냈다.

물론 그런 이야기만 한 것은 아니다. 때로는 햄 같은 인스턴트 식품만 먹고 김치나 나물 등은 먹지 않는 식습관의 위험성에 대해 과학적으로 분석해 주기도 하고, 음식이 갖고 있는 본래의 맛을 느끼며 먹는 법에 대해 강의 아닌 강의를 하기도 했다.

식사 후에는 광용이가 후식으로 내놓는 둥글레차나 정엽이의 유자차를 먹었다. 5교시 시작종이 울린지도 모르고 수다를 떨다가 다른 과목 선생님이 교실 안으로 들어서고서야 깜짝 놀라서 자리에서 일어난 적도 여러 번 있었다. 나는 점점 더 점심시간이 즐거워졌다. 감시하지 않고 아이들과 함께하는 시간이 소중하게 느껴졌다.

무엇보다도 점심시간의 가장 큰 수확은 아이들에 대한 정보를 얻는 것이다.

"선생님, 겨울 방학 하는 날 정훈이하고 별마로하고 종광이는 머리를 파란색, 빨간색, 노란색으로 물들일 거래요."

"나는 양아치 패션은 싫은데."

하면서 나는 또다시 패션에 대한 이야기를 하기 시작하는 것이다. 아이들이 교사를 경계하지 않으면 생활 지도의 절반은 성공한 셈이다.

가출은 선생님 집으로

"남이 잃어버렸거나 떨어뜨린 물건을 발견했을 때 원래는 그대로 두어야 할 일이다. 언젠가는 물건의 주인이 자신이 거쳐 간 곳을 찾아가 그 물건을 도로 찾을 수 있도록 해 주어야 할 일인데, 주인이 없다는 핑계를 대고 그 물건을 가졌다면 그건 반은 도둑질이다. 게다가 그것을 팔아먹은 건 도둑질과 다를 바가 없고, 물건을 판 돈을 친구와 똑같이 나누지도 않았으니 그는 또한 약아빠진 짓이다. 또 너는 그런 짓을 한 것을 부끄럽게 여기지도 않고 여기저기 떠벌리고 다닌 데다, 네가 한 짓을 별로 심각하게 여기지도 않고 있으니 참으로 한심하구나."

나는 실망스럽다 못해 별마로가 원망스럽기까지 했다.

얼마 전 음악실에 두었던 기악반 아이들의 팬파이프 여러 개와 미술실의 노트북 컴퓨터를 도둑맞아 학교가 발칵 뒤집힌 일이 있었다.

그런데 그 뒤 별마로와 정훈이가 신길동 어느 분식점에서 팬파이프 하나를 주워 시내 악기점에 팔았고, 이 사실이 학생부에 알려져 조사를 받았다.

음악 선생님이 시내 악기점에 가서 확인한 결과 학교에서 도둑맞은 것 중의 하나라는 것이 밝혀졌다. 물론 별마로와 정훈이가 그것을 직접 훔친 것은 아니라는 것이 증명되기는 했지만 도둑맞은 물건일 가능성이 있음에도 주인을 찾아 주려는 노력을 전혀 하지 않고 가명까지 써 가면서 악기점에 팔았다는 것은 매우 좋지 않은 행동임이 분명했다.

"별마로야, 너 기억나니? 우리가 시 수업을 할 때 말이야. 너희 두레에서 네가 사회를 보며 시 연구한 것을 발표하고 친구들의 질문을 받았지. 너희 두레가 잘 대답하지 못해서 내가 열심히 설명해 주었을 때 네가 뭐라고 했지? '이렇게 훌륭한 설명을 해 주신 우리 선생님께 박수를 보내 주십시오.'라고 말했지. 네가 얼마나 총명하고 재치가 넘치는 아이인지, 너의 창의성과 순발력이 얼마나 뛰어난지 다 안다. 그런데 불행하게도 너는 너의 그 좋은 머리를 매우 엉뚱한 일에다 쓰고 있구나. 너무 슬프다."

별마로는 고개를 푹 숙이고 있었다.

오늘 아침에 별마로가 나에게 9만 원을 맡기러 왔었다. 어떻게 이렇게 많은 돈을 가지고 있냐고 놀라는 나에게, 옷을 사기 위해 그동안 모은 것이라고 천연덕스럽게 거짓말까지 했으니 면목이 없는 것은 당연한 일이었다.

"정훈이가 엄마 없이 꿋꿋하게 잘 지내는 것이 대견하고, 작년에 비해 올해에는 나쁜 일도 안 하고 잘 지내서 기뻤다. 다른 반 친구들도 정훈이가 모범생이 되었다고 칭찬을 하더구나. 하지만 친구가 나쁜 일을 하려는데 말리지는 않고 같이 했으니 똑같은 놈일 뿐이다."

정훈이도 고개를 숙이고 있었다.

별마로와 정훈이는 학생부에서 근신 처분을 받고 며칠간 '사회 봉사'를 하라는 통보를 받았다.

"내일 부모님을 모시고 오도록 해라."

"부모님이 이 사실을 알면 저는 집에서 쫓겨나요."

별마로가 펄쩍 뛴다. 정훈이도 마찬가지이다.

"저는 아버지에게 맞아 죽어요."

"그 정도 일로 부모님이 자식을 쫓아낸다면 집을 나오도록 해라. 그 대신 우리 집으로 오너라."

"정말이에요?"

두 녀석은 놀라서 되물었다.

"물론이지. 배도 안 아프고 아무 힘도 안 들이고 이렇게 큰 아들을 얻는다면 나야 횡재하는 거지. 누구나 잘못은 저지를 수 있는 건데 그 때문에 나가라고 한다면 '집에서 쫓겨나면 선생님 댁으로 오라고 하셨습니다.' 하고 말씀드리고 짐을 싸 가지고 나오도록 해라. 그리고 정훈이도 아버지가 너무 심하게 때려서 견딜 수 없거든 선생님 댁으로 가겠다고 말하고 나오도록 해. 하지만 내가 알기로는 부모님이 그러실 리 없다. 너희들이 정 말씀을 못 드리면 내가 직접 가정 방문을 갈 것이다."

이후의 이야기는 우습게도 내가 가정 방문을 가는 것이 더 좋은지 부모님이 학교에 오시는 것이 더 좋은지를 놓고 논란을 벌이는 방향으로 흘러갔다. 아이들은 내가 찾아와 주는 것이 더 부담이 없다고 주장하며 은근히 나를 유도했다.

나는 속으로 웃었다.

'약은 척하는 녀석들! 하지만 나도 너희들만큼의 머리가 있다. 이 녀석들아.'

하지만 나는 진지하게 아이들의 입장을 걱정해 주는 표정을 짓고 있었다.

눈부시게 아름다운 아이들

요즈음의 학교 현실에서 연극 공연에 대한 학교의 지원은 기대하기 힘들었다. 빌려 온 조명은 수시로 망가지고 무대 장치는 생각도 못했다. 그래서 벽 가리개를 갖다 놓고 신문지로 도배를 했다. 연극의 내용이 경제 난국으로 파괴되어 사는 가정의 모습을 그린 것이므로 세상사의 아픔을 상징하기에는 신문이 가장 좋은 것 같았다. 이 아이디어는 생각보다 좋은 효과가 있었다. 맏아들이 아르바이트를 하러 주유소로 피자집으로 뛰어다니는 모습을 슬라이드로 찍어 연극 중간에 보여 줬는데, 슬픈 음악과 함께 신문지 위에 비춰진 인물은 묘한 조화를 이루었다.

이번 연극은 대부분의 내용이 학생들에 의해 만들어졌다는 점에서 특별한 의미를 지닌다. 연출자도 학생 중에서 뽑았기 때문에 한 장면씩 만들어 가는 과정이 모두 학생들 중심으로 이루어졌다. 아이들이 중심 소재로 찾은 것은 '죽음, 왕따, 여자'였다. 이 소재를 '경제적 어려움과 가정 파탄, 그리고 아이들의 방황'에 맞춰 내용을 엮었는데, 요즈음 우리 주변에서 일어나는 많은 문제들을 현실적으로 다루었다는 점에서 호평을 받았다.

줄거리는 대충 이런 내용이다.

> 노숙자인 한 남자가 죽었다. 염라대왕 앞에 간 남자는 직장에서 쫓겨난
> 뒤 가정불화 끝에 아내가 가출하고 아이들마저 자신을 버렸다고 주장했
> 다. 염라대왕은 그가 집을 나온 이후 그의 아들 4형제가 겪는 아픔을 보
> 여 준다.
>
> 고등학생인 맏아들은 소년 가장이 되어 동생들을 돌보기 위해 온갖 고
> 생을 다 한다. 그러나 둘째 아들은 도둑질을 하거나 나쁜 아이들과 어울
> 리게 되고, 셋째 아들은 더럽다는 이유로 아이들에게 따돌림을 당하고
> 매를 맞는다. 막내아들은 고아라고 놀리는 아이들과 싸움을 하지만 상
> 처 받은 마음 때문에 울보가 되어 오로지 엄마만을 기다린다.
>
> 형제간의 갈등과 고통에 찬 생활 모습을 본 아버지는 울면서 다시 살려
> 달라고 매달리는데, 염라대왕은 관객에게 어떻게 할지를 물어봄으로써
> 관객들의 판단에 따라 결말을 내리도록 했다. 아이들이 뿔뿔이 흩어지
> 려고 할 때 어머니가 돌아옴으로써 비극적 결말은 면하는 것으로 대단
> 원의 막을 내린다.

연극의 중심인물인 4형제는 각각 성격이 다른 개성적인 인물로
설정했는데 배역이 아주 절묘하게 나누어졌다.

맏아들을 연기한 종훈이는 정말 모범생이며 의리 있는 학생이
고, 실제로 껄렁껄렁한 모습에 '신길동 떴다 제비'라는 별명을 가
진 태양이가 반항적인 문제아인 둘째 역을 맡았다. 나는 태양이가
인내심이 부족해서 연극 연습 도중에 포기할까 봐 조마조마했는

데 다행히도 잘 따라와 주었다. 하지만 공연 당일 아침, 공연 시간이 지나 관객이 모두 기다리는데 태양이가 나타나지 않아 당황했던 일을 생각하면 지금도 아찔하다.

무엇보다도 바보 셋째 아들 역을 한 경훈이 때문에 많은 사람들이 놀랐다. 경훈이는 '개그'라는 별명으로 불리며 친구들로부터 무시를 당하기 일쑤였기 때문에 자신의 현실이 연극 속의 역할 그 자체였다. 경훈이가 발음도 분명하지 못하고 코를 흘리며 옷차림도 깔끔하지 않은 것은 사실이지만, 국어 시간에 '천재 시인' 소리를 들은 바 있고, 또 대본 작업을 할 때 경훈이가 얼마나 열심히 글을 썼는지 모른다. 실제로 한 달 넘는 연습 기간 동안 한 번도 빠지지 않고 참여한 사람은 경훈이뿐이었을 것이다.

10회의 공연 중 마지막 공연 때 경훈이가 아이들의 따돌림에 항의하다가 몰매를 맞고 우는 장면에서 나는 눈물을 흘렸다. 공연 직전에 경훈이가 한 말 때문이었다.

"선생님, 매 맞는 장면에서 울지 않고 욕을 하면 안 되나요?"

"왜?"

"이제 정말 눈물이 안 나와요."

"경훈아, 진짜 우는 것이 아니라 그냥 우는 연기만 하는 거야. 그럼 그동안 정말로 울었어?"

"너무 힘들어서 못하겠어요. 이젠 정말 눈물이 안 나와요."

경훈이가 단순히 연기를 한 것이 아니라는 것을 나는 그때서야 알았다. 마지막 공연 중 경훈이의 연기 장면에서 나는 경훈이의 순수한 마음을 진정으로 느낄 수 있었다.

어떤 학생들은 '바보' 경훈이가 과연 어떻게 연기를 하는지 보려고 왔다고 말했다. 그러나 연극을 보고 난 후 썼던 '연극 관람기'에는 "경훈이가 연기를 해냈다는 것이 놀랍다."라고 쓴 글이 많이 있었다.

막내를 연기한 만중이도 국어 수업 때 〈어머니의 손〉에 대한 글을 발표하면서 마음 아파하며 펑펑 울었고, 나와 아이들도 모두 함께 눈물을 흘린 일이 있기 때문에, 나는 만중이가 연기를 할 때마다 눈물이 핑 돌았다. 만중이의 연기 역시 단순히 연기를 위한 연기가 아님을 느낄 수 있었다.

엄마가 고생하는 것을 슬퍼하고 엄마를 그리워하는 가슴 아픈 연기는 만중이 자신의 현실이기 때문에 더욱 절실한 것이었다. 만중이의 연기는 선생님들이나 학부모들의 눈시울을 적시게 했다. 만중이 어머니가 돈벌이 때문에 끝내 아들의 훌륭한 연기를 보러 오지 못한 것이 나는 못내 안타까웠다.

사흘간 하루에 3~4회씩 해서 10회 공연을 모두 끝내고 우리는 함께 저녁을 먹었다. 교장 선생님과 여러 선생님, 그리고 학부모들까지 정성 어린 촌지를 주셨기 때문에 주머니가 넉넉했다. 아이들은 너무 기뻐서 어쩔 줄을 몰랐다.

저녁을 먹고 났을 때 만중이가 나에게 정말 모르겠다는 듯이 진지하게 물었다.

"선생님, 선생님은 왜 연극을 하세요?"

"왜? 연극을 하면 좋잖니. 만중이는 좋지 않아?"

"아뇨, 우리야 정말 좋죠. 하지만 선생님은 좋을 게 없잖아요. 힘만 들잖아요."

"만중아, 연극을 공연하면서 가장 행복한 사람은 바로 선생님이야. 학생들이 자신의 능력을 최대한 발휘하는 것이 선생님의 최고의 기쁨이란다."

만중이는 만족한 듯이 고개를 끄덕이며 수줍게 웃었다.

우리는 노래방을 거의 점령하고 마음껏 춤추고 노래를 불렀다. 음정, 박자가 전혀 맞지 않게 소리만 지르며 펄쩍펄쩍 뛰는 경훈이를 따뜻한 눈으로 바라보는 아이들을 보는 것은 어떤 기쁨과도 바꿀 수 없는 것이었다. 처음 연극 연습할 때 경훈이의 눈치 없는 행동 때문에 때려 주어야겠다고 말했던 3학년들도 이제는 경훈이를 충분히 감쌀 수 있을 만큼 너그러워져 있었다.

나는 부쩍 커 버린 아이들의 성숙한 모습을 바라보는 즐거움을 만끽하고 있었다. 어느 누구도 이보다 더 행복한 순간을 맛볼 수는 없을 것 같았다.

슬픈 역사의 아픔

토요일에 1박 2일 일정으로 '나눔의 집'에 갔다. 자동차를 대절하지 않고 스물네 명의 아이들을 이끌고 경기도 광주까지 가는 일은 상당히 힘이 들었다. 버스와 전철, 그리고 시외버스로 다섯 번이나 차를 바꿔 타고 무려 네 시간 반이나 걸려 '나눔의 집'에 도착했다. 평소에 걸어서 학교에 다니던 아이들은 멀미를 하기도 하며 몹시 힘들어 했다.

우리가 도착했을 때는 이미 짧은 겨울 해가 넘어가고 어둠이 깔리기 시작했다. 저녁을 지어 먹으려니 가스도 없고, 부엌에는 수도가 얼어 물도 나오지 않았다. 마당에 있는 수돗가에 나가 쌀을 씻고 전기밥솥을 빌려 밥을 하면서 짐을 풀었다.

그래도 숙소인 원형의 작은 강당은 따뜻하고 아늑해서 아이들과 함께 지내기는 아주 좋았다. 원형 강당 안에는 할머니들이 자신들의 체험을 그린 그림들이 걸려 있었다.

위안소 건물 계단에 앉아 있는 처녀들과 위안소를 찾아오는 일본군들의 모습이 그려진 일본군 위안소의 전경 모습, 벌거벗은 몸이 군홧발 아래 쓰러져 있는 모습, 흰 저고리에 검은 치마를 입은 소녀가 일본군에게 강제로 끌려가고 있는 모습, 일장기가 붙은 배를 타고 바다를 건너가는 처녀들의 모습 등을 그린 것이었다. 어린 시절 고향에서 천진하게 나물을 캐던 때의 모습이나 순진한 처녀의 산뜻한 얼굴이 수놓여 있기도 했다. 모두 할머니들이 자신의 살아온 모습들을 그린 것이었다. 그중에는 일본군에게 성적으로 유린당하는 장면을 상징적으로 그린 것이 많아서 보는 내내 가슴이 미어졌다.

간단하게 저녁을 지어 먹고 설거지까지 마친 후 할머니들을 모신 자리에서 두레별 장기 자랑을 했다. 그리고 '나눔의 집'에 대한 소개를 들었다.

제국주의 침략에 광분하던 일본이 중국을 침략하면서 '난징 대학살'을 일으킨 후 군인들의 마음에 동요가 일어나자, 좀 더 효율적인 전쟁 준비를 한다는 명목으로 한국의 어린 처녀들을 강제 징발하여 군대 위안부로 끌고 갔다. 어린 처녀들이 멋모르고 끌려와 짐승 같은 대우를 받으며 유린되었다.

그중에는 죽거나 다치거나 병든 사람들이 많았고 전쟁이 끝나고도 집으로 돌아가지 못한 여자들이 많았다. 그들은 대부분 결혼을 못했고, 결혼했어도 아이를 낳지 못했으며, 자신의 비참한 과거 때문에 평생을 고통 속에 지내야 했다.

이제 거의 7, 80대 할머니가 된 이 여성들 중 몇 분이 뜻을 모아, 자신들이 죽기 전에 이 역사적 악행을 고발하고, 다시는 이런 일이 되풀이되지 않도록 후세에 전하겠다는 각오로 운동을 시작하여 일본의 도덕적 사

죄를 요구하고 손해 배상을 청구하고 있다.

그들은 수년간 매주 일본 대사관 앞에서 사회 운동 단체들과 시위를 벌이고 있으며, 중국과 동남아시아 위안부 여성들과 교류하면서 일본으로 증언하러 가기도 했다.

처음에는 오갈 데 없는 처지의 몇몇 위안부 출신 할머니들이 혜화동 근처에 방을 얻어 살고 있었고, 불교 조계종에서 이 할머니들에게 일부 지원을 하고 있었다. 이것이 점차 사회 문제로 부각되자 사회 각 부문에서 기금을 모아 '나눔의 집'을 건립했고, 위안부 출신 할머니 10여 분이 이곳에 몸을 의탁하고 있다.

우리는 영화사 '보임'에서 제작한 정신대 할머니들의 증언을 담은 다큐멘터리를 보았다. 할머니들의 증언과 투쟁 장면, 그리고 함께 사는 모습이 담겨 있었다. 위안부로 끌려간 처녀들은 먼저 장교나 의사들이 유린하고 나서 위안소로 넘겼다고 한다. 한 할머니는 눈물을 흘리며 다음과 같이 증언했다.

"나는 너무 어린 나이에 끌려가 도저히 남자를 받을 수 없었다. 그래서 그들은 의사를 시켜 성기를 칼로 잘라 넓히는 수술을 강제로 했다. 그런 다음에 위안부 노릇을 시켰다."

우리는 할머니들의 증언을 담은 영화를 보며 몸서리쳤다.

다음 날 아침에 일어나 어제 저녁에 먹다 남긴 밥으로 대충 요기를 한 다음 모두 '나눔의 집'을 대청소했다. 할머니들의 방과 화장실, 복도와 계단, 마당 청소는 물론이고 할머니들이 키우는 닭들의 똥도 모두 치웠다. 한 번도 해 보지 않은 양계장 청소가 힘겹기도 했겠지만 모두들 군소리가 없다.

우리는 지난 2학기 바자회에서 모은 15만 원과 간식거리를 할머니들에게 드리고, 이후에도 계속 '나눔의 집'을 도와드릴 수 있는 방안이 무엇일지를 의논했다.

 돌아오는 길에 동욱이와 은성이는 다음과 같은 포부를 밝혔다.

 "이 충격적인 이야기를 만화로 그려서 작품을 만들겠어요."

갈 곳 없는 아이들

겨울 방학식을 하는 날이었지만 학급 문집 만드는 것 때문에 늦게까지 일했다.

방학식이 끝나자 별마로는 우리 집에 가서 자겠다고 말했다. 지난번 팬파이프 사건 때 우리 집으로 가출하라고 한 이후 아이들은 우리 집에 가서 자겠다고 졸랐다.

"서서 자도 좋아요."

어쩔 수 없이 허락할 수밖에.

정말 우리 집은 매우 비좁았다. 언니네 식구와 한집에서 살기 때문에 한 사람이 더 잘 수 있는 공간도 없었다. 하지만 단칸방에서 살던 신혼 시절에도 가출했던 녀석을 데려다 며칠 동안 재워 주기도 했던 것을 생각하니 큰 걱정은 없었다.

미용실을 하는 별마로 엄마는 폐가 될까 봐 반대했다. 별마로는 아이들과 함께 대학로에 가서 놀다가 밤에 우리 집에 와서 자겠다고 했다.

"실컷 돌아다니다가 늦게 들어와도 야단 안 맞으려고 우리 집에서 자겠다는 거구나?"

"솔직히 말하면 그런 것도 있구요. 선생님 집에 가서 자 보고 싶기도 해요. 집이 아닌 다른 곳이라면 어디든 가고 싶어요. 하지만 엄마는 요즘 내가 하는 일은 뭐든지 허락도 안 하고 믿어 주지도 않아요."

"너에게도 책임이 있다는 것은 알고 있겠지?"

"예. 하지만 선생님 집에 가서 못 자게 하면 가출할 거예요."

"이 추위에 가출하면 너만 고생이야. 그런데 정훈이랑은 어디 갔지?"

"머리에 염색하러 창현이네 집에 갔어요. 오렌지색으로 염색하기로 했어요."

나는 약간 화난 목소리로 단호하게 말했다.

"머리에 조금이라도 물들이고 나타나면, 우리 집에 가는 건 취소야. 양아치 패션은 싫다고 분명히 말했는데."

별마로는 급히 전화를 해서 큰일이라도 난 것처럼 아이들을 설득했다.

"알았지? 절대 하지 마. 뭐? 했어? 그러면 도로 검은 물을 들여야 해. 뭐라고? 잘 안 됐어? 알았어. 절대 하지 마."

별마로는 아이들을 데리고 오겠다며 창현이네 집으로 갔다. 다섯 시 반이 넘어서야 별마로와 늠늠이, 정훈이가 나타났다. 나는 학급 문집 만드는 일을 다 못 끝냈지만 내일 하기로 하고 아이들을 데리고 학교에서 나왔다.

아이들은 소풍 온 것처럼 들떠 있었다. 대학로에 가서 춤추는 것을 보고 싶어 하기도 했고, 어디론가 막 돌아다니고 싶다고도 했다. 아직 시간이 일렀기 때문에 집으로 가는 도중 극장에 가서 영화를 보았다. 중학생이 좋아할 만한 내용이었다. 정훈이와 늠늠이는 영화관에 온 것이 난생처음이라고 말했다.

아이들은 모두 한방에서 끼어 잤다. 아침을 먹고 아이들에게 청소와 설거지를 시킨 후 함께 학교로 갔다. 방학이라 학교에 가지 않아도 되지만 어제 하다 만 학급 문집 일을 마무리 짓기 위해서였다.

우리는 오후 다섯 시까지 함께 일했다. 아이들은 청소는 물론이고 책 정리, 원고 정리 등 조금도 쉬지 않고 일했다. 학원 때문에 늠늠이는 오후 세 시에 갔지만 별마로와 정훈이는 저녁이 되어도 가고 싶어 하지 않았다.

아이들은 외롭다. 형제도 없고 엄마도 없는 정훈이는 돈도 없고 여유도 없다. 나쁜 친구들이 아니면 함께 놀아 주는 친구도 별로 없다. 집에 가는 것이 즐거울 리 없다.

엄마가 있는 별마로도 마찬가지이다. 미용실에서 밤늦게까지 일하는 엄마는 친구가 될 수 없다. 사사건건 동생에게 심부름을 시키며 권위적으로 행동하는 형이 있는 집. 정훈이보다 특별히 더 좋은 것도 없다.

또 엄마가 집에 있다 해도 이제는 독립하고 싶은 사춘기의 소년들에게 잔소리꾼 엄마는 오히려 짐이 될 뿐이다. 이런 시기의 아이들에게 집은 더 이상 즐거운 휴식처가 아니다. '갈 곳 없는 아이들'은 단지 가출한 아이들만은 아닌 것이다.

새로운 문화와 변화를 갈망하는 이 아이들에게 해 줄 수 있는 것이 아무것도 없다는 것이 너무도 안타깝다. 별마로의 엄마를 설득해서 방학 동안 일주일간의 '풍물 연수'를 보내는 데 동의하게 했지만 정말로 보낼 수 있을지 아직 모른다.

부모의 지원을 받을 수 없는 정훈이나 학원 공부에 매여 있는 늠늠이, 그리고 그 외의 아이들이 어떻게 하면 '신명나는 삶'을 찾을 수 있을까.

모두가 주인공

아이들 얼굴을 하나하나 찍어 슬라이드로 상영해 주었더니 아이들이 몹시 좋아하더란 이야기를 전해 듣고 나도 욕심이 나서 한번 시도해 보았다. 물론 기록을 위해서 아이들이 활동하는 장면들을 슬라이드에 담아 두기는 했지만 아이들의 얼굴만을 찍어 본 일은 없었다. 그러나 나는 그것이 얼마나 큰 효과가 있을지 충분히 짐작하고도 남았다. '석탑'이나 '민화' 같은 자료들을 슬라이드로 보여 주거나, 영상 시, 영상 소설, 영상 만화와 같은 수업들을 하면서 나는 비디오보다 슬라이드가 얼마나 많은 교육적 효과를 가져올 수 있는지 알고 있었기 때문이다.

아이들의 얼굴을 찍어 두는 작업은 지난 12월에 다훈이가 도와주었다. 내가 찍는 것보다 친구끼리 찍으면 훨씬 자연스러운 표정이 나올 것이라고 기대했기 때문이었다. 다훈이는 며칠 동안 나의 카메라를 들고 다니면서 친구들의 얼굴을 찍었다. 아이들은 왜 자신을 찍는지도 몰랐지만 사진 찍히는 일은 즐거워했다.

드디어 우리 반 아이들에게 이 사진을 공개할 날이 왔다. 〈빌헬

름 텔〉을 영상 만화로 제작한 것을 상영한 다음 나는 예고 없이 아이들의 얼굴을 영상막에 비췄다.

"저게 뭐야?"

아이들은 갑자기 화면에 나타난 범석이의 얼굴을 보고 소리를 질렀다. 한 아이의 얼굴이 20초 정도 커다란 화면에 멈추어 있었다. 우리는 1년 동안 정들었던 친숙한 친구의 얼굴을 다시 한 번 아주 자세히 볼 기회를 가진 것이다. 지금 바로 곁에 있는 친구이지만 화면에 나온 친구의 얼굴을 보는 일은 아주 즐겁고 재미있는 일이었다. 아이들은 한 명 한 명 화면에 나타날 때마다 별명을 부르거나 특징을 말하면서 책상을 두드리고 배꼽을 쥐고 웃었다. 비명을 지르기도 하고 어떤 아이는 온몸을 흔들며 고함을 질렀다.

처음에는 배경 음악이나 해설을 넣을까 하고 생각했었다. 그러나 그냥 아무 설명 없이 서로를 깊이 느껴 볼 수 있는 이 말없는 표정들도 좋았다. 아무런 설명이 없었지만 이 시사회를 통해 아이들은 서로를 소중하게 느끼는 법을 배울 수 있었을 것이라고 나는 믿는다. 모두가 개성 있고 소중한 존재임을 말이다.

대부분의 아이들은 수업이나 학급 활동, 학교생활에서 주인공이 되어 보는 경험을 해 보지 못했다. 그러나 이러한 작업은 모든 아이들을 주인공으로 만들어 주었다. 스크린에 비춰진 아이들의 얼굴은 세상의 어떤 영화 속 주인공보다도 더 아름답고 사랑스러웠다. 똑같은 생명의 무게를 느끼며 똑같은 사랑스러운 존재로 서로를 바라보는 일이야말로 우리에게 가장 필요한 일임을 다시 한 번 확인한 순간이었다.

2
교사의 아픔

그동안 받았던 질시와 열등감, 꾸지람 등에서 벗어나,
마음이 열려 있고 다정한 교사들의 특별한 사랑과 관심 속에서
아이들은 안전하게 자신의 정서를 순화할 것이다.

첫인사 한마디의 의미

나는 오래전부터 '어떻게 수업을 시작할까? 첫인사는 어떻게 나눌까? 아이들에게 어떤 표정을 지어야 할까?'에 대해서 관심을 기울여 왔다. 수업의 시작이 전체 수업의 분위기를 크게 좌우할 수 있기 때문이다.

마침 전국국어교사모임에서 해마다 마련하는 '새내기 교사들을 위한 연수'의 한 강좌를 맡게 되어 이 문제를 다루어 보았다. "수업을 시작할 때 아이들과 첫인사를 어떻게 나누느냐?"라는 질문을 던지자 뜻밖에도 다양한 대답이 나왔다.

"저요? 저는 인사 안 해요. 인사하는 것이 귀찮아서죠. 그냥 '조용히 해!'라고 말하고 책을 펼치죠."

"저는 그냥 전통적인 방식대로 반장이 '차렷, 경례!' 하고 구령을 붙이는 방법으로 시작하죠. 그저 형식일 뿐이죠."

우리는 앞에 나와서 교실에 들어갔을 때를 재현해 보기도 했다. 모두 어색하고 자신이 없어 보였다. 이 자리에서 그런 사람은 없었지만, 수업을 시작하기 전에 아이들이 너무 떠들기 때문에 몽둥이로 교탁을 두들기는 것으로 인사를 대신하는 교사들도 나는 많이 보아 왔다.

교사의 얼굴 표정, 첫인사 한마디에도 교육 철학이 담겨 있다. 진정한 교육은 아이들에게 교육에 대한 자신의 철학을 설명하거나 주장하기보다 교사의 몸짓과 행동으로 보여 주는 것이어야 한다.

강원도 산골의 방대식 선생님은 "사랑합니다."라고 아이들에게 인사한다고 한다. 아이들에게 "안녕." 하고 인사하면 아이들도 "안녕."이라고 대답하지만, "사랑해요."라고 말하면 아이들도 "사랑합니다."라고 대답한다고 한다. 아주 깊은 산골의 작은 학교라서 자신감이 없는 아이들이 많기 때문에 때로는 "자신감을 갖겠습니다."라고 인사를 함으로써 아이들도 "자신감을 갖겠습니다."라고 말하게 했다고 한다.

특별한 인사가 꼭 필요한 것은 아니다. 밝은 미소로 아이들을 찬찬히 둘러보며 "여러분, 안녕하십니까?"라고 웃으며 인사를 하면 된다. 그러면 모든 아이들이 함께 "선생님, 안녕하십니까?"라고 인사를 하게 된다. 또한 "여러분, 오래간만입니다." 하면 아이들도 "선생님, 오래간만입니다."라고 한다. 수업을 열심히 하겠다면 "열심히 가르치겠습니다."라고 인사를 할 수도 있다. 그러면 아이들은 "열심히 배우겠습니다."라고 대답한다.

나중에 어느 새내기 선생님이 이렇게 말했다.

"아무에게도 그런 걸 배운 적이 없어요. 옛날 선생님이 하던 방식대로 아무 생각 없이 할 뿐이죠."

수업을 시작할 때 반장이 일어나서 구령을 붙이는 것은 일제

시대의 유물이고 군대식 표현이라는 점은 이미 널리 알려진 것인데 그 대안은 적극적으로 제시되지 않았다.

우리 주변과 학교의 많은 것들이 기능적이고 형식적인 것으로 변해 가는 것은 누구의 탓일까? 큰 제도와 법을 고치기 전에 우리의 작은 행동에 마음을 담아 보려고 노력해야 하지 않을까? 그 뒤에야 깨달음의 교육도 가능하니까 말이다.

우열반 편성 유감

"얘들아, 우리 2학년은 수학 교과만 우열반 편성을 해서 수업을 하기로 했다는데 어떻게 생각하니?"

아이들은 책상을 두드리고 발을 구르면서 싫다고 고래고래 고함을 질렀다. 왜 그렇게 싫어하느냐고 물었지만 모든 아이들이 고래고래 고함을 질러 시끄러워서 들을 수가 없었다. 성적순으로 반을 나누는 것이 얼마나 싫은지는 충분히 짐작할 수 있었다.

"물론, 나도 반대이다. 너희들이 우열반 편성을 하지 않아도 최선을 다해 노력한다고 약속을 한다면 나도 끝까지 우열반 편성을 막을 작성이다."

나의 말이 끝나자 아이들의 박수와 함성으로 교실이 떠나갈 듯 울렸다. 수준별 교육 과정의 사전 실시 차원에서 우열반을 편성한다는 말이 나왔을 때의 아이들 반응이었다.

내 아들 동욱이의 학교에서는 작년에 영어 과목을 우열반으로 나누어 수업을 했다. 동욱이는 처음에는 B반에 편성되었다가 중간고사 결과 성적이 올라서 A반으로 옮겼다. 그런데 B반에서 온 몇 명의 아이들을 대하는 A반 교사와 학생들의 눈초리가 매우 싸늘했던 모양이었다. 아무도 뭐라고 하지 않는다 해도 어쩐지 눈치가 보이는 판에 선생님마저 별일도 아닌 것을 가지고,

"야, 너! B반에서 온 애. 그 따위로 하려면 다시 B반으로나 가라!"

라고 말했다고 한다. 자신에게 한 말이 아닌데도 동욱이는 크게 상심하여 "영어 공부가 하기 싫어졌고 학교도 가기 싫다"고 울먹였다. "선생님과 A반 학생들이 밉다"며 자신은 공부 못해도 좋으니 B반으로 다시 가고 싶다고 했다. 선생님이야 무심코 한 말이겠지만 아이들에게는 영원히 치유할 수 없는 상처가 될 수 있다.

한창 민감한 그 또래의 아이들이 성적으로 사람을 구분하는 것을 배운다면 큰일이다. 그것이 사회에 나와서도 엘리트의식과 열등의식으로 자리 잡는 것을 우리는 얼마든지 보아 왔다.

이미 존재하는 학벌 중심 사회의 문제만으로도 공부 못하는 사람들이 차별받고 있건만 그 무슨 성과가 대단하다고 또다시 우열반의 망령이 되살아나고 있는지 모르겠다. 7차 교육 과정에서 말하고 있는 수준별 교육 과정이 단지 우열반 편성만을 의미하는 것이 아닌데도 교육청 관료들의 성급하고 섣부른 성과주의가 이런 문제를 낳았다.

2학년 담임 회의를 할 때 나는 다음과 같은 이유를 들어 확실히 반대 입장을 표명했다.

1. 확실한 교육 효과가 있다는 충분한 검증 자료가 없다.
2. 수준에 맞게 가르쳤더라도 그에 맞게 평가하지 않는다면 옳지 않다.

3. 수준에 맞는 교과서나 보조 자료가 전혀 개발되어 있지 않다.

4. 7차 교육 과정의 수준별 교육과정과 우열반 편성은 동일한 개념이 아니다.

5. 인성 교육이나 열린 교육과 배치되며 아이들에게 정신적 상처를 남길 수 있다.

6. 이미 짜인 교육 과정이 있음에도 그것을 무시하고 상부 지시에 무조건 따르는 것은 관료주의의 폐해이다.

7. 학급 이동에 따른 수업 준비 시간 부족, 산만한 분위기 조성, 학급 환경 훼손, 도난 사고 발생 등의 문제에 대한 대책이 없다.

이야기를 나눈 뒤 의견을 물으니 일곱 명의 담임 중에 두 명은 우열반 편성에 찬성하고 다른 사람들은 반대하거나 입장 표명을 유보했다. 우리는 이 문제를 해결하기로 하고 세 명의 대표단을 구성하여 교장 선생님께 우리의 의견을 전달했다. 교장 선생님은 우열반 편성에 따른 문제점을 듣더니,

"그렇다면 할 필요가 없지."

라고 말씀하셨다. 나는 솔직하게 말씀드렸다.

"교육청에서는 학교 평가에 반영한다고 하는 데다 상부의 명령을 듣지 않으면 교장 선생님께서 입장이 난처해질 수도 있는데 괜찮으시겠습니까?"

교장 선생님은 상부의 지시이기는 하지만 권장 사항이기 때문에 무조건 시행할 필요는 없다고 말씀하셨다.

교장 선생님은 18년간 교육부 편수관을 지내신 분으로 7차 교육 과정의 본뜻에 대해 어느 정도 알고 계셨기 때문에 쉽게 의견

의 접근을 보았다고 판단했다. 그러나 몇 시간도 채 되지 않아서 "해 보지도 않고 포기할 수는 없으니 시행하는 걸로 하라."라고 말씀하셨다는 것이었다. 반대하는 2학년 담임들에게는 교장 선생님께서 직접 말씀하겠다고 하셨다는 것이다.

그 이후 그에 대한 이야기는 두 번 다시 없었는데, 우열반 실시하기 바로 직전인 3월 말일쯤 교장 선생님께서 갑자기 2학년 담임과 수학 선생들을 모두 불러 "시도해 보자"고 이야기하셨다. 나는 몹시 실망하여 교장 선생님께 되물었다.

"지난번에 교육청의 지시이기 때문에 실시하는 것은 아니라고 하셨는데 공문을 보신 후에는 태도를 바꾸셨습니다. 수학과에서 원해서 하는 일이라고 둘러대셨지만 제가 파악한 바로는 수학과에서는 원하는 교사가 거의 없습니다. 그런 위선적인 태도는 정말 싫습니다. 차라리 솔직하게 '위에서 하라고 하니까 어쩔 수 없으니 제발 도와달라'고 말씀하시는 게 낫습니다. 솔직히 말해서 윗사람이 어떤 일을 지시할 때 아랫사람으로서 그것을 거부하는 일은 매우 힘겹고 고통스러운 일입니다."

교사들이 열심히 연구하고 가르치다가 어떤 교육 방식이 꼭 필요하다는 의견을 낼 때까지 왜 믿고 기다리지 못하는 걸까? 그러니 교사들에게 자발적인 노력이나 연구를 할 마음이 생기지 않는 것이다.

지금도 우리 학교에는 개인적으로 한 학급 내에서 수준별 수업을 시도해 보며 좋은 교육 성과를 거두려고 노력하는 수학 교사가 있다. 그런 좋은 성과를 나누어 가지려는 노력은 하지 않으면서 위에서 시키는 일은 왜 무조건 따르려고 하는 것인가?

나의 말투가 아주 직설적이었기 때문에 분위기는 딱딱해졌다. 다른 선생님들은 수학과에 '연구 지원비'를 주어 자체 연구를 충분히 하게 한 다음 시도해야 한다는 유보적인 입장을 나타냈다. 그런데 수학과 선생님 한 분은 우열반 편성도 교육적 효과가 있을 수 있다고 주장했다. 그 말에 나는 참지 못하고 이렇게 말했다.

"있을 수 있습니다. 점수를 향상시키는 데 다소 효과가 있다는 것이 왜 그렇게 중요합니까? 눈에 보이지 않는 비교육적 효과는 측정할 수 없기 때문에 무시되어도 좋습니까? 왜 수학과는 좀 더 깊이 연구하지 않는 겁니까? 다른 학교에서는 성적으로 나누어서 가르치면 평가도 그 수준에 맞게 절대 평가로 하는 방안을 연구해서 공부 못하는 아이들에게 불리하지 않도록 한다든가 공부 못하는 아이들을 위해서 열등한 반은 인원수를 훨씬 적게 배치한다든가 하는 방안도 검토되고 있습니다. 그리고 각 수준에 맞는 별도의 교재를 만들어 더 효과적으로 수업하고자 합니다. 그런데 우리는 무엇을 준비했죠? 아무 생각도 없는 상태에서 위에서 하라고 하니까 마지못해 따르는 것이 진정한 교사의 도리일까요?"

이런 공격이 사람들의 마음에 상처를 남기고 나의 고립을 자초할 수도 있다는 것은 알고 있었지만 참을 수가 없었다. 할 수만 있다면 사람들의 자존심에 더 큰 상처를 내고 싶었다. 결국은 서로의 입장을 조금씩 양보하여 일부 학급만 시범적으로 운영해 보고 그 결과에 따라 확대 실시할 것인지를 결정하기로 하고 회의를 끝냈다. '위선자'라는 공격에 가슴이 아프셨을 테지만 아무런 내색도 하지 않으셨던 교장 선생님이 차라리 고마웠다.

체벌의 함정

점심을 먹고 몇몇 선생님들과 산책을 하다가 아이들의 수업 태도에 대한 이야기가 나왔다. 수업 중에 아무렇게나 행동하는 아이들이 점점 늘어나는 것 때문에 힘들다는 이야기들이 많았다. 그때 최 선생이 말했다.

"나에게는 원칙이 있어요. 아이들에게 그 원칙을 미리 충분히 이야기하죠. 껌을 씹거나 물을 마시면 원칙대로 나는 벌을 줄 뿐이에요."

"그 원칙이 뭐죠?"

"껌을 씹으면 그 껌을 머리에 붙이고, 물을 마시면 그 물을 머리에 붓는 거예요."

나는 너무 놀라서 입을 다물 수가 없었다. 내가 아는 최 선생은 철학이 있는 훌륭한 교사 중의 한 사람이라고 굳게 믿고 있었기 때문이다. 나는 반박했다.

"껌을 씹거나 물을 마시는 일이 그렇게 잘못된 일인가요? 왜 껌을 씹거나 물을 마시면 안 되는 거죠?"

"물론 그 자체가 나쁜 일은 아니지만 수업 중에 그런 행동을 하면 수업에 방해가 되잖아요. 나는 싫어요. 그래서 어떤 벌을 줄 것인지를 충분히 설명하죠. 그런데도 자기 멋대로 행동하는 학생에게는 반드시 원칙대로 벌을 주는 거죠."

"교사가 마음대로 정한 체벌 방법이 과연 교육적 원칙으로 성립될 수 있을까요?"

"물론 여러 가지 방법을 다 써 봤어요. 껌을 사서 나눠 줘 보기도 하고 물을 먹을 시간을 미리 주기도 했지요. 그런데 별로 소용이 없었어요. 전에 근무했던 학교에서는 아이들이 자꾸 손으로 책을 돌리고 껌을 씹고 하기에 한 시간 내내 모두 껌을 씹고 손으로 책을 돌리면서 수업을 진행한 적도 있어요. 아이들도 그렇게 하면 공부가 잘 안 된다는 것을 알게 되었죠. 그래서 다음부터는 그런 행동을 하지 않게 되었죠. 하지만 그것도 한계가 있어요. 매번 그렇게 할 수는 없으니까요. 그래서 이에는 이, 눈에는 눈으로 껌을 머리에 붙이고 물을 붓는 거죠."

나는 이 이야기를 듣고 매우 슬펐다. 나도 교사 초기 시절 몇 년간은 폭력 교사로 지냈다. 무엇이 올바른 교육 철학인지 알지 못했고, 비판 없이 옛것을 그대로 따르며 입시 경쟁을 쫓아가는 방식으로 아이들을 가르치다 보니 필연적으로 빠질 수밖에 없는 함정이었다. 그러나 그런 생활은 나를 지치게 했고 절망시켰다. 교사로서 나의 존재가 너무나 초라하고 보잘것없는 기능인에 지나지 않음을 깨닫고 나는 얼마나 외로웠던가. 지금도 나는 때때로 현실에 절망하고 나 자신의 옹졸함과 무력함에 분노를 느끼곤 한다. 내가 최 선생을 비판하는 것은 바로 그 절망에 대한 슬픔 때문이다.

"그런 일방적인 교사의 원칙과 태도는 전혀 교육적이지 않아요. 교사가 그런 행동을 정당화하는 이유는 교사의 말이나 교육 내용이 '절대 선'이며 그것을 방해하는 것은 '절대 악'이라는 이분법적 사고 탓입니다. 대부분의 교사들이 자신이 하는 수업을 '절대적'인 것으로 생각하기 때문에 그것을 방해하는 어떤 행위도 용납하지 않습니다. 그렇기 때문에 아이들의 부주의한 태도에 몹시 화를 내며 아이들의 나쁜 행동보다 훨씬 더 나쁜 체벌을 가하는 것을 당연하게 여기고 있는 것입니다. 학생 스스로 교육 내용이나 교사를 선택할 수는 없는 것일까요? 자신이 공부하는 것을 거부할 권리는 정말 없는 것일까요? 그토록 많은 교사가 지식을 강제로 주입한 결과 얼마나 많은 사람들이 자신의 삶으로부터 소외당하고, 자신감보다는 열등감에 시달려야 했는가를 생각한다면 이것은 잘못된 태도가 분명합니다."

아이들이 보이는 모든 것을 손에 올려놓고 돌리는 것은 잠시 유행하는 놀이일 뿐이다. 이것이 지나가면 다음에는 딱지 따먹기가, 그 다음에는 학 종이 불기 놀이가, 그 다음에는 책상을 쳐서 동전 뒤집어 따먹기 놀이가, 또 그 다음에는 다른 놀이가 유행한다. 이것은 '옳음'이나 '그름'과는 상관없는 일이다. 다만, 수업을 방해하는 부분적인 요인이 되는 것은 사실이지만 아이들에게는 어른처럼 그것을 절도 있게 절제할 힘이 부족할 뿐이다.

교사는 단지 아이들을 돕는 사람이며 선배로서 안내하는 사람일 뿐이다. 사실 대규모 학교의 대중 교육은 현대 산업 사회의 노예 교육이라는 비판을 받은 지도 벌써 오래되었다. 학교가 감옥과 비교되고 학생이 죄수로 비유되는 것 자체가 이미 낡은 수사법으로 느껴질 정도이건만 우리의 현실은 조금도 바뀌지 않았다. 오히려 새로운 교육 철학과 새로운 교수법, 새로운 학교에 대해 고민하던 진보적인 교사들마저 자신감을 상실한 채 현실에 대한 실망으로 인해 '진정한 교육'에 대한 고민을 저버리고 있는 것이 안타깝다.

교사는 늘 '내가 가르치고 있는 것이 정말 옳은가? 내가 가르치는 내용이 아이들의 삶에 꼭 필요한 것인가? 내가 가르치는 것이 진정한 삶에 접근하는 것인가?' 하는 질문을 자신에게 던져야 한다. 정말 옳고 꼭 필요하며 삶에 유용한 것을 가르치기 위해 나쁜 방법을 동원하는 것은 다시 생각해 보아야 한다. '어쩔 수 없는 현실'이라는 괴물에게 완전히 먹히지 않도록 주의를 기울여야 할 것이다.

나는 이렇게 말하고 싶다.

"졸렬한 교과서와 졸렬한 교사의 교육 행위가 졸렬한 인간을 만드는 것이 아닐까요? 자유롭고 위대한 영혼을 꿈꾸는 교육이라면, 우리 아이들 중에서 예수나 석가모니 같은 인물이 나올 것이라고 진심으로 믿고 바란다면, 그렇게 쉽게 아이들을 다룰 수는 없습니다."

교장 선생님께 보낸 편지

나는 학교 운영위원회의 교사 위원으로 선출된 이후 첫 번째 임무로 주어진 '예산 결산 심의'에 참여했다. 숫자에 약하기도 하고 예산이나 결산에 대해 제대로 아는 것이 없어 서류를 보니 처음에는 매우 낯설기만 했다.

일단 장부를 자세히 검토하기 위해 교사 위원 두 명과 학부모 위원 한 명, 지역 위원 한 명 이렇게 네 명이 참여하는 소위원회를 구성하였다. 며칠 동안 밤늦게까지 각종 서류와 견적서들을 검토한 후에 우리는 몇 가지 문제점을 발견했다. 그래서 지난번 서무실 공사할 때 부실 공사와 공사비 과다 책정이 있었는지 알아보기 위해 공사 물품을 확인하고 시장 조사까지 한 후 운영위원회 본회의에 심의안을 올려 재공사를 하게 하였다.

또 심의를 하던 중 나는 교장 선생님의 업무 추진비 중 경조사비가 지나치게 많이 지출된 점에 대해 이의를 제기했다. 관례적인 사항이라는 이유로 대충 넘어갔기 때문에 나는 집에 돌아가 교

장 선생님께 편지를 썼다.

교장 선생님!

요즈음 교장 선생님의 마음도 편치 않으시리라 여겨집니다. 저도 마음이
아주 괴롭고 무겁습니다. 그저 조용히 상담실에서 아이들하고 이야기 나
누고 열심히 수업하는 그런 평범한 생활이 좋았는데 괜한 일에 관여했나
하는 생각마저 듭니다. 그러나 누군가는 해야 할 일이고 그런 일들을 바
로잡지 않고서는 절대로 우리 교육이 올바른 길로 갈 수 없다는 것을 누
구보다도 잘 알고 있기에 최선을 다해야겠다는 마음뿐입니다.

그동안 소위원회 활동 때문에 지치고 힘들었지만, 그래도 저는 교장 선
생님께서 잘못된 것에 대해 단호하게 대처하는 것을 기뻐하시리라 믿었
습니다.

그러나 지난 화요일 운영위 회의를 하고 나서는 정말 슬프고 우울했습니
다. 교장 선생님들이 쓰고 있는 경조사비는 학교 공금에서 지출되는 사
교비임이 다른 학교에서도 지적되었다는 얘기를 들은 바 있습니다.

교장 선생님께서는 그것이 관례이며 학교를 위해서 꼭 필요하다고 말씀
하셨는데 저는 그 부분이 옳지 않다는 생각이 들었습니다.

교사들이 난방비 몇 푼을 아끼려고 추위에 떨다가 몸살이 나고, 연극
연습을 하느라 두 달씩이나 밤늦게까지 고생해도 저녁밥 한번 공금으
로 사 주지 못하는 가난한 학교에서, 학교와 직접적으로 관련이 없는 사
람들의 축의금이나 조의금으로 125만 원이라는 돈이 나갔다는 것은 이
해하기 어려운 일이 아닐 수 없습니다.

저는 교장 선생님이 교육에 대한 무한한 애정을 갖고 헌신하시며 교육
에 대한 원칙을 지키시는 분이라고 믿고 있었습니다. 지난번 우열반 편

성에 대한 교장 선생님의 방침에 대해 처음으로 크게 실망을 한 저로서는 이번 일을 통해서도 역시 가슴이 미어지는 아픔을 느꼈습니다.

저는 지난겨울, 교장 선생님께서 제 손을 꼭 잡고 "운영위원으로 나와 달라"고 하시던 것을 잊지 않고 있습니다. 저는 그것을 학교를 위해 진정으로 올바른 일을 하라는 뜻으로 이해하고 있었습니다. 또 교장 선생님께서 저를 얼마나 사랑하고 신뢰해 주셨는지 너무도 잘 알고 있습니다. 그렇기 때문에 더욱 이런 글을 쓰지 않을 수 없었습니다.

선생님!

자신의 이익을 포기하고 아낌없이 자신을 바쳐야 진정한 교육자가 될 수 있으리라 생각합니다. 또 잘잘못을 분명히 가리고 마땅히 책임을 지는 사람이 있을 때만이 규율과 권위가 서는 학교가 될 수 있다고 믿습니다.

교실에서 아이들의 초롱한 눈빛만을 바라보며 그것만을 삶의 낙으로 여기는 말없는 교사가 되고 싶습니다.

수업만을 위해 자신의 모든 시간을 바치는 그런 교사가 되고 싶습니다.

김은형이 삼가 올립니다.

"김 선생, 내가 올해는 경조사비를 안 쓸 테야."

편지를 보시고 난 다음 날 교장 선생님은 나의 손을 꼭 잡고 이 편지가 자신을 얼마나 감동시켰는지 여러 차례 말씀하셨다.

"교장 선생님, 죄송합니다. 하지만 고맙습니다. 우리 교장 선생님이 다른 분과 다르다는 것을 다시 느끼고 있습니다."

교장 선생님과 나는 손을 꼭 잡았다.

교사의 아픔

새로 나온 전교조 남부지회 교육소식지 《까치소리》에 실린 교단 일기를 읽다가 나도 모르게 눈물이 핑 돌았다. 좋은 교사가 되어 보겠다고 몸부림치는 젊은 교사들이 현장에서 부딪히는 작은 사건들이 아프게 내 마음을 친다. 이론만으로는 안 되는 돌발적인 교실 상황들, 이미 구겨질 대로 구겨진 아이들의 마음과 그것을 다스리고 다독이는 데 한계를 느낀 채 당황하는 젊은 교사의 절망스러운 마음이 아주 잘 나타나 있다.

중간고사가 끝나고 시청각실에서 〈의병 전쟁〉 슬라이드를 보여 주고 있었다. 평소 ○반에 들어갈 때마다 온몸에 긴장이 '탁' 하고 들어가 다른 어느 반보다 수업 진행을 잘했다고 내심 자부했었는데 그날은 시험이 끝나 긴장이 풀어졌나 보다. 괜스레 싱글싱글 웃으며 다정한 말로 수업을 시작하고 있었다. 그런데 아이들은 나의 풀어진 태도 때문인지 그들도 시험이 끝나 긴장이 풀렸기 때문인지 시작부터 심상치 않았다.

3분의 1 이상의 아이들이 만화책을 펴 놓고 있었고, 대다수가 내 말에 전혀 귀 기울이지 않았다. 급기야는 초반의 상냥함을 버리고 "야, 인마!" 를 버럭 외치는 상황이 되었다.

간신히 정리한 후 슬라이드 상영 시작. 화면은 돌아가고 소리도 흘러나오고……. 그러나 만화책을 보는 아이, 엎드려 있는 아이, 뒤에서 드러누워 버린 아이…….

슬라이드 중단. 버럭버럭 소리 지르고 일장 연설. 다시 슬라이드 상영 시작. 그런데 한 녀석이 책을 보고 있고 또 한 녀석은 노골적으로 엎드려 있다. 다시 중단. 만화책을 빼앗고 엎드려 있는 아이의 등을 팍 쳤다. 그 순간 눈을 부릅뜨고 정면으로 나를 쳐다보며 "에이, 씨발." 하는 아이. 잠시 멍해졌다. 그 아이에게 앞으로 나오라고 했다. 그리고 지금 무엇이 문제인 것 같냐고 묻자, 아무 문제가 없고 자기를 친 선생님이 잘못했다는 것이다. 또 수업 시간에 엎드려 있는 것이 무슨 잘못이냐고 따진다. 난 그 아이에게 나가 있으라고 하고 모두에게 말했다. 학교엔 규칙이 있고 수업 시간에도 지켜야 할 규칙이 있노라고, 내 수업 시간의 규칙은 엎드려 있으면 안 된다는 것이라고, 교사에게 불손한 언동을 했을 때는 규칙에 의해 벌을 받을 것이라고.

결국 ○반은 슬라이드를 반밖에 보지 못했다. 어떤 반에선 다 보고 나서 박수까지 치는 25분짜리 의병 슬라이드를 다 보지 못한 참담함. 그리고 왠지 가슴 밑바닥에서부터 차오르는 서글픔. 이런 것들과 함께 난 그 아이를 꼭 벌주어야겠다는 생각을 했다. 그냥 놔두면 그 아이를 위해서도 좋을 것이 없다는 생각과 함께.

학생부에 가서 교칙을 가져왔다. 교칙에는 두 가지가 있었다. 수업 방해와 교사에게 불손한 태도 — 근신, 교권을 침해한 자 — 무기정학 등, 이 두 가지에 빨간 줄을 긋고 아이와 이야기를 했다. 아이의 태도는 여전하고, 집에 전화해서 부모님이 오시기로 하고.

4교시에 벌어진 사건으로 오후 시간을 다 보냈다. 종례 후 반 아이들과 함께 하기로 했던 작은 행사도 취소하고 이 일을 어떻게 해결할 것인가로 내내 머리가 복잡했다.

마침내 그 아이의 아버지께서 오셨고, 난 아버지, 아이, 담임 선생님과 합석, 상당히 딱딱하게 이야기를 진행하였고, 절차를 밟아 처벌을 받을 것이냐 아니면 이 자리에서 아이를 때리고 끝낼 것이냐를 물었다. 부모와 아이는 맞는 것을 선택했고 난 아버지가 보는 앞에서 그 아이를 때려 주었다. 그러나 왠지 팔에 힘이 떨어지고 마음이 묵직했다. 때리고 나서 그 아이의 아버지께 말했다. 죄송하다고. 그리고 이후에 편견 없이 아이를 대하겠노라고. 앞으로도 아이가 도리에 맞지 않는 행동을 하면 다른 아이들과 똑같이 야단치겠노라고. 사건은 일단락되었다. 그러나 후유증은 길었다.

나의 이야기를 들은 한 친구가 부모 앞에서 자식을 때리는 것은 부모와 자식 가슴에 피멍이 들게 하는 것이라고 했다. 그 말을 들은 나는 그날 밤잠을 설쳤다. 그래서 아이를 가진 친구에게 정말 그러냐고 묻는 소심함을 보였는데 그 친구는 마음은 아프지만 자기 자식에게 그렇게까지 해 주는 선생님이 있다면 고마워할 거라는 말을 하며 나를 위로해 주었다. 나중에 그 아이 담임 선생님한테서 들은 말. 그날 그 아버지의 눈에서 눈물이 흘렀다는…….

아직도 나는 내가 한 처방이 어느 정도 옳은지는 모르겠다. 그리고 앞으로 어떻게 선생 노릇을 해야 하는지도 잘 모르겠다. 지금은 떨어지는 낙엽처럼 몸과 마음이 아픈 그런 시기이다.

이 젊고 순수한 선생님의 모습은 내 교사 초년병 때와 아주 비슷하다. 오히려 나는 더 잔인하고 더 가학적인 방법으로 아이들을 다루기도 했다. 하지만 시험과 점수 경쟁이 학교와 아이들을 어떻게 망쳐 왔는지를 알게 되면서 좀 더 너그러운 마음을 갖는 훈련을 했던 것 같다.

시험이 끝난 직후에는 어떤 명강의도, 참신한 수업도 아이들의 마음을 사로잡지 못한다. 공부를 잘하든 못하든 시험의 스트레스로 심신이 지친 아이들은 모든 것이 귀찮을 뿐이다. 이것은 우리가 지금 하고 있는 평가가 얼마나 잘못된 것인가를 깨우쳐 주는 증거이다.

올바른 평가는 앞선 수업에 대한 확인이면서 다음 수업의 의욕을 고취시키는 일이어야 하고, 지도 교사에 대한 고마움으로 나타나야 함에도 현실은 아이들의 심신 파괴로만 나타날 뿐이다. 이것은 학교생활을 마무리하는 중학교 3학년이나 고등학교 3학년 학생들의 교사에 대한 태도에서 극명하게 드러난다. 부끄러운 일이다.

교사가 수업 시작하기 전에 아이들에게 수업을 할 마음의 준비를 시키는 것은 중요한 일이다. 만약 준비가 안 되었다면 결국 그 수업은 교사 혼자 하는 '나 홀로 수업'이 되고 말 것이다. 교사는 자신이 하고 있는 수업이 절대적으로 옳고 꼭 필요한 것이라는 확신에 찬 태도를 조심해야 한다. 그런 태도가 아이들과의 관계를 파괴하기 때문이다.

그러나 어찌 그 고통에 찬 대답들을 쉽게 얻을 수 있으랴. 우리 교육 현실에서는 교사와 학생의 관계 파괴가 구조의 문제 때문임에도, 당하는 이들은 자기의 도덕적 잘못으로 생각할 수밖에 없다는 데 문제가 있다. 슬픈 일이다.

현실은 고통스럽지만 신영복 선생님의 다음 글귀는 우리가 가야 할 길을 가르쳐 주고 있다.

"배운다는 것은 자기를 낮추는 것이다. 가르친다는 것은 다만 희망에 대하여 이야기하는 것이다. 사랑한다는 것은 두 사람이 서로 마주 보는 것이 아니라, 같은 곳을 함께 바라보는 것이다."

화려한 점심 식사

파란 하늘에 상쾌한 날씨였다.

미군 기지를 반납받아 조성한 용산 가족 공원은 넓고 쾌적했다. 우리 땅이고 우리 울타리 안인데 나는 생전 처음 와 봤다. 이렇게 좋은 곳을 미군이 차지하고 있었다니, 분단된 나라에 살아온 지난날이 서글펐다. 가족 공원 안에 아직도 헬기 착륙장이 있어서 시끄러운 굉음을 내고 먼지를 일으키며 헬기가 수시로 떴다 앉았다 했다.

열한 시도 안 됐는데 학부모들이 아이들 손에 들려 보낸 선생들의 점심 보따리가 펼쳐졌다. 나는 그 화려한 점심을 외면하고 내 손으로 싸 온 것들을 배낭에서 주섬주섬 꺼냈다. 볶음밥을 담은 작은 도시락이며 돗자리, 그리고 홍화씨 끓인 물을 꺼내 놓으니 선생들이 웃었다. 청승맞게 선생이 이런 날 무슨 도시락을 싸 오느냐고 오히려 핀잔을 하는데, 옆에서 그림 그리고 글 쓰는 아이들이 부러운 듯이 흘끔흘끔 선생들의 떡 벌어진 점심 식사 판을 넘겨보는 것이 부끄럽기만 했다.

아이들이 가장 선생님이 되고 싶을 때는 스승의 날과 소풍 때라더니 어머니들의 도시락 정성이 정말 대단했다. 형형색색의 김밥에 맥주와 양주, 닭강정에 갈비찜, 각종 술안주에 과일 바구니……. 순수한 정성으로 본다면 과할 것도 없다.

하지만 어제 학년 주임 선생이 반장들을 모아 놓고 도시락 싸 오고 술 사 오라는 말을 했다는 소리를 듣고는 영 마음이 씁쓸하여 차려 놓은 음식이 못마땅하기만 하다.

학부모나 학생들의 진짜 정성이라면 마다할 리가 있겠는가. 조금 전, 영배가 김밥을 담은 일회용 도시락을 자기 가방에서 꺼내 남몰래 숨겨 주듯이 내 손에 쥐어 주었을 때 나는 얼마나 행복에 겨웠던가.

소박한 도시락이었지만 마음에서 우러나와 준비한 정성이 느껴져 가슴이 찡했던 것이다. 홀어머니, 형과 함께 매우 어렵게 살아가고 있는 영배였기 때문이다.

나도 영배가 준 도시락을 모두에게 내놓고 내가 싸 온 도시락을 먹고 있는데 옆에 앉아 있던 오 선생이 솔직한 고백을 했다.

"이런 화려한 점심, 아이들 보기 창피해요."

그 말에 힘을 얻은 나도 한마디 거들었다.

"애들한테 도시락 싸 오라고 하지 말고 교사도 자기 먹을 것을 자기가 가져오면 어떻겠어요? 그것이 귀찮다면 출장비로 도시락을 맞춰 오면 되구요."

혹시나 선생님들 중에 나의 말을 고깝게 듣는 분이 계시면 어쩌나 걱정스러운 마음에 주위를 둘러본다.

"선생님들이 아이들을 위해 평소에 그렇게 고생하시는데 소풍이나 백일장에 점심 도시락 정도 싸 오는 것이 뭐 그렇게 대단한 일인가요?"

이런 말이 곧 터져 나올 것 같아 조마조마했다. 누구든지 이런 말을 하면 점심이고 뭐고 한판 뒤집어엎을 결심이었다. 그러나 아무도 그런 말을 하지 않았다.

다만 누군가의 멋쩍은 목소리가 들려왔다.

"그래요. 다음부터는 그렇게 하면 좋겠네요."

영어 선생이 국어 가르치기?

창고로 방치된 우리 학교 도서관 살리기 운동을 시작하면서 우여곡절이 많았다. 학교 운영위원회, 부장 회의 등에서 온갖 노력을 다 했지만 130만 원 정도의 예산밖에 책정하지 못했다. 책장을 맞추는 데만도 300만 원 이상이 필요했고, 전산화를 위한 기본 프로그램 구입비만도 최소 150만 원이 필요했다. 또 도서 대출을 할 수 있도록 하기 위해 기본적인 책을 구입하는 데 최소 500만 원은 있어야 했다.

돈만의 문제가 아니었다. 누가 과연 이 많은 일들을 하고 계속 관리할 것인가? 30여 년 가까이 되는 역사를 가졌고 1000여 명이 넘는 학생이 있는 학교에 기본적인 도서는커녕 관리할 능력도 없다는 사실에 슬퍼하거나 분노하는 사람이 없다는 게 정말 슬펐다. 서두르지 말고 천천히 하라는 분들도 많지만 얼마나 더 기다리면 이런 문제가 해결될지 예측할 수가 없다.

아무리 독서를 권장하고 읽을 만한 책을 권해도 그 책을 빌려 볼 곳도 없고 사서 볼 수도 없는 아이들에게 나는 굳게 약속했었다.

"너희들이 읽어야 할 기본적인 책과 자료를 완전히 갖춘 제대로 된 학교 도서관을 내년에 꼭 만들어 주마."

그랬기 때문에 나는 더 기다릴 수가 없었다. 아이들은 아주 빨리 자라서 금방 졸업을 하고 떠나 버리기 때문이다.

결국 원치 않는 비정상적인 방법까지 동원해야 했다. 학부모들에게 손을 벌리고 학부모회와 어머니회 기금까지 모두 끌어다 도서관에 쏟아부었지만 전문 사서 없이는 도서관 운영이 불가능했다. 나는 수업하는 것 외에 담임 업무, 부장 업무, 학교 운영위원 등 해야 할 일이 너무 많아서 도서관 관리에 대해서는 전체 지휘만 할 수 있기 때문이었다.

백방으로 알아보던 중 도서관 사서 협의회가 사서 보조 교사 파견 사업을 한다는 것을 알고, 교장 선생님에게 떼를 쓰다시피해서 사서 교사를 모실 수 있었다. 어머니들까지 자원봉사자로 나서서 함께 도와 가며 우리는 있는 힘을 다해 도서관을 만들어 나갔다. 부족한 점은 많았지만 5월에 도서관 문을 열자 하루에 100여 명이 넘는 아이들이 찾아왔다.

그러나 기쁨도 잠시, 12월 14일이면 사서 지원 기간이 끝나고 만다. 나는 답답한 마음으로 사서 보조 교사 파견 사업 평가회가 열리는 여의도고등학교에 달려갔다. 거기에 모여든 많은 교사와 학부모, 사서 교사들은 한결같이 학교 도서관을 살리는 데 사서 교사가 절대적인 역할을 한다는 점을 강조했고, 사서 교사 배치가 계속되어야 한다는 의견을 모았다. 그러나 현실은 전혀 희망이 없어 보였다.

전체 토론을 할 때, 나는 앞에 나가 이렇게 말했다.

"나는 울분과 분노, 그리고 수치심을 느끼고 있습니다. 이미 '독서 진흥법'에 사서 교사를 배치하도록 법으로 규정했음에도 불구하고 교육부는 지난 10여 년간 단 한 명의 사서 교사도 학교에 내보내지 않았습니다. 정부의 교육 개혁안에는 그럴싸하게 독서 교육과 도서관의 정보센터화를 주장하면서도 실제로는 아무것도 지원하지 않는 현실을 더 이상 보고 있을 수만은 없습니다. 나는 교사, 학부모, 그리고 사서 교사들이 연대를 결성해서 싸워야 한다고 생각합니다. 사서 교사 배치를 요구하고 도서관 재정 확보에 힘을 기울여야 합니다."

민간단체가 실업 극복 국민운동 성금으로 도서관 사업을 지원한다는 것 자체가 사실은 말도 안 된다. 위정자와 교육 관료들의 무지를 나무라기 전에 우리 자신을 나무라고 싶다. 그 나라의 과거를 알려면 박물관에 가 보고, 현재를 알려면 백화점에 가 보고, 미래를 알고 싶다면 도서관에 가 보라고 했는데, 그 말이 틀린 말이 아니라면 우리나라의 미래는 매우 끔찍하다.

우리나라 6000여 개 초등학교에 단 한 명의 사서 교사도 없다. 그러나 일본에는 학교당 두 명의 사서 교사가 배치되어 그 숫자가 무려 4만 6641명이나 된다. 고등학교의 경우 2000여 개 학교에 162명의 사서 교사가 있는데, 일본의 경우 학교당 네 명 정도로 무려 2만 1453명의 사서 교사가 있다. 이것이 단순한 수치의 비교일까? 눈앞이 캄캄하고 아득하기만 하다.

분노한 사서 교사 이덕주 선생님은 이렇게 외쳤다.

"우리는 이제 더 이상 기다릴 수 없습니다. 이제는 학교 도서관에 사서 교사를 배치하기 위해 단식과 농성, 그리고 삭발 투쟁이라도 전개해야 합니다. 그 일을 할 사람들이 바로 저이고 동시에 여러분일 것이라고 생각합니다.”

며칠 전에 나는 이덕주 선생님이 교과 교사와 함께 도서관에서 공동 수업을 진행한 신문 기사를 본 적이 있다. 필요한 정보를 제대로 찾을 수 있도록 학생들을 도와주는 사서 교사의 모습이 얼마나 아름다운가.

이덕주 선생님은, 학교 도서관을 국어 교사에게 맡겨 둔 채 아무런 대책도 없이 방치하는 것은 영어 선생이 국어를 가르치는 일과 별반 다르지 않다고 했다. 어디 사서 문제뿐이랴. 두 달 정도 대충 교육을 받으면 가정 교사가 국어 교사로 둔갑하고, 교련 교사가 사서 교사로 둔갑하는 것이 우리나라의 교육 현실이니 말이다.

이덕주 선생은 어떤 책에 쓴 글에서 싸구려 교육의 천박성을 이렇게 비웃고 있다.

“어이, 영어과 한굴림 선생. 올해는 선생님이 우리 배움중학교의 국어를 좀 맡아 주었으면 해요. 지난번에 한 선생이, 아이들이 영어를 못하는 이유가 우리말을 잘 못해서라고 하지 않았소. 영어 수업 틈틈이 국어의 표현법이나 우리나라 고전 문학도 가르쳐 준다고 들었소.”

“아니, 교장 선생님. 국어나 영어가 같은 어학이긴 하지만, 전 영어 수업하고 교재 연구하는 것만으로도 정신이 없습니다. 국어가 중요하면 국어 선생님이 가르쳐야죠.”

“한 선생. 난들 그걸 왜 모르겠소. 그런데 중학교엔 국어과 선생을 전혀 배정해 주지도 않는걸 난들 어떻게 하겠소. 초등학교에서도 국어를 따로 안 가르치고 고등학교에는 아예 국어 과목이 없잖소."

그는 또 이렇게 썼다.

이런 일이 실제로 일어난다면, 우리말을 가르치는 일을 사랑하는 국어 교사라면 아마도 피가 거꾸로 치솟을 것이다.

그런데 사실은 그런 어이없는 일이 학교 현장에서 비일비재하게 일어나고 있다. 이 비극을 어찌할 것인가?

아이들과의 의사소통

요즘은 아이들과 어른, 학생과 교사 사이의 의사소통 장애가 가장 중요한 교육적 화두가 되었다. 텔레비전이나 컴퓨터에 익숙해지고 엄청난 속도와 변화 속에서 커 온 아이들을, 물질적으로나 문화적으로 황폐했던 시대에 태어난 부모들의 세대와 비교하는 것 자체가 잘못된 것이다.

나는 이 의사소통의 장애를 '철학의 문제'와 '밀도의 문제'로 풀어 보았다.

첫째, 우리는 올바른 교육 철학을 관철시키고 있는지 생각해 보아야 한다. 교사와 부모들은 자기 제자와 아이들이 어떤 사람이 되기를 원하는가를 구체적으로 설명할 수 있어야 한다.

'공부 열심히 해서 좋은 성적으로 좋은 학교를 졸업하고 좋은 직장 가지고 잘 먹고 잘 사는 것'이 바로 현실 교육의 지상 최대의 목표라는 점을 인정한다면, 그 애들이 어른을 우습게 여기거나 자기만 아는 이기적인 행동을 하거나 남을 위해 양보할 줄 모르거나 하는 것은 어쩌면 당연한 일인 것이다.

더 큰 문제는 "힘 있는 사람은 조심할 것이며, 위험한 일에는 절대로 나서지 않아야 한다. 모험도 필요 없다."라고 가르치는 것이다. 나는 이것을 '소시민적 인간관'이라고 부른다. "최소한 남에게 피해만 주지 않고 자신의 이익을 최대한 추구하는 인간"이라는 모순된 요구 속에서 '순응적인 인간'이 되라고 교육하고 있는 것이다.

왜 우리는 "공부하는 것이 인간을 자유롭게 하며, 그의 지식과 능력은 더 약한 사람들을 위해서 헌신하는 일에 쓰여야 한다."라고 가르치지 않는 것일까?

이 놀라운 교육 현실 앞에서 많은 교사와 부모들이 숨죽인 채 엎드려 있다. 그러니 우리의 청소년들은 두 눈이 가려지고 두 팔과 다리는 묶인 채 어디로 가야 하는지도 모르면서 누군가가 닦아 놓은, 아무 모험도 변화도 없는 삭막한 길을 따라 걸어갈 뿐이다. 아이들은 의미 없고 지루한 하루하루를 살며 기성세대에 대해 실망하면서도 다른 길을 알지 못해 그대로 따라갈 뿐이다.

둘째, 우리는 과연 아이들을 이해하기 위해 충분한 시간을 투자하고 있는가 하는 것이다. 거리와 밀도의 문제는 시간의 문제이기도 하다. 나는 '교사는 수업으로 말하는 존재'라고 생각하기 때문에 수업 연구에 많은 시간을 바칠 뿐만 아니라 하루 일과 중 가장 많은 시간을 수업을 하며 보냈다. 학생 중심의 수업으로 진행하고 개별 지도에 힘을 기울였으며, 수업 시간이 부족하면 방과 후에 몇 시간씩 보충 수업을 하기 일쑤였다. 수업에 가장 많은 시간을 투자한 것이다.

그 다음으로는 학급 운영에 힘썼다. 조회, 종례 시간은 물론이고 토요일 오후를 아이들과 함께 보낸 적도 많다. 두레별 활동 계획을 세우게 하고 발표회를 갖거나 함께 운동을 하거나 야영을 하는 일도 있었다.

그리고 나머지는 특별 활동 연극반을 운영하는 데 힘을 기울였다. 특별 활동은 일주일에 한 시간밖에 없었기 때문에 많은 것을 하지는 못했다. 다만 가을에 연극 공연을 할 무렵 두어 달 동안은 집중적으로 방과 후에 연습을 했다.

수업과 학급 운영, 연극반 활동 중에서 나에게 가장 감동적인 교육이 된 것은 무엇이었을까? 시간 투자에 비례한다면 가장 시간을 많이 투입한 수업을 통해 가장 큰 보람을 느꼈을 것이고 아이들과의 관계도 가장 깊어졌을 것이다. 그 다음으로는 학급 운영이, 그 다음이 연극반이어야 할 것이다.

그러나 실제의 결과는 그 반대였다. 가장 밀도 있고 뜨거운 관계는 연극반에서 형성되었고, 그 다음은 학급 공동체, 그 다음이 수업 시간에 가르쳤던 아이들과의 관계이다.

왜 그럴까? 이유는 간단하다. 아이들과 가장 가까이에서 밀도 있는 시간을 보낸 것은 연극반 활동이었기 때문이다. 연극반 아이들은 20명도 채 안 된다. 그 애들은 몇 달간 손가락 하나 움직이는 일까지도 함께 머리를 맞대고 고민하면서 서로 하나의 목표를 향해 나아가야 했다. 몇 달간의 치열한 연습 끝에 연극 공연을 끝내고 나서 그 애들은 영원히 잊지 못할 사랑과 우정을 가슴 깊이 간직할 수 있었다.

그 다음은 학급 공동체이다. 다양한 두레 활동과 행사를 통해 가깝게 느낄 수 있는 기회가 많았던 탓이다.

그러나 함께 수업을 했던 아이들은 적어도 150명에서 200명이나 되는 큰 집단이다. 개별 지도를 받기도 하고 개인의 재능을 인정받기도 하며 새로운 지식을 얻기도 했지만, 그래도 선생님과의 거리는 여전히 멀 수밖에 없다.

　사랑한다는 것은 함께한다는 것이다. 함께하는 시간이 적을수록, 많은 수를 동시에 대할수록 관계의 밀도가 낮아진다. 오늘날 교사가 책임을 질 수 없는 콩나물시루 같은 교실에서 무엇을 기대할 수 있을까? 1년이 다 가도록 이름조차 모르고 개별 지도 한 번 해 보지 못한 아이들과 교사가 과연 교육적 관계에 놓여 있다고 할 수 있을까?

　교육은 인간과 인간 사이의 의사소통에서 출발한다. 대화가 없는 가정에서 부모와 자녀의 관계가 건강하게 형성될 수 없듯이 지금의 대량 생산 구조의 학교에서는 어떤 애틋한 관계도, 따뜻한 생활 속의 관계도 불가능하다. 주어진 교육 과정과 교과서 속에서 아무런 비판도 없이 그저 인형처럼 움직이는 교사와 학생이 있을 뿐이다. 기계적인 관계가 있을 뿐이다.

　나는 과감하게 교과서를 던져 버리고, 돈과 시간으로부터 스스로를 해방시키라고 교사들에게 외친다. 자신이 옳다고 생각하는 것을 가르치고, 가르치고 싶은 것만 가르치고, 잘못된 것에 저항하는 것을 우리 아이들에게 가르치라고 외친다.

성교육의 중요성

결강하신 선생님이 계셔서 보강 수업을 하게 됐는데 분위기가 매우 어수선했다. 시 낭송 테이프를 가지고 들어가서 시 감상을 하자고 하니까 아이들이 펄쩍 뛴다.

"으악, 싫어요."

"아주 좋은 시들이지. 들어 보면 흥미가 생길 텐데."

"싫다니까요."

"내가 가르치는 아이들은 시를 아주 좋아하지. 너희들도 좋아할 줄 알았는데……. 그럼 뭘 하지?"

"얘기해 줘요."

"무슨 얘기?"

"여자 얘기요."

"여자 얘기? 어떤 여자 얘기?"

"그거 하는 거요. 여자하고 남자하고 그거 하는 거요."

여기저기서 마치 성희롱이라도 하는 듯한 노골적인 성적 표현들이 웃음소리와 함께 마구 쏟아졌다. 듣기에도 민망한 말들이 자연스럽게 흘러나온다.

마치 지금 막 외설 영화를 보고 나서 떠들어 대는 것 같았다. 나는 아무렇지도 않게 받았다.

"이제 알겠다. 성에 관한 이야기를 나누자는 거였구나?"

아이들은 무슨 재미난 구경거리라도 생긴 듯이 일제히 "예." 하고 대답한다.

"좀 더 자세히 말한다면 너희들은 여자의 그 부분에 관심이 있는 거지?"

아이들이 음험하게 낄낄거리며 웃는다.

"그러니까 여성에 대해 알고 싶은 게 아니라 여성의 성기에 대해서 알고 싶은 거지?"

아이들은 또 웃었다.

"그게 바로 외설적인 관심이라는 거다. 성(性)은 그 사람의 총체적인 인격과 관련이 있는 거지. 사랑하는 사람과 성을 나누는 것은 정말 아름다운 일이야. 어쩌면 인간이 할 수 있는 가장 행복한 사랑의 행위이지. 하지만 그 사람의 인격을 보지 않고 그 사람의 성기만 생각한다면 그건 아주 모욕적인 것이다. 예를 들어서 여자들이 너희를 바라볼 때 오로지 너희들 바지 속의 그 부분에 대해서만 관심이 있다면 기분이 어떨까?"

아이들은 조용해졌다.

"너 자신이 성기만 확대된 남성으로 여성에게 비춰지는 걸 바라지는 않을 거야. 매력적인 남성으로서 여성에게 사랑을 받으면서 서로의 인격을 충분히 존중하며 아름다운 성관계를 갖기를 희망하리라고 본다. 자, 이제 남성과 여성이 어떻게 진정 아름다운 성을 나눌 수 있는지에 대해서 이야기해 보자꾸나."

아이들의 얼굴에서 장난스러운 표정은 사라졌다. 진지한 눈빛들이 살아나고 있었다.

"여성의 성과 남성의 성은 여러 가지 면에서 현실적으로 큰 차이를 갖고 있다. 그것은 잘못된 여성관과 남성관이 만들어 놓은 것이기도 하지. 여성들은 어려서부터 정숙하고 순결해야 한다는 무언의 압력을 받고 자라난다. 성적인 욕구나 표현을 억제당함으로써 성에 대해 수치스럽게 생각하거나 아주 소극적이고 무지한 상태에 처하는 경우도 많지. 남성도 억압받기는 하지만 여성보다는 훨씬 개방되어 있다.

사회의 모든 문화는 남성의 성적 쾌락을 맞춰 주기 위한 내용들로 가득 채워지고 여성은 남성들이 즐기기 위한 대상이나 도구로 전락하는 일이 너무나 많다. 그 결과 대부분의 부부들은 이 잘못된 여성관과 남성관의 피해자가 되어 진정으로 함께 나누는 성생활을 하지 못하는 경우가 많다. 비극이지."

나는 상대방을 성적으로 비하시키는 것이 얼마나 많은 파괴를 가져오는지에 대해 이야기했다. 또 오늘날 자본주의 사회의 '성 산업'과 '섹스 중독'의 위험에 대해서도 이야기했다.

아이들은 처음과는 완전히 다르게 깊은 생각에 잠겨 있었다. 나는 아이들이 정말로 알고 싶은 것은 외설적인 지식이 아니라 진정 아름다운 성에 대한 것이라고 믿는다. 그렇지 않다면 그 짧은 시간에 이토록 진지한 눈빛으로 변할 수는 없을 것이다. 그런데 아이들에게 솔직하고 진실한 이야기를 들려주는 사람은 별로 없고 자극적이고 선정적인 성 문화만이 아이들을 흔들어 댄다.

나는 얼마 전 신문에서 대만의 이야기를 읽고 놀란 적이 있었다. 대만에서는 해마다 1만 6000명의 미혼모가 발생하고 있는데 미혼모의 3분의 2가 원치 않는 임신 때문에 결혼하고 있다고 한다. 성 경험이 있는 청소년의 50% 이상이 열다섯 살 전후에 첫 경험을 가지며 대부분이 피임을 하지 않은 것으로 나타났다고 한다. 혼전 성 경험에 대한 개방적 의식은 높아 가고 있는데 성에 대한 올바른 교육은 이루어지지 않는 탓이다. 우리나라도 비슷하겠지만, 이 나라의 75% 이상의 학생이 성에 관한 어떤 대화도 부모와 나눈 적이 없다고 한다.

대만의 미혼모 증가는 사회 구조와 밀접하게 연결되어 있다. 많은 젊은이들이 직장 생활과 학업을 위해 자취를 하고 있어 자취방이 성 개방 풍토를 조성하는 장소로 지목되고 있다. 더구나 24시간 일본 성인 영화가 방송되고 있어 청소년들이 쉽게 음란물을 접할 수 있지만 대만 정부는 이렇다 할 조치를 취하지 않고 있다.

날로 심각해지는 청소년 문제에 대해 대만 정부는 부모에게 물어보기 어려운 성 지식을 알려 주기 위한 '성교육 수첩'을 발행하여 중학교 1학년에게 나누어 주었을 뿐이다.

다른 모든 문제와 마찬가지로 청소년들의 성 문제도 결국 성인들의 무지에서 비롯된다는 점을 이 이야기를 읽으며 다시 확인할 수 있었다. 성교육도 다른 어떤 교육에 비해 절대로 가벼이 취급되어서는 안 된다. 영어 교육보다도, 수학 교육보다도 올바른 성교육이 중요하다.

교육을 돕는 사람들

"자, 여러분이 작업한 내용을 컴퓨터에 저장해 주십시오. 파일 이름은 자기 고유 학번으로 해 주십시오. 잘 안 되는 사람은 조용히 손을 드십시오. 그러면 컴퓨터 선생님께서 여러분의 자리에 가서 도와주실 것입니다."

컴퓨터 수업이 아닌가 생각하는 사람이 있을지 모르지만, 이것은 소설 창작 수업의 한 장면이다. 소설 작품 감상과 분석, 영상 소설 수업 등이 끝난 후, 소설 창작 수업은 컴퓨터실에서 진행되었다. 한글 자판을 익히기 위한 몇 시간의 타자 연습 후 아이들은 모두 컴퓨터실에서 자신이 구성한 작품을 썼다.

컴퓨터를 이용하는 소설 창작 수업에 절대로 없어서는 안 되는 사람이 바로 컴퓨터 보조 교사이다. 늘 조용하고 친절한 컴퓨터 보조 교사는 아이들이 컴퓨터를 켜는 순간부터 작업을 끝내고 정리를 하는 단계까지 세심하게 아이들을 보살펴 주었다. 덕분에 수업은 차분하고 진지하며 따뜻하게, 그리고 훨씬 더 쉽게 진행될 수 있었다.

아이들이 완성한 수십 편의 창의적인 소설은 내 앞에 있는 주 컴퓨터에 입력되었다. 컴퓨터 보조 교사가 출력을 도와주면 나는 인쇄실로 갔다. 무려 200쪽이 넘는 소설을 말없이 받아 든 서 기사님은 그것을 멋진 책으로 만들어 주었다. 전기와 가스를 돌보고 화장실 청소까지 하면서도, 지난번 시집까지 포함하면 무려 400권이나 되는 책을 말없이 엮어 준 것이다. 인쇄는 물론이고, 본드를 발라 제본까지 정성스럽게 한 책을 받아 든 아이들과 나는 감격했다.

아마도 나는 이 책을 가지고 많은 교사들 앞에서 사례 발표를 할 것이다. 그러면 선생님들은 한 명 한 명 소설 창작 지도를 해낸 나의 노력에 대해, 엄청난 분량의 소설 창작 지도에 대해, 완벽한 책으로 만든 정성에 대해 찬사를 보내 줄 것이다. 몇 주 동안 밤낮을 가리지 않고 말할 수 없는 고생과 고통스런 노동을 한 서 기사님이 내 뒤에 있음을 아무도 알지 못할 것이다.

"책을 어디서 만들어요?" 혹은 "돈은 어디서 났어요?" 하고 묻는 사람이 있을 것이다. 그러나 적어도 100만 원 이상이나 드는 인쇄비와 제본비 대신 오로지 스스로의 노동력만으로 빛나는 수업의 완결편을 만들어 준 이 이름 없는 기능직 아저씨의 노고를 치하하는 사람은 학교 안팎 어디에도 없을 것이다.

오늘은 아이들과 함께 도서실에 가서 발표 수업 준비를 했다. 얼마 전에도 도서실에서 독서 수업을 진행하는 데 사서 보조 교사인 신 선생님이 아이들에게 많은 도움을 주었다. 창고 같았던 도서관이 깨끗하게 정돈되었고, 전산화를 마친 새 책들이 아이들의 손길을 기다리고 있었다.

아이들이 도서실에 들어오면 사서 보조 교사는 주의 사항을 말해 주고 도서관 이용법을 알려 준다. 읽고 싶은 책의 종류를 말하면 컴퓨터를 통해 찾아 주고, 빌려 보고 싶은 책은 대출해 준다. 오늘은 수업에 필요한 각종 자료들을 아이들이 잘 찾을 수 있도록 도와주었다.

편한 자세로 소파에 기대어 아트 슈피겔만의 예술 만화 《쥐》를 읽는 아이들은 평소 수업 시간에는 주의 산만한 꾸러기들이다. 하지만 이런 시간에는 진지하게 열심히 책을 읽는다. 사서 교사가 아이들을 돌보러 돌아다니는 동안 나는 여유 있게 다음 수업을 구상할 수 있다. 아마도 과학 시간에는, 저녁이면 무대에서 기타리스트로 활동한다는 실험 보조 교사의 도움으로 실험을 하게 될 것이다.

이 모든 것은 공상이 아니다. 실제로 나는 학교에서 보조 교사와 기능직 아저씨들의 도움으로 더 좋은 수업을 진행할 수 있었다. 수업은 교사 혼자 하는 것이 아니다. 나는 학교에서 기능직 아저씨들과 누구보다도 친한 편이다.

이번 학교에 부임했을 때 나는 따뜻한 커피를 준비해 가장 먼저 인쇄실에 갔었다. 저녁 늦은 시간까지 일하다 퇴근할 때, 숙직하는 아저씨들을 위해 도시락과 닭튀김이라도 사다 드리는 것은 단지 내가 좋은 사람이어서가 아니다. 교장 선생님께는 1년 내내 따뜻한 녹차 한 잔 드리지 못하면서도 수시로 아저씨들에게 달려가는 이유는, 사실은 필요에 의한 구애 행위인지도 모른다. 나의 정성은 바로 "당신이 필요합니다."라는 고백인 셈이다.

별로 중요하지 않은 일을 하는 것처럼 여겨져 제대로 대접을 받지 못하는 기능직 아저씨들이나 보조 교사, 서무과 직원들. 그분들이 자신도 자각하지 못하는 아주 중요한 교육 노동을 하고 있다는 것을 나는 가끔 그분들에게 알려 주곤 한다. 자신이 하고 있는 일이 교육에 있어서 매우 소중한 것임을 알게 된다면, 그분들은 교육 공동체 속에서 한 가족이 될 수 있고, 더불어 교사는 더욱 신명나는 수업을 할 수 있지 않을까?

입으로는 노동은 고귀한 것이라고 말하면서도 교사들의 수업 활동에 대해서만 더 많은 가치를 둔 것은 아닌지 다시 돌아봐야 할 일이다.

다음에도 학교를 옮기면 나는 맨 먼저 그분들에게 다가갈 것이다. 그리고 가을 연극 공연 때 그분들에게 가장 먼저 초대장을 보내고 맨 앞자리에 앉히고 싶다. 그리고 저토록 아름다운 아이들의 모습이 바로 당신들과의 합작품이라는 증거를 보여 주고 싶다. 조명기와 무대 장치를 도와준 기능직 아저씨들의 흐뭇한 웃음이 그려진다.

부러운 프랑스 교육

교육 개혁에 대한 공청회에 갔다가 프랑스 교육의 사례를 듣고 부러운 마음이 들었다. 프랑스에서는 유치원에서 고등학교에 이르기까지 학부모는 학교 문 안에 들어갈 권리가 없다. 학부모는 유치원이나 초등학교에 다니는 자녀를 학교 문 앞까지 데려다 줄 뿐 교정에는 들어가려고도 하지 않는다. 교육은 완전히 학교 선생님들에게 맡기고 절대로 간섭하지 않는다.

학부모가 자녀 문제로 선생님과 상의할 일이 있으면 편지나 전화로 선생님에게 면회를 요청해야 하며, 학교에서 정해 준 시간에 교장실로 가야 한다. 담임 선생님을 만나겠다고 면회를 신청하더라도 교장 선생님과 면담하는 것이 원칙이다.

교사와 학부모의 만남을 원천적으로 차단하지만 대화는 많이 한다. 예를 들면, 공책 한 권을 가정통신문으로 이용하는 방법이 있다. 선생님은 그 공책에 자녀 교육상 필요한 사항을 적어 일주일에 두세 차례씩 학부모에게 보낸다. 그리고 똑같은 방법으로 학부모도 선생님에게 써 보낸다. 이런 방식으로 담임 선생님과는 평소에 대화를 많이 하기 때문에 학부모가 특별 면회를 필요로 하면 학교장이 학부모의 면담을 맡는 것이다.

학교는 1년에 두 번 학부모회를 소집하는데, 학기 초에는 학교의 교육 방침을 설명하며, 학기 말에는 학생들의 작품으로 꾸민 미술전이나 연극이나 음악회를 학부모에게 소개하여 자녀의 교육 결과를 한눈에 알아볼 수 있도록 한다.

교육 방식은 엄격하고, 매주 토요일에는 일주일 동안 수업한 내용에 대해 시험을 보는 제도가 확고하게 자리 잡고 있다. 성적표에 석차는 없지만 각 과목의 최고 점수와 최저 점수를 적어 주어 자녀의 교육 수준을 한눈에 알아볼 수 있다. 그러나 점수에 대해 학부모가 신경을 쓰는 일은 별로 없다. 충분한 개별 지도를 통해 나온 성적이기 때문이다.

상급 학교 진학 문제도 원칙적으로 학부모에게 결정권이 없다. 성적에 따라 인문 중학교나 실업 중학교에 진학하고, 학생의 특기나 적성에 맞는 발레 학교, 음악 학교, 농업 학교나 기술 학교 등에 진학할 수 있다. 실업계 학교로 갈 수밖에 없는 학생이 인문계 학교로 진학하려면 1년 유급을 해야 하는데, 이것에 대해 아무도 부끄러워하지 않는다.

프랑스는 철저하게 엘리트 교육을 실시하며, 고등학교 교사는 대학 교수와 같은 대우를 받는다.

고등학교 2학년 때 치르는 바칼로레아 시험 성적에 따라 명문 대학에 갈 수 있는 자격이 주어지므로 합격 가능성이 없는 학생들은 대체로 1년 유급을 결정하는데, 그 수가 25~30%나 된다. 명문 대학인 파리고등사범이나 파리이공대학 등은 엘리트 학생들끼리 치열한 경쟁을 한다.

고등학교 2, 3학년인 열여섯 살까지는 미성년자로 철저하게 보호하고 의무 교육을 한다. 즉, 초등학교에서 대학교까지의 교육비 중 70%를 정부 예산으로 보조해 준다. 극장이나 음악회 등은 50%를 할인해 주고, 박물관이나 미술관은 무료이거나 80% 할인해 준다. 그 대신 미성년자는 사회와 가정, 학교의 규정에 순응할 의무가 있고, 그중 가장 중요한 의무는 학교에서 공부를 하는 것이다. 가끔 대도시 빈민 지역에서 교사와 학생 간의 갈등이나 문제가 있는 경우도 있지만, 그것은 극히 드문 일이고 학교와 교사의 권위는 철저하게 지켜진다.

이러한 제도의 정착은 학부모에게 교육비를 부담시키지 않는 교육 예산 제도와 오랜 교육적 전통에서 나온 것이다.

우리는 왜 외국의 사례를 배우려고 애쓰면서도 프랑스의 교육 제도는 애써 외면하는 것일까. 교육은 미래에 대한 투자임에도 정부가 교육 예산을 늘리는 데 주저하는 것은 21세기에 대한 우리의 희망을 앗아 가는 중대한 과오이다. 교육 제도를 합리적으로 개선하고 공부할 수 있는 환경을 조성하기 위해 노력하는 것이 얼마나 중요한지 다시 한 번 생각해 보아야 한다.

질문이 사라진 교실

"교사가 양복에 넥타이를 맨 정장 차림으로 토론해 보자고 아이들에게 제안하자 아이들은 긴장하여 한마디도 하려고 하지 않았습니다. 그런데 교사가 티셔츠에 찢어진 청바지를 입고 껌을 질경질경 씹으며 토론을 해 보자고 하자 아이들은 너도나도 손을 들고 부담 없이 이야기를 하는 것이었습니다."

전국국어교사모임 정기 강좌 중 '논술 수업 사례'에서 발표한 장봉환 선생의 이야기이다. 글을 제대로 쓰기 위해 반드시 거쳐야 할 토론 수업에 대해 설명하면서 교사의 역할에 대한 예를 든 것이다. 학생들의 문제 해결 능력을 기르기 위해서는 교사가 학생들에게 '완벽한 지적 권위자'가 되어서는 안 되고, 철저히 보조적인 역할만을 해야 한다는 이야기이다.

나는 평소의 내 수업 태도를 생각해 보고는 가슴이 뜨끔했다. 물론 나도 학생 중심 수업이 얼마나 중요한 것이며, 교사는 안내자의 역할을 충실히 해야 한다고 늘 강조하는 편이다. 그러나 사실은 내가 갖고 있는 해답으로 유도하기 위해 무던히도 애를 쓰고 있다는 것을 부인할 수가 없기 때문이었다.

또한 근래에는 토론 수업을 할 기회를 갖지 못했다는 것을 새삼 깨달았다. 또 하나의 입시 제도로서의 '논술'에 대해, 그리고 언론과 관청에서 주도하는 논술 대회에 못마땅한 생각을 갖고 있었기 때문에 일부러 토론과 논술 수업에 대해서 관심을 기울이지 않고 있었다.

장 선생님은 '정답 이데올로기'를 벗어나 자유로운 사고를 할 수 있는 아이들을 기르기 위한 차원에서 '논술'이 거론되어야 한다고 했다. 교과서의 추상적이며 관념적인 내용들을 극복한 좋은 읽기 자료집을 교재로 사용하는 것이 중요하다고 했다.

초등학교 1학년 때는 엉덩이를 들썩거리며 대답을 하고 자신의 의견을 적극적으로 제시하는데, 학년이 올라가면서 점차 의견을 말하는 일이 줄어들고 방관자가 되어 가는 것에 대해 다시 생각해 보아야 한다. 질문이 사라진 교실은 우리 교육 현실의 비극적 단면을 웅변적으로 보여 주는 것이 아니고 무엇이겠는가. 질문이 허용되는 교실, 어떤 내용의 토의와 토론이든 자유롭게 이루어지고 스스로 문제를 해결해 가는 과정을 배우는 교실을 만들어 내는 것이 바로 우리들의 책임이고 역할이라는 점에 전적으로 동의한다.

가정과 사회, 그리고 학교에서 그런 자유롭고 거침없는 토론이 이루어져야 비판과 분석을 담은 진정한 '논술'이 나올 수 있다. 논술의 본질적인 목표가 사라진 채 시험 점수를 매기기 위한 '상술'로 전락한 현실이 너무나도 슬프다.

지겨운 수련회

버스는 방귀를 몇 번 뀌더니 다시 수련회 장소, 아니 지옥으로 출발했다. 이 지옥행 버스를 타는 게 난 몹시 두려웠다. 초등학교 6학년 때 그곳에 가서 죽도록 벌 받으며 고생했고, 재미없었기 때문이었다. 하지만 겉으로는 표현하지 않았다. 내가 이런 두려움을 조금이나마 덜어 내기 위해 무의식의 세계로 가 있는 동안 버스는 벌써 멈춰 서 있었다.

가기 싫은 발을 억지로 이끌고 버스에서 쓰러지듯이 내렸다. 우와! 지옥은, 햇살 때문에 무지 뜨거웠다. 나는 꾹 참고 줄을 서서 운동장으로 따라갔다.

애걔? 이게 운동장이야? 그렇다. 운동장은 내 코딱지보다 조금 컸다. 그리고 내 코딱지보다 조금 더 큰 운동장에는 지가 짱인 줄 알고 고개를 치켜들고 서 있는 교관들이 있었다.

아, 정말 뜨거웠다. 그런데도 우린 '정자'도 아닌 곳에서 '정좌' 자세로 똑바로 앉아 있어야 했다. 으, 귀찮다. 그 다음에 조회식이 있었다. 교관 선생님이 우리에게 뜨거운 햇빛을 꾹 참으라고 말했다. 나는 교관에게 대들고 싶었다. "네가 참아 봐." 이렇게 말하며 난, 교관 선생들을 한 대씩 후려갈기고 싶었다. 난 그래도 꾹 참아 냈다.

숙소에 왔을 때 나는 일어설 힘도 없었다. 그런데도 점심을 먹고는 또 운동장에 빽빽하게 정렬했다. 우리는 '레옹'이라는 이상한 교관 선생을 소개받았다. 그 레옹이 바로 우리 반 담임 교관이었다. '레옹 좋아하시네. 네가 레옹이면 난 브래드 피트다.'

이런 생각을 하면서 골에 개미라도 들어간 사람처럼 실실 웃어 댔다.

우리는 레옹 지도하에 돌밭에 앉았다. 그런데 레옹 주머니를 자세히 보니 총이 없었다. 아, 역시 내 생각이 맞았다. 레옹이 아니었던 것이다. '아휴, 난 또 다 죽이는 줄 알았네.'

수련회에 다녀온 후 기행문을 발표시키는데 남수의 글이 눈에 띄었다. 몇 명은 수련회가 그런대로 좋았다고 말했지만, 힘들고 지겨웠다고 말한 아이들이 많았다. 내가 본 바로는 수련관의 시설이나 프로그램, 교관들의 교육 태도 등에 따라 매우 천차만별인데, 몇 군데를 제외하고 대부분은 그야말로 군대 훈련소와 교회 수련회 장소를 섞어 놓은 듯한 곳이 많다.

나는 수련회에 대해 매우 아픈 기억을 갖고 있다. 7~8년 전 개봉중학교에 근무할 때의 일이다. 교관들에게 아이들을 맡겨 버리고 지켜보기만 하다가 돌아오는 극기 훈련 같은 수련회를 하지 말고 우리 스스로 프로그램을 준비하여 좋은 수련회를 하자고 주장하다가 크게 모욕을 당한 일이 있었다.

체육 주임 선생님은 그런 주장을 했던 나와 또 다른 여교사를 극기 훈련에 참가하는 명단에서 일방적으로 빼 버렸고, 이유를 묻는 우리에게 입에 담을 수 없는 상스러운 욕을 퍼부었다. 공개적으로 문제를 삼자 나의 손목을 비틀고 강제로 잡아당겨 의자에 걸린 발가락이 찢어지기도 했다. 물론 나중에 사과를 받긴 했지만 지금도 그 일은 몸서리쳐지는 기억으로 남아 있다.

그런데 아직도 수련회가 형식적인 행사로 진행되고 있다는 것에 나는 실망을 금치 못했다. 어떤 여행도 교실에서 답답한 시간을 보내는 것보다는 좋을 수 있다. 그러나 기대에 찬 여행이 구겨진 현실로 바뀌었을 때 느끼는 실망과 좌절은 아이들을 망가뜨릴 수도 있다.

돈을 아끼기 위해 학교에서 가졌던 학급 야영의 감격을 나는 잊을 수가 없다. 함께 밥을 해 먹고, 공동으로 큰 벽화를 그리고, 밤이 깊도록 노래를 불렀다. 선생님들 중 기타 잘 치는 분은 기타를 연주하고, 다른 여러 선생님들은 춤과 율동을 미리 연습해 와서 가르쳐 주었다. '선생님 가무단'의 발랄한 모습에 힘을 얻은 아이들이 열광적으로 노래를 하고, 패션쇼와 연극도 했다. 난파선 놀이를 통해 자신의 삶을 돌아보고, 새 생명을 얻는 촛불 의식을 하던 그 아름다웠던 순간을 나는 잊을 수 없다. 그날 이후 우리가 얼마나 서로를 깊이 사랑하게 되었는지 나는 안다.

학년 전체가 모두 가는 수련회의 경우, 한 학급의 야영과는 달리 어려운 부분이 많은 것은 사실이다. 그러나 다른 장소로 갔던 그 다음 수련회의 프로그램은 특별히 좋았다. 민속 활동반과 자연 체험반, 패러글라이딩반 등으로 나뉘어 자신이 하고 싶은 활동을 했다. 우리 반 아이들은 나의 권유로 대개 민속 활동반을 선택했다. 우리는 열심히 배웠고 마지막 날 멋진 발표회를 가졌다.

아이들은 매우 기뻐했다. 그곳을 떠날 때 눈물을 흘리는 아이들이 많았다.

그럼에도 불구하고 나는 교사와 학생들이 짠 자발적인 프로그램이 없다는 것이 아쉬웠다. 우리 또래의 교사들은 야영이나 여행, 문화적인 프로그램에 매우 취약하다. 학창 시절에 그런 경험을 하지 못했기도 했고, 재교육을 받을 연수가 없었기 때문이다.

아이들을 신명나게 가르치기 위해서는 교사가 먼저 신명나는 활동을 해 봐야 한다. 어른들이 미처 준비하기도 전에 아이들은 너무 빨리 자라 버린다. 그리고 불행하게도 돌이킬 수 없는 많은 상처를 받고야 만다.

이 아이들을 어찌할 것인가

검찰에서 파악한 각 학교의 '일진회' 명단이 내려왔는데 우리 학교 아이들은 모두 스물다섯 명이었다. 도대체 이 명단이 어떻게 만들어졌는지 알 수 없었다. 아마도 사고를 내고 구속된 아이들의 입을 통해 작성된 것으로 보였다.

학생부에서는 명단을 받았으니 쉽게 넘어갈 수도 없는 상황이라고 판단하여 한꺼번에 스물다섯 명을 모두 불러 미주알고주알 물으며 조사를 했다. 그 과정에서 지치고 과민해진 선생님이 한 아이에게 지나친 체벌을 가했고, 심하게 맞은 아이의 부모가 학교에 와서 울고불고하며 항의를 하는 일이 벌어졌다.

명단에 올라간 도형이와 상기는 이런 상황을 보고 매를 맞을까 두려워 또 가출해 버렸다. 더 이상 이 아이들을 지도할 수 없으니 전학을 보내겠다는 담임의 의견을 듣고 도형이 부모님은 나에게 매달렸다.

"정말 우리 아이는 구제 불능입니까?"

그 질문에 나는 답변할 수 없었다. 지도 가능하다고 말하면 담임의 의견에 정면으로 반대하는 것이고, 지도할 수 없다고 하면 그 애를 구제 불능으로 만드는 것 같아서였다. 답답하고 괴로운 심정이라 수업도 제대로 되지 않았다.

현일이와 승현이가 엎드려 자는 모습이 유난히 가슴 아프다. 소설 읽기 시간에는 너무도 열심히 책을 읽던 현일이, 소설 쓰기 시간에 자신이 살아온 힘겨운 경험을 살려서 제법 이야기를 엮어 나가던 승현이. 하지만 오늘 문법 시간에는 잠을 자고 있다. 하루 종일 선생님의 눈을 피해 자는 이 아이들, 수업 시간마다 혼나는 아이들. 이 아이들을 어찌할 것인가?

수업 시간에 다 못한 공책 정리와 시 쓰기를 밤 아홉 시까지 남아서 열심히 하던 상기와 도형이. 그 애들이 어른들의 꾸지람을 피해 뒷골목 어딘가를 헤매 다닐 것을 생각하니 마음이 괴롭기만 하다.

이대로 있을 수는 없다는 생각에 교장 선생님께 제안을 했다.

"상부에서 명단이 내려왔다고 무조건 아이들을 죄인 취급하는 것은 교육적이지 않습니다. 일벌백계식의 지도로는 부적응아들을 구할 수 없습니다. 그 애들을 지도할 수 있는 담당 교사와 지도 공간, 특별한 프로그램이 마련되어야 합니다. 물론 학생부나 상담부가 있지만 현재로서는 불충분합니다. 일반 교사가 지도하기 어렵다고 생각되는 아이들을 일정 기간 동안 데리고 생활하면서 인성 교육과 생활 교육을 시킬 수 있는 제도적 뒷받침이 있었으면 합니다."

그러나 더 이상의 진전된 이야기는 할 수 없었다. 이 문제에 대해 특별히 관심을 나타내는 사람은 없었다. 나는 슬픔에 겨워 혼자 구상하는 '학교 안의 작은 학교'를 종이 위에 낙서처럼 그려 보았다.

포근하고 따뜻한 느낌이 드는 공간을 꾸미고 좋은 책과 재미있는 잡지들을 가져다 놓겠다. 아이들이 좋아할 아름다운 영화들을 상영하고 음악을 들려줄 것이다. 아이들이 먹을 과자와 차를 준비하고, 자신을 돌아볼 수 있는 명상을 하도록 하겠다. 그리고 재미있는 상담 프로그램으로 마음을 열어 보겠다. 연극 놀이를 하고 연극 공연도 준비할 것이다. 재미있고 쉬운 소설이나 시를 읽힐 것이고 또 소설 창작도 할 것이다. 우리는 함께 밖으로 놀러 나가기도 하고, 탁구나 수영 같은 운동을 하러 가기도 할 것이다. 여름에는 농촌에 가서 일을 배우고 겨울에는 여행을 하겠다. 딱딱하고 지루한 교실에서 벗어나 일주일 또는 한 달을 같이 지낼 수도 있다. 성적을 올리는 데에만 관심을 갖지 않고 삶의 다양함과 기쁨을 배우며 사람을 배려하는 마음을 갖도록 할 것이다.

그동안 받았던 질시와 열등감, 꾸지람 등에서 벗어나 마음이 열려 있고 다정한 교사들의 특별한 사랑과 관심 속에서 아이들은 안전하게 자신의 정서를 순화할 것이다. 상처를 극복하고 다시 아이들 속으로 들어가는 데 아무런 장애도 느끼지 않을 것이다. 특별한 대우와 사랑이 그 애들을 질서 있는 사회의 일원으로 만들어 주는 것이다. 몇 명의 아이들이 나가고 나면 새로운 부적응 학생이나 문제를 일으켜 처벌을 받는 학생들을 새로 받아들인다. 우리는 시간이나 돈에 구애받지 않는다.

정말 이런 것은 '꿈'에 지나지 않는 것일까? 누군가가 말했다.

"우리는 그런 아이들을 모두 책임질 수는 없어요. 그 애들 때문에 정상적인 많은 아이들을 포기할 수는 없으니까요."

나는 모든 교사가 다 이런 일을 해야 한다거나 이런 능력을 가져야 한다고 생각하지는 않는다. 그러나 분명 그런 교사가 필요하며 가능하다면 많을수록 좋을 것이다.

선생님들과 점심을 먹으면서도 나는 이 문제에 대해 이야기를 나누었다.

"엄마도 없고 아빠도 돌봐 주지 않아 공부는커녕 먹는 것조차 해결하기 어려운 아이는 남의 도움을 받는 힘겨움을 견디느니 차라리 도둑질을 하는 것이 나을 수도 있어요."

내가 말하자 다른 사람들은 놀라워했다. 나는 마음속으로 상기를 생각했는지도 모른다. 앞에 앉은 김 선생님이 말했다.

"선생님은 아주 위험한 생각을 하시는군요."

사람들은 모두 입을 모아 말했다.

"아무리 어렵고 힘들어도 남에게 해를 끼치는 일은 매우 위험한 일이지요."

"다른 사람의 호의를 고맙게 받아들이고 자신이 그것을 갚을 수 있도록 노력해야 하지 않을까요?"

모두 다 교과서적인 말들만 했다. 나는 더 할 말이 없었다. 이미 처절한 밑바닥 인생을 온몸으로 겪고 있는 아이들을 '모범생으로 자란' 교사들이 제대로 이해한다는 것은 불가능하다는 생각이 들었다.

'어쩌면 나도 마찬가지일지도 모르겠다. 그저 감상에 사로잡혀 일시적인 흥분을 느끼는 것일 뿐인 건 아닐까?'

이런 자괴감에 젖어 저녁 시간을 보내고 있는데 도형이에게서 전화가 왔다. 도형이의 목소리는 생각보다 밝고 성숙하게 느껴졌다.

"선생님 저 도형이에요. 집에 왔어요. 내일 학교에 갈 거예요. 아버지가 친구들이 없는 제주도로 전학 보낸대요."

"그래, 힘들었지? 걱정 많이 했다. 상기는 어디 있니? 밥이나 제대로 먹고 있니? 설마 굶지는 않겠지?"

"누나들이 상기에게 먹을 걸 사 줬어요. 내일 연락해 볼게요."

나도 안도의 숨을 내쉬며 한편으로는 울컥 치미는 슬픔을 억누르지 못했다.

큰절 올린 세원이

수업을 모두 마치고 짐 정리를 하고 있는데 봉성이가 상담실 문을 살짝 열고 들어왔다.

"선생님, 저…… 세원이가 선생님께 인사드린대요."

"그래? 들어오렴."

세원이가 들어와 엉거주춤하게 서서 특유의 부끄러운 웃음을 지으며 들릴 듯 말 듯한 목소리로 인사를 하고 갔다.

2학년 1반의 시진이나 종호처럼, 세원이는 2반에서 가장 수업 안 하는 대표적인 녀석이다. 책이나 공책은 물론 없고, 만화만 그리거나 아니면 엎드려 자기 일쑤인 꾸러기였다. 그래도 국어 시간만은 나의 말을 따르려고 노력했다는 것을 나는 알고 있었다.

학기 초에 '광고 만들기' 수업을 할 때 세원이는 '에이즈 예방을 위한 콘돔 광고'를 만들었다. 반은 내면적인 성적 욕구의 표현이고, 반은 선생님을 골탕먹일 셈으로 아주 야한 내용의 그림을 그렸다.

상표는 '광나 콘돔'. 콘돔을 사용하지 않아 에이즈에 걸려 울고 있는 남녀와 콘돔을 사용해 아무런 병에 걸리지 않아 웃고 있는 남녀의 모습을 그린 그림이었다.

세원이가 이 야한 광고를 가지고 나왔을 때 나는 전혀 동요 없이 객관적인 평가를 내렸다.

"창의력과 표현력이 뛰어나고 아이디어가 좋다. 문장을 조금 간결하게 만들고 구성을 다듬으면 매우 좋은 광고가 되겠다."

그때부터 나를 바라보는 세원이의 눈빛은 매우 달라졌다. 세원이가 가정적으로 어려운 처지에 놓여 있고 외로운 아이라는 말을 들은 것은 그 후였다. 그러나 가끔 침을 흘리며 자는 세원이의 머리를 쓰다듬어 주는 일 이외에는 별로 한 일이 없다.

세원이가 가고 나서 한 시간쯤 지났을 때였다. 일에 몰두하고 있는데 다시 사르르 문이 열리더니 봉성이가 들어왔다. 뒤에 세원이도 서 있었다.

"아직도 안 갔어?"

"선생님, 세원이가 밖에서 울고 있었어요."

나는 곧 어떤 상황인지 짐작하고는 아무렇지도 않다는 듯이 큰 소리로 말했다.

"세원이가 방학 동안 선생님과 헤어지게 되어서 서운하구나."

세원이의 눈이 촉촉해졌다. 나는 애써 농담하듯이 말했다.

"자, 그러니 어쩐담. 어떻게 인사를 해야 우리가 잘 헤어질 수 있을까?"

나는 쑥스러워 던진 말이었지만 세원이는,

"선생님, 저 큰절하면 안 돼요?"

한다. 그런데 내 자리는 책상을 둘러싼 아주 좁은 칸막이 안에 있었기 때문에 절을 할 만한 공간이 없었다. 게다가 바닥은 젖어 있었다.

"여기서는 도저히 안 되겠는데……."

그러나 세원이는 괜찮다며 다가왔다. 나는 의자를 최대한 뒤로 빼서 한 사람이 간신히 구부려 앉을 수 있는 공간을 만들었다. 인사말이 떠오르지 않는지 세원이는,

"선생님, '새해 복 많이 받으세요.' 하고 절해도 돼요?"

"아니. 그건 설날에 하는 인사지. 지금은 '선생님, 방학 동안 건강하고 편안하게 보내세요.' 해야지."

알겠다는 듯이 고개를 끄덕이고는 내가 한 말을 앵무새처럼 외우면서 큰절을 올리는 세원이의 머리를 가만히 쓰다듬어 주었다. 옆에서 보던 한문 선생님은 너무 감동해서 가슴이 벅차다고 했다. 그 선생님께도 인사를 드리라고 하니 세원이는 가까이 가서 젖은 바닥에 엎드려 또 절을 한다. 한문 선생님은 교사 생활을 한 지 10여 년 만에 이런 절은 처음 받아 본다고 했다.

세원이를 보내고 나서 자료 정리를 하고 있는데 이번에는 세환이가 찾아왔다. 세환이는 표정이 풍부하고 창의적이며 매사에 열의가 있어서 국어 시간에는 늘 칭찬을 받았다. 또 연극반에서도 함께 활동하고 있어서 내가 마음속으로 무척 귀여워하는 아이였다. 단순하고 무뚝뚝한 남자아이들 중에서는 보기 드물게 부드럽고 다정다감한 녀석이었다. 그런 점 때문에 오히려 아이들로부터 질시를 받기도 했다.

세환이는 방송국원은 아니지만 작년부터 교내 방송 DJ를 했었는데, 방송실 담당인 체육 선생님으로부터 방송을 중단당했다고

했다. 음악이 시원찮고 방송실이 지저분해져서라는 이유라지만 학생들의 자발적인 방송 자체를 별로 좋아하지 않기 때문인 듯싶었다.

세환이는 고민 끝에 나에게 상담을 요청했고 우리는 함께 그 문제를 고민해 왔다. 나는 눈치를 봐 가면서 방송실 담당 체육 선생님과 음악 방송 문제를 의논했는데, 별로 기분 좋아하는 눈치가 아니었다.

그래도 방송 계획을 짜 보라는 말에 힘을 입어 세환이는 계획을 짰고, 나는 그것을 보여 드리러 세환이와 같이 갔다. 그런데 그 선생님은 세환이를 보더니 몹시 화를 냈다. 마이크를 망가뜨린 것은 학교 기물 파괴라는 둥, 카바레 음악을 내보냈다는 둥, 책상을 쓰레기통으로 만들었다는 둥 역정을 내면서 다그치니 세환이가 얼굴이 굳어진 채 대답을 못하고 있었다. 결국 세환이는 울면서 뛰어 나갔고 나의 입장은 어색하기 짝이 없었다.

그때 문득 내가 중학교 3학년 때의 일이 생각났다. 나는 문예반 활동을 하면서 우리 학교에 '교지'가 없는 것을 한탄하여 선생님께 교지를 만들겠다고 무수히 청원했었다. 그러나 그때마다 선생님은 "예산이 없다, 교장 선생님의 허락이 없다." 하시면서 피하기만 하셨고, 결국 나는 교장실까지 찾아가 울고불고하여 300만 원의 교지 편집비를 따낸 적이 있었다.

방송실 담당 선생님께 이 이야기를 하면서, "잘못된 점은 고치면 되는 것이고, 하고자 하는 의욕이 있는 학생들은 키워 주어야 하지 않겠느냐"고 주장했다. 번번이 찾아와 아이들 편을 드는 내가 못마땅했겠지만, 담당 선생님은 세환이가 방송국 일을 하는 것을 굳이 막을 생각은 없다고 했다. 울고 있는 세환이를 달래서 다시 계획을 세워 오라고 하고는 집으로 돌려보냈다.

교사는 학생에게 기회를 주는 사람이건만, 교사들은 가끔 이 사실을 잊곤 한다. 더 중요한 일인 학생에게 기회를 주는 일과 덜 중요한 일인 학생의 실수나 부족함을 발견하는 일을 구분하지 못해 기회 자체를 박탈하고 만다면 과연 누구를 위해 교육은 존재하는 것일까? 어떤 사람들은 아이들이 너무 많기 때문에 아예 포기하게 된다고도 말한다. '평등'을 위해서 누구에게도 기회를 주지 않는 것이 과연 옳은 것일까?

새 학교에서 한 학기를 보내고 방학을 맞이하는 날, 내 마음은 복잡하고 착잡하기만 했다.

태혁이의 두려움

'엉덩이의 아픔'. 그것이 바로 나의 시작이다. 눈을 뜨며 일어난 나. 엄마의 고함. 지긋지긋한 소리. 부스스한 눈으로 밥을 먹으면 밥맛이 뚝 떨어진다. 세수할 때 큰 거울 앞에 선 나. 정말 나 자신이 싫다. 잘하는 것없이 밥과 돈을 축내는 내가 싫다.

학원에 갈 땐 두려움의 시작. 수학 문제를 보면 눈 뜬 장님. 다들 알고있는 문제 나만 모르고. 그러다 선생님의 지적. 일어서면 아이들의 놀림감. 여기서 놀리고 저기선 웃고. 그 웃음. 그건 나의 고통. 내가 점점 싫어지는 나. 이젠 나 혼자 개인 지도. 창피하다. 부끄럽다. 고개도 못 들었다. 정말 울고 싶다. 떠나고 싶다. 아무도 없는 곳으로. 수학 문제를 스스로 풀고 싶다. 그러나 나에겐 능력이 없다. 못 풀 때의 대가. 손바닥이 아니다. 바로 엉덩이……. 그 고통을 잊기 위해 힘없이 걷는 나.

친구들은 오락실이나 햄버거 집으로 향하지만 주머니를 뒤지고 싶진않다. 이젠 기대하지도 않는다. 난 부럽다. 그래도 내겐 마땅한 일이다.노력도 안 한 나니까. 개학은 빠른 속도로 다가오고 숙제에 뒤쫓기는나. 벼락치기로 열심히 해 보지만 역부족. 자존심 버리고 동생에게 도와

달라고 하지만 놀림감만 되고, 계속 동생에게 역부족인 나. 이제는 괜찮다. 왜? 타고난 팔자니깐? 아니. 왜냐고? 나에겐 내일이 있으니까.

방학 과제물을 정리하다가 태혁이가 소설 숙제로 쓴 〈하루에 대한 두려움〉이라는 제목의 글을 발견했다. 사실적이며 묘사가 뛰어난 이 글은, 태혁이가 풍부한 감수성을 가졌으며 심성이 착한 아이임을 다시 한 번 나에게 확인시켜 주었다.

태혁이는 너무 평범하고 소심해서 수업 중에는 거의 눈에 띄지 않는 아이다. 사나운 맹수들 사이에서 위축되어 있는 작은 토끼 같은 태혁이. 그 애가 겁에 질려 있는 것처럼 보인 이유가 바로 이 글에 나타나 있는 것이 아닌가. 비록 짧은 글이었지만 어떤 긴 글보다도 나의 가슴에 아프게 울려 왔다.

1학기 시 쓰기 시간에 태혁이가 쓴 시가 나의 눈에 띄었다.

가정

놀다가 걸린
그 아이가 선생님께 꾸중 듣고
제자리로 돌아오는 길
그 자린 멀고도 험했다.
제자리로 와서 앉으니
선생님의 입에서 튀어나온
그 한마디, "저 앤 가정 교육이 잘못됐어."
그 한마디가 그 아이의 가슴에 칼을 꽂았다.

그 아이 아버지 매일 술 먹고 들어오시고
그 아이 어머니 일 때문에 고생하시네.

그 아이 고개도 못 들고
눈이 부르트도록 울고 말았네.

교사는 무심코 한마디를 내뱉었지만, 공부 때문에 늘 상처 받던 태혁이는 친구의 슬픔이 얼마나 큰 것인지를 뼈저리게 느끼고 있었다. 이것은 아픔을 겪어 본 사람만이 이해할 수 있는 마음이다.

나는 그때도 태혁이의 시를 "사실성과 표현력이 뛰어나고 따뜻한 마음이 깃든 좋은 시"라고 칭찬해 주었다. 그 뒤 태혁이는 국어 시간에 너무도 진지하게 공부했다. 태혁이는 그날 수업 일기에 자신의 시를 다시 옮겨 쓰고 칭찬받은 감동을 쓴 뒤, "열심히, 꾸준히, 건강하게 자라겠다"는 맹세를 하며 눈물을 흘리는 자신의 모습을 그려 놓아 나의 마음을 더욱 아프게 했다.

방학 기간 내내 상처 받은 태혁이의 영혼을 또 어떻게 달래 주어야 할지 막막하기만 하다.

꽃으로 뒤덮이는 입학식

성공회대학교에서 열리고 있는 교육사랑방 모임에 갔다. 유럽자유교육협회와 러시아 바슈코르토스탄공화국 교육부가 공동 주최한 '21세기의 아름다운 학교 찾기 대회'에 참가하고 돌아온 송순재 교수님의 이야기를 들으며 잠시나마 아름다운 학교에 대한 꿈을 꾸었다.

아름다운 학교를 찾자는 운동은 이전의 중앙 통제식 교육에서 탈피해 자유로운 교육으로 발전시키려는 노력으로 시작된 것이었다. 아름다운 학교의 기준은 '학교생활에서 창조성은 얼마나 나타나는가? 학교 교육의 미적인 수준은 어떠한가?' 같은 근본적인 문제에서부터, '학교 시설의 색, 형태, 장식 들이 얼마나 아름다운가?' 같은 문제에 이르기까지 매우 다양한 것이었다. 그중에서 매우 중시된 질문들은, '학교의 정신 혹은 혼(魂)이 있는가? 사회성을 얼마나 경험할 수 있는가? 학교에서 개방적인 의사소통이 이루어지고 있는가?' 같은 것들이었다.

이러한 문제들을 공식적으로 거론하며 교육 개혁을 논한다는 것은 매우 진보적인 일이다. 우리나라에서 지금 행해지고 있는 교육 개혁에 대한 형식적인 담론들에 비하면 얼마나 구체적인가.

이 대회에 참가한 학교들은 학급당 학생 수가 25명을 넘지 않고, 은은한 벽지로 교실 벽을 꾸미며 집 안 분위기처럼 아늑하고 따뜻하게 느껴지도록 했다고 한다. 학급 교실 외에 교과실이 따로 있고, 교실을 박물관으로 만들어 자신들의 문화와 역사를 한눈에 볼 수 있도록 해 놓기도 했다는 것이다.

둥근 선반이 여러 개 달린 기둥이 있어 그 선반 위에 다양한 정물을 올려놓고 어느 각도에서나 그림을 그릴 수 있도록 배려한 미술실과 수공업적인 훈련을 중시하는 목공실이 잘 갖추어져 있으며, 큰 규모의 병원이 학교 안에 있어서 학생들이 충분히 치료 받거나 쉴 수 있게 배려한 곳도 있다고 한다.

러시아에서는 잠깐 보여 주기 위한 춤과 노래 공연이 아니라 일상생활 속에서 예술 활동을 즐길 수 있도록 보장되어 있다. 택시 운전기사와 청소부까지 푸쉬킨의 시를 즐기며 소설을 논하고 철학적 담소를 나눌 수 있다는 사실과 저녁이 되면 극장에 가서 연극이나 오페라를 감상하는 것이 대중들의 일상이라는 것은, 교육이 뒷받침되지 않고서는 불가능한 일이다.

러시아에서는 초등학교 입학식이 있는 9월 1일이 되면, 부모와 어린이가 모두 꽃을 한 송이씩 들고 학교로 모여들어 도시 전체가 꽃물결로 가득 찬다고 한다. 어려운 가운데서도 이렇게 작은 아름다움을 생활 속에서 실천하는 러시아의 교육에 대한 열정을 어떻게 설명해야 할까? 우리도 인간에 대한 깊은 신뢰와 따뜻하고 아름다운 학교에 대한 열의를 배울 수는 없을까?

학교 공간의 창조

성공회대학교에서 열린 교육사랑방 모임의 주제는 '공간과 학교'. 송순재 교수님의 부드럽고 나직한 목소리는 마음을 차분하게 해 준다. 사람의 목소리에도 영혼이 있는 것 같다. 눈빛에도, 표정에도, 웃음과 손짓 속에도.

선생님은 학교 공간이 교육적으로 배치되어야 하며, 학생들을 따뜻하고 아늑하게 감싸 안아 정서적인 안정을 주어야 한다고 말씀하셨다. 외국의 자유 학교들이 시도하고 있는 공간 이용에 대한 다양한 사례들 중에서 마음 공부를 위한 '내적인 공간'의 설정은 참신한 느낌을 주었다.

우리나라의 학교 공간은 학생들을 전혀 배려하지 않고 설계되었다. 물론 이것은 교육 철학의 부재로 인한 것이다. 전통적인 인간 중심 가옥 구조가 완전히 붕괴되어 버리고 서구적인 가옥 구조의 껍데기만 모방하는 수준에 그치고 말았다. 특히 대도시의 규모가 큰 학교들은 수용소의 수준에 지나지 않는다.

이런 학교 공간은 어떨까? 흙과 나무로 지은 낮은 건물, 곡선

으로 처리된 낮은 담, 물이 흐르는 연못, 꽃과 나무가 있고 휴식
과 놀이가 충분히 가능한 공간들, 마음을 안정시켜 주는 아름다
운 실내조명과 벽지의 색깔, 전망 좋은 창, 앉아서 활동할 수 있
고 맨발로 걸을 수 있는 바닥, 조용히 책을 읽고 쉴 수 있는 편안
한 소파, 공동 작업을 할 수 있는 넓은 책상과 원탁이 있고 다양
한 시청각 기자재들이 갖추어진 강의실, 자신의 체형에 맞는 책
상과 의자, 왼손잡이와 장애인을 위한 시설들, 촛불을 밝히고 조
용히 명상을 할 수 있는 공간…….

교육에 필요한 것이 학교 내의 공간뿐이랴. 자연은 또 얼마나
훌륭한 공간인가. 함께하는 모험과 여행. 별이 쏟아지는 밤하늘
을 바라보며 맨발로 하는 산행, 바위를 타고 비를 맞고……. 상상
만 해도 행복하다.

오늘 정엽이와 나눴던 대화가 생각났다. 방학 내내 공사를 해
서 낡은 화장실을 바꾸고 벽과 문들을 수리한 것을 보고 정엽이
는 말했다.

"학교가 깔끔한 경찰서 분위기가 되었어요."

나는 그 절묘한 표현에 무릎을 쳤다. 스테인리스로 된 교실 문
과 창문이 주는 차가움 때문이었다. 기능성은 최대한 살렸지만
아이들의 정서까지 고려하지는 않았다.

"많이 좋아졌잖아, 전에는 어둠침침한 감옥이었는데……."

내가 이렇게 말하고 나서 우리는 함께 웃었다.

교육사랑방에 오신 선생님들과 함께 저녁을 먹을 때, 내 옆에
는 소년원 학교에서 오신 수학 선생님이, 그리고 앞에는 산청 간
디학교에서 온 선생님과 대구의 계절 대안 학교인 '민들레 학교'

에서 활동을 하신 선생님이 앉았다.

나만 제도권 학교에 근무하는 교사였다. 이렇게 특별한 학교의 교사들과 한자리에 앉아 본 적은 처음이었다.

우리는 '대안 교육'에 대해 많은 이야기를 나누었다. '제도권 교육'에 대한 나의 고민 못지않게 이 선생님들도 자신이 처한 교육 상황 때문에 고민하고 있었다. 내가 소년원 학교에 관심을 보이자 그 학교에서 오신 선생님께서는 제도권 학교에 있는 아이들 가운데 제대로 적응하지 못한 아이들이 범죄를 저질러 소년원에 들어오게 되는데, 현재의 소년원 학교는 그런 아이들을 위해 새로운 교육을 시킬 수 있는 조건을 갖추지 못했기 때문에 자신도 대안을 찾기 위해 노력하고 있다고 하셨다.

간디학교 선생님도 농촌 지역 대안 학교의 문제점에 대해 이야기하셨다. 도시에서 온 아이들이 그 지역에 삶의 뿌리를 내리지 못한 채 하나의 고립된 섬처럼 지내는 점, 어린 나이에 부모와 가정과 떨어져 지내는 점, 교육 조건이 열악하다는 점이 문제였다. 공동체적 삶을 지향하는 것은 아름다운 일이지만 사생활과 개인적인 삶이 보장되지 못하는 점에서 교사들도 어려움을 느끼고 있다고 하셨다.

농촌 지역의 대안 학교는 비록 더디게 시작하더라도 그 지역 주민의 아이들을 교육하는 일로부터 출발해야 옳지 않겠나 하는 생각이 들었다. 사티쉬 쿠마르의 '하트랜드 작은 학교'나 윤구병 선생님의 '실험 학교'처럼 말이다.

'하트랜드 작은 학교'는 영국의 하트랜드라는 작은 시골 마을에 인도 사람 사티쉬 쿠마르가 세운 것으로, 자기 마을 어린이들은 자기 마을에서 기른다는 원칙으로 만든 대안 학교이다.

'실험 학교'는 윤구병 선생님께서 충북대학교 철학과 교수직을 그만두고 산과 들, 바다를 두루 끼고 있는 변산반도에 터를 잡아 생활과 교육을 함께 하는 학교로 만든 것이다. 기존의 틀을 고집하는 제도권 학교가 아닌 일과 놀이, 학습을 같이 하면서 생활을 배우는 학교이다.

대안 학교가 대안 교육의 전부는 아닐 것이다. 실험적으로 시도하고 있는 '서당 교육'이나 '계절 학교'도 일종의 대안 교육이 될 수 있으며, 주부들이 동네 어린이를 위해 자신의 집을 개방하여 독서 지도를 하는 일 등도 일종의 대안 교육의 사례가 될 수도 있겠다는 생각이 들었다.

나는 해직 교사 시절에 동네 아이들을 모아 '빌라 학예회'를 했던 일이 있다. 작은 평수의 연립 주택이기 때문에 대부분 형편이 넉넉하지 못한 편이었다. 초등학교에서 여는 학예회에는 소수의 아이들만 출연하기 때문에 참여하지 못하는 아이들은 소외감을 갖고 있었다. 그래서 우리 연립에 사는 아이들을 모두 모아 학예회를 했다. 여름 방학 동안 연습하여 노래, 악기 연주, 연극을 선보였다. 방의 문짝을 모두 떼고 엄마와 할머니들을 초대하여 조촐하게 치러진 이 학예회는 모두에게 감동을 안겨 주었던 기억이 난다.

이런저런 생각을 하면서 나름대로 대안 교육에 대해 생각해 보았다. 오늘날 우리의 공교육 현실에서는 새로운 교육의 필요성이 절실하다. 그렇기 때문에 대안 교육은 역사적 본질과 교육 철학의 재정립으로부터 출발해야 한다.

현재 생기고 있는 몇몇 대안 학교들만으로는 부족하다. 대도시의 큰 학교들이라 하더라도 독일의 대안 실험 학교인 '헬레네 랑에 학교'의 사례에서 보듯이 작은 학교처럼 운영하는 것이 가능한 사례들이 있다. 이 학교에서는 600여 명의 학생들을 여섯 개의 작은 모임으로 나누어 전담 팀으로 구성된 교사들이 지도한다. 독자적인 재정과 독창적인 교육과정을 운영할 수 있는 권리를 교사들에게 준다. 통합 교과 수업을 할 수 있고, 학생 한 명 한 명을 배려할 수 있는 사제 관계가 만들어질 수 있었다는 것이다. 놀라운 것은 내가 혼자서 구상해 왔던 '학교 안의 작은 학교'가 이미 거기서 실행되고 있다는 점이었다.

문제는 철학이다. 어떤 교육을 지향해야겠다는 것이 분명하다면 방법은 얼마든지 찾을 수 있지 않을까?

앞서 가는 아이들

부산국어교사모임 강좌에 가서 강의를 했다. 국어 수업의 목표, 학생 중심 수업을 위한 개별 지도의 관점 확립과 지도 과정의 구조화 등이 중심 내용이었다. 주로 실제 수업에 적용할 수 있는 예를 들었기 때문에 많은 선생님들이 진지하게 들었고, 강의 후 질의응답도 열띤 분위기 속에서 진행되었다.

강좌 홍보를 위해 신문에 광고를 냈기 때문에 신문 광고를 보고 찾아온 사람들도 많이 있었는데, 대부분은 국어 교사였지만 특이하게 고등학생 두 명이 있었다. 강의가 거의 끝날 무렵, 진지하게 이야기를 듣던 고등학생에게서 뜻밖의 날카로운 질문이 나왔다.

"선생님의 강의를 잘 들었습니다. 선생님께서 아주 열심히 아이들을 가르치셨다는 것은 알겠지만, 사실은 그것도 하나의 강제적인 교육이 아닐까요?"

나는 이 질문에 크게 감탄했다. 이런 본질적인 문제 제기는 학생이 아니고서는 절대로 할 수 없는 것이었다. 대부분의 교사들은 강의자의 이야기를 그대로 수긍하면서 듣는데, 그것은 교사가 가르치는 내용이 정당하며 절대적이라는 생각이 바탕에 깔려 있기 때문이다. 교사들은 "그것을 왜 배워야 하느냐?" 하는 근본적인 질문을 던지지 않는다. 그러나 아이들은 지금 그것을 묻고 있는 것이다.

"이 질문은 매우 중요하고 훌륭한 것입니다. 지금 학교에서는 국가에서 짠 교육 과정에 따른 시간표와 교과서로 공부하고 있습니다. 그것은 우리들이 원하는 공부와는 거리가 먼 것입니다. 지금 제가 말하고 있는 내용은, 획일적이고 권위적인 국가 중심의 교육 과정을 약간 변형시킨 것에 교사 중심의 교육 과정을 부분적으로 결합시킨 것입니다. 즉, 교사의 교육관에 의해 새로운 내용과 방법으로 수업을 진행한 것에 대해 설명한 것입니다.

그러나 지금 학생들이 묻는 것은 학생 중심의 교육 과정에 대한 것입니다. 학생들은 자신이 배우고 싶은 내용과 방법을 선택할 권리를 갖고 싶어 하는 것입니다.

학생 중심 수업이란 학생들 스스로가 수업의 주체가 되고 교사는 단지 옆에서 조언하며 안내하는 수업이라고 생각합니다. 이것은 현재 학교에서 존재하고 있는 교사와 학생의 단절을 회복하고 교육의 본질을 찾는 데 중요한 관건이 됩니다. 그러려면 교육에 대한 생각의 전환이 우선 이루어져야 할 것입니다."

이런 대답으로 강의를 마무리했다.

"19세기 교실에서 20세기 교사가 21세기 아이들을 가르친다"는 말은 사실이다. 아이들은 저만큼 앞에 있는데 교사들은 아이들에게 자신들의 뒤를 따라오라고 안타까운 손짓만 하는 것이 오늘의 교육 현실이다.

아이들은 점점 빨리 우리를 앞질러 가고 있다. 아이들과 우리의 거리가 벌어질수록 수업은 무의미하고 교사들은 절망 속에서 헤매게 된다. 이러한 본질적인 문제는 접어 둔 채, 교사는 학생들을 탓하고 학생들은 교사를 탓하는 현실이 계속된다면 우리는 이 악순환에서 절대로 벗어날 수 없다.

뇌성마비 아이들의 선생님

교과서에 나온 〈토끼전〉을 공부하고 판소리를 감상하는 것으로 수업을 마치는 것이 아쉬웠던 터에, 마침 한국연극협회에서 주최한 '전국 청소년 연극제'에서 〈별주부전〉을 공연한다기에 아이들과 방과 후에 보러 갔다. 무료였기 때문에 기회가 좋았지만 '예술의 전당'까지 공연 시간에 맞춰 가기 어려워 많은 아이들이 참여하지 못하고 20여 명 정도만 갔다.

마당극 형식으로 공연된 〈별주부전〉은 전문 연극인들의 공연 못지않은 높은 수준의 연극이었다. 이미 지방 대회에서 상을 받고 대표로 올라온 작품이기 때문인지 고등학생의 공연이라고는 믿어지지 않을 정도로 무대 장치며, 세트, 연기 등 모두가 뛰어났다. 오히려 학생다운 소박함이 적어 아쉽기까지 했다.

주색잡기로 병을 얻어 충신과 간신도 구분을 못하는 용왕, 토끼를 잡으러 가는 일에 대해서도 서로의 안일과 출세만을 생각하며 술수로 일관하는 신하들, 허욕에 눈이 어두워 위험에 빠지는 토끼, 토끼의 꾀에 넘어간 용왕, '자라탕'이 될 위기에 몰리자 토끼에게 마누라까지 바치는 어리석은 자라 등 여러 종류의 〈토끼전〉을 적절히 엮은 내용에, 탈춤에 나오는 말뚝이와 취발이를 이야기꾼으로 하여 공연하니 색다른 재미가 있었다. 그러나 교과서에 나온 내용과 달리 용왕이 죽는 것으로 끝나자 아이들은 의문을 제기했다.

"선생님, 교과서에서는 도인이 나타나 선단을 주어서 용왕을 살리는데 왜 연극에선 용왕을 죽였어요? 그러니까 조금 이상해요."

"글쎄, 살리는 것이 더 좋았을까?"

"모르겠어요."

"내용이 다른 여러 종류의 〈토끼전〉이 있다는 건 알고 있지? 토끼가 똥을 누어 칡 잎에 싼 것을 자라에게 주어 그 토끼 똥을 먹고 용왕이 살아났다는 내용이 있는 〈토끼전〉도 보았잖아."

"네."

"지금까지 알고 있었던 것에 얽매이지 말고 오늘 본 연극 내용만 한번 생각해 보렴. 여기서 주로 다룬 갈등은 어떤 내용이지?"

"용왕과 신하들의 싸움이에요."

"그래. 이 연극에서 다룬 주된 내용은 신하들이 서로 출세하려고 싸우고, 뇌물을 주고, 속이는 데다 용왕도 신하들을 파리 목숨만큼도 여기지 않는 것이잖아. 그러니 그 결말을 어떻게 지어야 좋을까? 용왕이나 자라가 복을 받는 결론이 필요할까?"

"아니요. 죽는 게 가장 현실적이겠네요."

아이들은 연극 내용에 대해 관심이 무척 많았지만, 내가 관심 있게 본 것은 맨 앞줄과 둘째 줄에 나란히 앉아 있는 중증 장애 학생 10여 명과 그들에게 연극을 보여 주기 위해 함께 온 몇 명의 선생님들이었다. 불편한 몸을 이끌고 휠체어에 앉아 있는 아이들의 모습은 무척이나 힘겨워 보였다.

내 옆자리에는 장애로 인해 발음이 제대로 되지 않아 의사소통하기 어려운 남학생이 앉아 있었다. 그 학생은 연극을 보는 내내 자기 옆자리에 앉은 선생님에게 알아들을 수 없는 말로 질문을 했다. 그 학생이 알아듣기 어려운 소리를 낼 때마다 옆에 앉은 젊은 여선생님은 손가락을 입에 대어 "쉬." 하며 그를 다독였다. 이 선생님의 작은 소리와 몸짓은 연극이 공연되는 한 시간 반 동안 수십 번 반복되었고 그 학생은 그때마다 말을 멈추었다.

나는 짜증 한번 내지 않고 계속되는 그 선생님의 행동에 감탄했다. 그 장애인들이 연극의 내용을 이해했는지는 잘 모르지만, 그들에게 실제로 연극을 볼 기회를 제공하고 연극 보는 법을 가르치는 것은 얼마나 중요한 일인가.

나는 감탄할 만큼의 인내심과 사랑으로 학생을 지도하던 그 선생님의 모습을 잊을 수가 없다. 교사들이 학교에서 아이들을 가르칠 때, 단번에 답이 나오지 않는다고 화를 내거나 집중하지 못한다고 나무라기 일쑤인 현실을 생각하니 정말 부끄러웠다.

교사를 거부하는 아이

"선생님의 자문이 필요해요."

같은 국어과 박정미 선생이 며칠 전부터 자기 반 학생 중 한 명이 자신을 완전히 거부하고 있어 고통스럽다고 호소했다. 전에는 그렇지 않았는데 얼마 전 학생 몇 명을 호되게 꾸짖고 때린 후부터 선생님에 대해 실망하여 그런 태도로 돌변한 것 같다고 말했다. 그 애는 수업 시간에도, 조회 시간이나 종례 시간에도 고개를 전혀 들지 않고 쳐다보지도 않는다는 것이다. 마치 실어증에 걸린 사람처럼 행동하며 아무리 상담을 하려고 해도 전혀 응하지 않는다는 것이었다.

나는 그 애를 보내 달라고 해서 상담실에서 만났다. 혼자 오면 상담이 쉽지 않기 때문에 친한 친구들과 함께 보내라고 할 것을 깜빡 잊고 말았다. 걱정하고 있던 차에 그 애와 같이 온 친구가 있어 함께 이야기하자고 했다.

상담실로 쓰고 있는 조용하고 작은 방에 들어가게 한 뒤 간식거리를 가지고 들어갔다. 아이들은 처음에는 먹으려고 하지 않았지만 시간이 지나면서 조금씩 먹으며 이야기를 시작했다. 자신이 문제가 있어서 왔다고 인식하고 있기 때문에 이야기를 풀어 나가는 것은 대단히 어렵다.

나에게 수업을 받고 있는 데다 자발적으로 찾아오는 찬웅이 같은 경우에는, 심각한 문제가 있지만 함께 이야기를 나누는 데는 특별한 노력이 필요 없었다. 그 애가 이야기를 꺼내지 못하고 우물쭈물할 때 나는, "저 창밖의 눈이나 바라보자." 하고는 함께 하염없이 눈 내리는 모습을 본 것으로 만족했기 때문이다.

하지만 이 애들은 내가 어떤 사람인지도 모르고, 또 자신이 심문을 당할 것이라고 생각하여 굳게 입을 닫고 머리를 책상에 처박고 있을 뿐이었다.

먼저 이름을 말하게 했다. 이승재, 이승후. 우연히도 두 아이의 이름은 형제처럼 비슷했다. 문제의 아이는 승재인데, 승후는 한술 더 떠서 고개를 돌려 뒷벽만 바라보고 있다. 승후는 뒤를 바라보고 있고, 승재는 온몸을 구부린 채 머리가 거의 책상 밑으로 들어가 있다.

"내가 누군지 알고 왔니?"

"아뇨."

"혹시 내 이야기를 들어 본 적이 있니?"

"아뇨."

아이들은 기어들어 가는 목소리로 대답했다.

나는 이 애들을 모른다. 이 애들도 내가 어떤 사람인지 모른다. 그런데 어떻게 내가 이 애들의 깊은 마음속의 생각을 들을 수 있을까? 마음속의 생각은커녕 일상적인 대화를 하도록 입을 열게 할 수도 없다. 내가 먼저 내 소개를 했다. 그리고 각자의 소개를 하자고 했지만 아이들은 아무 말이 없다.

임기응변으로 나는 집단 상담에서 썼던 방법 하나를 생각해 냈다.

"자신이 갖고 있는 좋은 점 세 가지와 나쁜 점 세 가지를 말해 보자."

그러나 대답이 없다. 무엇 때문에 이런 이야기를 하고 싶겠는가. 우리는 생전 처음 만난 사람들이 아닌가. 그래도 나는 기다렸다. 아주 오래오래 뜸을 들여서야 자신의 나쁜 점은 내성적인 성격이라고 말했다. 그리고 자신의 대부분의 나쁜 점은 그 성격에서 비롯된 것이라고 말했다. 역시 거의 알아들을 수 없을 정도로 작은 목소리.

거의 30분 동안 그 애로부터 알아낸 것이라고는 이것 하나밖에 없었다.

이 애는 타인에 대한 좌절은 물론이고 자기 자신에 대해서 모멸감을 갖고 있다. 그래서 바라보지도 않고 입을 열려고도 하지 않는 것이다. 어려움을 예상하고는 있었지만 생각보다 힘들었다. 몹시 피로했고 퇴근 시간도 지나고 있었다.

나는 완곡하게 돌아가는 방식으로는 안 되겠다고 판단했다. 그래서 정면으로 접근하기로 했다. 우선 고개를 똑바로 들고 나를 쳐다보라고 설득했다.

그러나 그럴수록 고개를 들지 않았다. 눈도 똑바로 쳐다보지 못했다.

"나는 너의 담임도 아니고 수업을 같이 하는 선생도 아니야. 나는 아무 상관없는 사람일 뿐이야. 여기서 한 이야기는 아무도 모른다. 그러니까 자신 있게 말해도 괜찮아."

하지만 소용이 없었다. 말을 하고 나니 문득 이런 생각이 들었다. 아무 상관도 없다면서 무엇 때문에 강제로 말을 하라고 하고 있단 말인가? 그래서 나는 차라리 좀 과격한 '야자 타임'의 방법을 쓰기로 했다. 상담이고 뭐고 귀찮기만 한데 왜 자꾸만 이야기를 시킨단 말인가. 그래서 나는 아이들에게 나에게 반말로 따지라고 했다.

"승재야, 승후야. 나에게 '네가 뭐야.' 하고 외쳐 봐. '네가 뭔데 나보고 이런 말 저런 말을 하라고 하는 거야.'라는 뜻으로 말이야."

이 소심한 아이들은 나의 파격적인 말에 깜짝 놀라 더욱 머리를 조아린다.

"너희가 그런 말조차 할 배짱이 없는 아이들이라면 나는 오늘 집에 안 가겠다."

엄포를 놓자 집에 빨리 가고 싶은 승후가 먼저 아주 작은 목소리로,

"네가 뭐야."

하고 앵무새처럼 되받았다.

"잘했어."

나는 손뼉을 쳤다. 다시 더 크게 하라고 시켰는데 몇 번을 해도 목소리는 커지지 않았다. 승재에게 해 보라고 하니 자기는 도저히 못하겠단다. 승재는 권위적이고 봉건적이며 억압적인 가정에서 자라났을지도 모른다. 어른 앞에서 자기의 생각을 말하는 일이 어

190

렵다고 생각하는 것이 분명하다.

이래서는 집에 못 간다고 자꾸만 으르니 이번에는 승후가 해 보라고 자꾸 조른다. 한참 뒤에 승재의 어색하고 기죽은 목소리가 들렸다.

"선생님이 뭐세요?"

나는 이 말을 듣고 우스워서 큰 소리로 웃었다.

"'네가 도대체 뭐야?'라고 반말로 하란 말이야. '네가 상담 교사면 교사지 왜 집에 안 보내 주고 이런 걸 시키는 거야? 네가 도대체 뭐냐구?' 이렇게 말하란 말이야!"

건방져도 좋고 신경질 내면서 말해도 좋으니까 나를 공격하라고 자꾸 부추겼다.

승재가 기어들어 가는 목소리로 말했다.

"진짜 그런 말 해도 돼요?"

"그럼. 이제 욕도 시킬 텐데. 욕을 해 보면 시원하단 말이야."

"어떻게……."

"그러니깐 큰 소리로 대들어 보란 말이야. '네가 뭐야? 엉?' 이렇게."

"……."

"나를 못 믿는 거지?"

"……."

"승재가 오늘 이 말을 못 하면 집에 가기는 다 틀렸다. 나갔다가 다시 올 테니까 연습하고 있어."

나는 밖으로 나와 잠시 볼일을 보다가 다시 들어갔다. 그새 둘이서 뭔가 속닥거리고 있었다.

"준비됐나?"

"……."

"역시……. 그럼 내가 묻겠다. 얌마, 네가 뭐야?"

하자 승재가 작은 목소리로 ,

"왜 큰소리쳐!"

"큰소리치면 어때?"

승재가 조금 재미를 붙인 듯이 말했다.

"시끄러."

"옳지! 잘한다. 너도 시끄럽게 해 봐, 인마."

"싫어."

"푸하하하. 좋아! 오늘은 이것으로 끝이다. 승재, 잘했어. 내일 다시 보자."

"내일 또 봐요?"

"응, 물론이지. 내성적인 성격이 바뀔 때까지 와야 해. 맛있는 것 준비하고 있을 테니 내일 꼭 와라."

승재와 승후가 인사하고 나갔다.

내일 이 아이들은 다시 안 올지도 모른다. 정작 박 선생이 궁금해 하는 문제에는 접근도 못했다. 그러나 그게 무슨 문제이랴. 마음의 상처 때문에 닫혀 버린 말문을 열게 하려면 인내와 사랑이 필요하다. 그것만 있으면 나머지 문제는 아무것도 아니지 않는가.

우리들의 찌그러진 영웅

순천대학교에서 '전남 참교육실천 보고대회'가 열렸다. 교원 정책에서 학급 운영, 교과 연구, 특별 활동, 학생 활동 등에 대해 보고대회가 진행되었다.

나는 중등 교과 영역의 보고 대회장에서 여러 선생님들의 발표를 들었는데, 〈춘향이가 바람났네〉라는 창작 영상극 수업, 아이들이 창의적으로 활동하는 동아리 역사 학습, 지역 통신망을 통한 문학 지도 등 알찬 내용이 많았다. 그중에서도 가장 인상적이었던 것은 '단편 영화 만들기'와 '문학 기행 보고서'였다.

여천실업고등학교의 정채열 선생님은 영화 만들기를 통해 신나는 미술 시간을 만들어 냈다. 선생님은 실업고등학교라서 아이들의 자발성과 열의를 끌어내는 것이 대단히 어려웠다고 하시며, 선생님과 영화를 만든 아이들은 다음 다섯 가지 부류 중에서 네 번째에 해당된다고 했다.

1. 교사가 가르쳐 준 것보다 더 많이 준비하는 학생

2. 교사가 가르쳐 준 대로 하는 학생

3. 챙겨 줘야 하는 학생

4. 챙겨 줘도 안 하는 학생

5. 아무것도 안 하려는 학생

챙겨 줘도 안 하는 자동차과 학생들이 일주일에 두 시간 있는 미술 시간에 만든 영화 〈우리들의 찌그러진 영웅〉을 보았다. 힘으로 급우들을 지배하고 있는 주먹패들의 모습을 적나라하게 보여 주는 작품이었다. 결론이 너무 교과서적이어서 조금 아쉽기는 했지만 연기나 장면 전환 등은 제법 영화 냄새가 났다.

영화 제작은 2학기 기말고사가 끝난 후부터 2월 말까지, 수업 공백기에 이루어졌다. 영화를 만들 때 돈이 많이 들고 기자재와 기술이 필요하다고 생각하는 사람들이 많지만 선생님은 전혀 그렇지 않다고 말했다. 시나리오와 콘티가 짜여지면 그 순서대로 영화를 찍어 편집할 필요가 없도록 했다고 한다. 오로지 가정용 무비 카메라 한 대로 모든 것을 해결했다는 것이 감탄스러웠다.

영화 제작에는 모든 학생이 참여했다고 한다. 다섯 모둠으로 나누어 시나리오와 콘티를 짜게 해서 가장 잘된 작품을 선택하여 영화를 만들었는데, 시나리오가 선택된 모둠에서 감독과 조감독을 맡고 나머지 모둠은 소품, 의상, 음악 등을 맡았다고 했다.

나는 이 영화에서 제작진들이 모두 나오는 마지막 장면이 가장 좋았다. 학급 전원이 한 명씩 카메라를 지나가며 자신의 얼굴을 화면 가득히 보여 준다. 모르는 아이들이지만 소중한 생명의 무게를 느낄 수 있었다. 왜냐하면 나도 우리 반 아이들의 얼굴을 찍어 슬라이드로 상영했던 추억이 있기 때문이다. 모두가 주인공이 되는 일, 모두가 기회를 갖는 일은 얼마나 즐거운 것인가?

선생님은 창작 영화와 함께 다큐멘터리, 영상 시, 뮤직 비디오 등을 제작해 보는 것도 좋다고 말씀하셨다.

영암 시종중학교 조원국 선생님의 '문학 기행' 사례도 인상적이었다. 선생님은 아이들과 함께 매년 시인이나 소설가 등 문학인의 자취를 찾아가 세미나와 토론을 하는 문학 기행을 한다고 했다. 도시에 비해 문화적 공간과 기회가 부족한 농촌 아이들에게 여행을 하면서 공부할 수 있는 기회를 주기 위해 출발한 문학 기행. 그러나 그 일은 결코 쉬운 일만은 아니었다.

모둠별로 역할 분담을 하는 공동체 훈련과 주제 탐구를 위한 준비 과정을 조직하기 위해서 3년이란 세월을 기다려야 했다고 한다. 도서실을 정상화하고 문학 기행 관련 책과 자료, 복사기를 비치하는 등 시설을 갖추는 데 힘을 기울였던 것이다.

선생님은 이 일을 아주 조심스럽고 진지하게 준비했다고 한다. 1기는 교사가 주로 준비했으나 2기부터는 학생들이 자발적으로 모든 계획을 세우고 실천했는데, 학부모들의 도움과 교육청의 차량 지원도 끌어냈고, 문학 기행에 음악 기행과 미술 기행을 통합하는 형태로 확대시켰다고 했다.

이 수업은 말하기, 쓰기, 읽기를 모두 촉진시켜서 3행시 쓰기, 대표작 따라 쓰기, 자유롭게 쓰기, 보고서 쓰기 등 다양한 수업이 함께 이루어졌다고 한다. 보고서에 첨부되는 사진, 그림 등 자료들은 수업 시간에 활용했다고 하는데, 선생님이 보여 준 자료들은 풍부하고도 깊이 있는 것들이었다.

안타까운 것은 신청하는 아이들은 많은데 다 수용하지 못한다는 점이라고 한다. 그래서 선생님은 이런 문화 행사나 특별 활동이 더 다양하게 전개되어 아이들에게 좀 더 많은 기회를 주어야 한다고 덧붙이셨다.

　이번 참교육실천 보고대회를 보면서 나는 교사의 역할이 얼마나 중요한가를 다시금 느꼈다. "교육의 질은 교사의 질을 넘지 못한다."라는 슈타이너의 말처럼, 실천하는 능력과 인격을 겸비한 교사는 보석처럼 빛난다.

신길동 사는 착한 아이

하늘의 천사와 땅 속의 악마가 이 세상에서 정말 착한 소년을 찾는다. 천사는 신길동에서 착한 소년 영수를 발견하고 축복을 내려 준다.

영수는 친구들에게도 진심으로 잘해 준다. 그러나 전학 온 학생이 담배를 훔치는 것을 선생님께 알렸다가 불량 학생들에게 실컷 얻어맞는다.

영수는 집에서도 늘 형에게 구박당하거나 심부름만 한다. 부모님은 영수의 착한 모습을 볼 때마다 '모자란 아이'라고 걱정하신다. 외롭고 심심한 영수는 어느 날 좋지 않은 친구들이 모이는 곳에 갔다가 그들과 어울리고 싶어 거짓말을 하게 되고, 그 거짓말 때문에 나쁜 친구들에게 이용당하게 된다.

불량한 친구 광호에게 덜미가 잡힌 영수는 어머니의 지갑에서 돈을 훔치게 되고 친구들의 물건에도 손을 댄다. 영수가 도벽이 있다는 소문이 나자 영수를 통해 쉽게 물건을 구하려는 친구들이 늘어난다. 결국 영수는 전문적 털이꾼이 되는데 이 사실이 발각되어 학교에서 처벌을 받게된다. 영수는 어머니와 가족들에게 매를 맞고 가출을 하게 된다. 가족과 친구들은 영수를 찾아다니고 기다리지만 영수는 끝내 나타나지 않는다.

한편, 영수를 괴롭히던 광호는 새로 전학 온 칠성이한테 눌려 신길파의
대권을 물려주게 되고 괴로운 나날을 보낸다. 이때 당산역 근처에 새로
나타난 당산파 대장의 위력이 엄청나다는 소문을 들은 광호는 그쪽에
가서 빌붙어 권력을 되찾을 음모를 꾸민다. 당산파 대장을 만나러 간 광
호는 그의 명령대로 아이들에게서 돈을 빼앗고 각종 심부름을 하면서
그에게 잘 보이려고 노력한다.

자신의 본모습을 감춘 당산파 대장은 광호를 자신의 부하로 만든 후 돼
지몰이 등을 시키며 온갖 모욕을 가한다. 당산파가 점점 세력을 확산하
고 있을 때 신고를 받은 경찰과 교사들이 합동으로 이들을 검거하러 달
려온다. 당산파 대장의 가면을 벗기자 나타난 것은 바로 영수의 얼굴.

"당신들은 모두 나빠요. 내가 마음이 착했을 때는 모두 나를 이용했지
요. 하지만 내가 힘으로 누르니까 모두들 나를 무시하지 못했어요. 왜
그런 거죠? 누가 나를 도둑으로 만들고 누가 나를 나쁜 사람으로 만들
었죠?"

어둠 속으로 영수의 마지막 절규가 울려 퍼진다.

이번 연극은 브레히트의 〈사천 사는 착한 사람〉을 패러디하여
남학생들에게 적합한 작품으로 창작했다. 〈사천 사는 착한 사람〉
은 인간이 주변 여건과 환경, 철학에 따라 어떻게 변할 수 있는지
를 보여 준 서사극이다.

중국 사천에서 작은 구멍가게를 하면서 거지와 가난뱅이를 도우며 착하
게 사는 순수한 처녀는, 사랑과 결혼이라는 이름으로 유혹하여 이용하

려는 남자, 젊음과 돈을 노리는 동네 사람들, 자신의 선의를 악의로 해석하는 사람들에 둘러싸여 곤경에 빠지자, 자신의 남자 사촌으로 변장하여 철저하게 자신의 이익만을 위해 일하는 사람으로 변한다. 철저한 이윤 추구를 통해 담배 공장을 세우고 노동자를 착취하면서 거대한 기업을 일구는데, 이에 철저히 순종하는 사람과 대항하는 사람들의 갈등이 일어나게 되면서 베일에 가려졌던 이 자본가가 착하기만 했던 구멍가게 처녀였다는 것이 밝혀진다.

사흘간 일곱 번의 공연. 공연 시간이 한 시간 반이나 되는 점을 감안한다면 하루 세 번 공연은 매우 힘든 일이었지만 아이들은 거뜬히 해냈다. 정말 아이들에겐 무쇠를 녹일 정도의 정열이 있었다.

공연할 때마다 70~80여 명이 관람했으니까 우리 학교 학생의 절반 정도가 본 셈이다. 삭막하기만 한 남자 중학교, 게다가 문화적으로 매우 낙후된 지역이고, 연극을 처음 관람한 아이가 대부분인 점을 생각하면 일단 공연은 성공적이었다고 볼 수 있다. 따돌림을 당하는 아이가 겪는 이야기여서 아이들은 자신들의 생활과 직접 관련된 것이라며 재미있어 했다.

원래는 영수의 자살로 마감하게 되어 있었으나 너무 극단적인 결론은 좋지 않다는 의견들이 많아 자살 장면을 뺐다. 그래서 극의 완결성은 좀 떨어졌지만 연극을 관람한 많은 사람들이 좋은 평가를 해 주었다. 가장 먼저 관람한 교장, 교감 선생님께서 축하를 해 주었고, 여러 선생님들도 공연을 보고 따뜻한 격려를 보내주었다. 선생님들의 칭찬에 힘을 얻은 연극반 아이들의 얼굴은 긍지와 자부심으로 가득했다. 수업 중에는 영 엉망이던 아이들이 어떻게 저렇게 대단한 일을 해낼 수 있느냐며 감탄을 연발하는 선생님도 있었다.

중학생들의 연극은 매우 소박하다. 하지만 생활극의 수준을 넘지 않아도 매우 감동적이고 학교 전체에 새로운 문화적 충격을 준다. 중학교 연극반의 매력은 바로 이런 데 있다. 자신을 표현하고 싶어 하는 아이들을 문화적 소비자가 아닌 생산자가 되도록 해 주는 데 연극은 아주 중요한 매체가 되는 셈이다.

연극은 종합 예술로서 국어 능력을 키울 수 있는 가장 훌륭한 매체가 된다. 표현과 이해 능력은 물론이고 창의적이며 종합적인 사고를 길러 줄 수 있다. 그뿐인가, 공동체적 사고를 길러 주며 관람객 다수에게는 관극 훈련을 통해 예술 감상의 기회를 준다. 그리고 아이들에겐 평생 잊지 못할 소중한 추억이 된다.

공연을 통한 감동은 연습 기간 동안의 피로와 힘겨움을 모두 잊게 해 주었다. 연습하는 동안 미숙했던 연기는 실제로 공연하면서 더욱 세련되어지고 공동체 정신은 모두를 하나로 묶어 주었다. 연극이 끝났을 때 우리는 서로가 성숙했다는 것을 느낄 수 있었다.

7~8년 전, 국어 교과서의 희곡이 지나치게 이념적이고 장편 중심이라 공연하기에 적당하지 않아 새로 창작극을 만들어 공연한 적이 있었다. 네 반에서 무려 스물네 편의 창작극을 공연했다. 촌극 수준에 지나지 않는 것이었고, 공연 시간도 5분에서 20분 정도밖에 되지 않는 것이 대부분이었다. 하지만 그 수업은 나와 아

이들에게 서로를 발견하는 가장 소중한 교육의 장이 되었고 아름다운 추억거리로 남았다. 대부분의 아이들이 "가장 잊지 못할 수업"이라고 말했다.

연극에 매력을 느낀 나는 교육 연극에 대해 공부하기로 마음먹고 전국국어교사모임 안에 '연극 분과 모임'을 만들었다. 우리는 2년 정도 교육 연극 이론을 공부하면서, 전문가를 초빙하여 세미나를 개최하기도 하고 외국의 사례를 번역해 보기도 했다. 희곡 단원은 물론이고 딱딱한 논설문이나 설명문 단원을 공부할 때도 연극을 이용한 수업을 시도하기도 했다. 우리는 자주 연극을 보러 다니고 함께 소박한 연극을 만들어 교사 연수 때 공연을 해 보기도 했다. 그리고 이 모임의 선생님들이 모두 학교에서 연극반을 맡아 공연을 해 보고 그 결과를 평가해 보았다.

혼자였다면 결코 하기 어려운 공부였을 테지만, 대본을 모으고 학생들을 지도하는 방법에 대해서 고민하고 토론할 수 있었던 것은 바로 '함께'했기 때문이었던 것 같다. 공부도 많이 하고 교육적 성과도 있었지만 무엇보다도 그때 함께했던 선생님들과 깊은 우정과 사랑을 나눌 수 있었던 것이 가장 행복한 일이었다.

나는 전국에서 말없이 연극반을 지도하는 여러 선생님들을 알게 되었다. 또 지역적 연대를 통해 지역 문화로 정착시키기까지 하는 경우도 있었다. 전국 방방곡곡에서 공부하고 실천하는 동지들이 있음을 생각하면 교육에 대한 희망이 생긴다.

선생님 성적표

'나무랄 데 없는 모범생이며, 미술 실력이 상당히 뛰어나므로 미술 쪽 직업을 권유합니다. 고운 말을 쓰도록 지도 바라고, 폭력을 행하지 않게 주의 주십시오.'

'영어 실력이 뛰어나 성공 가능성이 상당합니다. 다만 발음이 좋지 않으므로 발음 연습이 요망됩니다.'

이건 아이들이 만든 선생님 성적표의 가정 통신란에 쓴 말이다. 미술 선생님은 노래 점수는 96점, 운전 실력은 99점이라 긍정적이지만, 음란어 사용 점수도 87점이나 된다. "존나게 쉽지?" "누드를 그려야지."라는 말을 사용했다고 한다. 영어 선생님의 성적표도 만만치 않다. 영어 점수가 100점이지만, 욕하기와 코 파기 점수도 각각 100점, 사랑의 매도 99점이다. 특히 자주 사용하는 말은 "개놈의 시키들" 같은 것이다.

약간의 위험이 뒤따르는 일이긴 했지만 아이들에게 선생님들의 성적표를 만들어 보게 했다. 갑자기 주어진 '야자 타임'처럼 느껴졌기 때문인지 아이들의 억압되었던 욕구가 분출되었다. '선생님 성적표'가 공개된다면 내가 선생님들 사이에서 왕따가 되는 것은 시간문제이고, 아마도 어떤 선생님과는 원수가 될지도 모르는 위험성이 있다고 아이들에게 경고하면서, 객관적이고 공정하며 예의바른 성적표를 만들어야 한다고 했다. 그렇지만 일단 시동이 걸리자 아이들은 나의 처지를 전혀 고려하지 않았다.

'그래도 담임인 나에게는 점수를 잘 주겠지.' 하고 은근히 기대했지만 나도 예외는 아니었다. 그야말로 아이들 말로 한다면 '박살 나고' 말았다. 다른 선생님들의 성적표는 한 두레에서만 만들었는데 나의 성적표는 모든 두레가 다 만들게 했기 때문에 다섯 장이나 되었다.

운동 두레에서는 국어 선생님 점수로 88점, 담임 선생님으로서는 94점이라는 후한 점수를 주었지만, 컴 두레와 문학 두레에서는 평균 57점과 58점이라는 매우 혹독한 점수를 주었다. 컴 두레와 문학 두레는 낙제 점수를 받은 나를 학교에서 퇴학시킨다고 가정 통신란에 적었다.

'위 학생은 안 됩니다. 어쩔 수 없이 퇴학 조치함. 죄송합니다. 머리가 딸려서 어쩔 수 없습니다.'

문학 교장

비폭력으로 100점, 아이들이 아무리 떠들어도 화를 안 내기 때문이라고 인내 점수 90점을 받았지만, 개그 점수는 25점, 성격 점수는 20점을 받았다.

성격 점수가 낮은 이유는 다음과 같은 근거를 갖고 있었다.

1. 어떤 아이가 "선생님은 이기적인 사람"이라고 말한 일이 있음.
2. 아이들이 떠들면 삐쳐서 종례를 빨리 안 함.
3. 선생님 스스로 늘 자신은 성격이 좋지 않은 사람이라고 말함.

이런 점수는 나를 무척 가슴 아프게 했지만 겸손하게 받아들이기로 마음먹었다. 장난기도 있었지만 아이들의 직관은 상당히 정확하다고 나는 믿는다. 내가 아이들에게 늘 하는 엄숙하고 진지한 이야기가 얼마나 부담스러웠을지에 대해 생각해야 했다. 아이들에게 한 발짝 더 다가가기 위해서는 자신을 더 낮추어야 한다는 생각이 들었다.

내 성적표에는 "완벽함을 추구하며, 왕비병 증세가 있다. 폭력은 사용하지 않으나 말로 겁을 준다. 헤어스타일에 변화가 없다. 종례 시간이 너무 길다." 등의 지적 사항이 있었고, 좋은 점수를 준 항목들은, "화를 잘 내지 않는다. 생활 한복을 입는 것이 보기 좋다. 체벌을 하지 않고 말로 타이른다. 담임으로서 투철한 책임감이 있다. 교육 발전을 위한 희생정신이 돋보인다. 건강하다." 등이 있었다. 무엇보다 기뻤던 것은 건강 점수를 모두 100점으로 주었다는 것이다. 작년까지만 해도 피곤한 모습을 많이 보여 주어 건강을 우려하는 목소리가 높았는데 올해에는 그런 걱정이 깨끗이 씻긴 것 같다.

아이들이 매긴 짜디짠 점수를 보니 평소 가혹한 점수를 준 선생님들에 대한 복수극이라는 생각마저 들었다.

학급 문집에 실린 선생님들의 성적표가 공개되면 쓸데없는 짓을 했다고 나를 욕할 사람이 있을지도 모르겠다. 하지만 아이들의 과장된 표현 속에 교사로서 다시 생각해야 할 점이 분명히 있다고 생각한다. 학급 문집이 나오면 교과목 선생들에게 보여 드릴 작정이다.

3
엄마, 첫키스
언제 해 보셨어요?

사춘기가 시작되는 초등학교 고학년에서
중학교 1~2학년 정도의 아이들에게 엄마는 최고의 적이다.
어린아이 때는 그토록 사랑스럽고 절대적이었던 엄마가
자신을 억압하고 감시하는 잔소리꾼으로 전락한다.

둘째 딸 콤플렉스

새 학기가 시작된 지 두 달이 되었을 때 기연이 어머니가 찾아오셨다.

"기연이 집에서 잘 지내지요?"

대화를 무난하게 풀어 가려고 가볍게 던진 말에 기연이 어머니는 다짜고짜 눈물부터 흘리셨다.

"이번에 기연이 때문에 큰 충격을 받았습니다. 둘째 딸은 부모의 관심 밖이 될 수밖에 없다고 선생님께서 말씀하셨다고 하면서, 지금까지 자기만 사랑받지 못했다고 얼마나 심하게 울면서 대드는지……. 기연이가 그렇게까지 큰 상처를 받고 자랐는지 몰랐어요. 저는 상상도 못한 일이었거든요."

그 이야기를 듣자 며칠 전에 내가 아이들에게 해 주었던 이야기가 떠올랐다.

"나는 아들 하나에 딸 셋인 집의 둘째로 태어났다. 집안 형편은 넉넉지 못했고, 세 번째 아이로 태어난 것과 딸인 점, 위의 언니가 네 살 때부터 암에 걸려 집안이 깊은 시름에 빠진 점 등으로 주변의 관심을 끌거나 사랑을 받기 어려운 조건에 놓이게 되었지.

집안이 아주 어려워졌을 때 어머니는 나를 남의 집 양딸로 보내려 했어. 또 내가 아홉 살이 되었을 때, 결핵에 걸린 어머니는 폭력적인 할아버지를 피해 집을 떠나려고 하면서 형제 중 나만 두고 가겠다고 한 적도 있었지. 나는 어렸지만, 이 세상에서 의지할 곳이 전혀 없으며 부모로부터 언제든지 버려질 수 있다는 것을 직관적으로 느꼈단다.

사춘기가 되었을 때 나는 어머니에게 애정을 느끼지 않는 나쁜 아이가 되어 있더구나. 나는 냉정하게 부모를 대하고 그들에게 의지하지 않으려고 애썼고, 때때로 부모가 죽어 고아가 되기를 바란 적이 있을 정도로 깊은 상처를 갖고 성장했단다."

억눌려 있던 아이들에게는 이런 이야기가 충격적이었을지도 모르겠다. 둘째 딸의 소외감을 뼛속 깊이 느끼던 기연이에게는 자신의 내면에 숨겨져 있는 불만의 목소리를 터뜨릴 수 있는 계기가 되었을지도 모르겠다. 나의 이야기가 계속되는 동안 나를 바라보는 기연이의 눈빛을 보고 기연이가 자신과 나를 얼마나 강렬하게 동일시하고 있는지 알 수 있었다. 속으로만 삭이던 기연이는 드디어 어머니를 향한 반항을 통해 '자신도 사랑받을 권리가 있다'는 비명을 강력하게 질러 댄 것이다.

기연이 어머니가 딸의 태도에 놀라서 눈물을 흘리고 고통스러워하는 것은 당연한 일이다. 기연이 어머니는 기연이에 대해서 아무것도 모르고 있었던 것이나 마찬가지였다. 아무렇지도 않은 듯이 포장되어 있어도 한 겹만 들추면 엄청나게 많은 문제들이 숨어 있는 것이 가족 관계가 아닌가.

기연이 어머니는 맏딸과 기연이를 차별한 일이 없다고 주장하셨고 아들과도 차별한 일이 없다고 하셨다. 그러나 대화가 점점 깊어질수록 기연이가 그렇게 느낄 수 있음을 인정하기 시작했다. 문제의 해결점을 찾은 것이었다. 다행히도 기연이 어머니는 솔직하고 겸손하며 문제 자체를 있는 그대로 인정하려는 태도를 가진 분이었다.

한 아이의 성장 과정에서 가족 간의 관계는 매우 큰 변수이다. 더구나 사춘기를 맞이한 아이들에게 가난, 술, 부부 싸움, 주거 문제, 성격 문제, 형제간의 차별 대우 같은 문제는 가끔 치명적인 영향을 미친다. 한때의 반항이나 분노, 좌절 등으로 나타나기도 하지만, 때론 가출이나 사고로 연결되기도 하고 콤플렉스로 자리 잡아 한 인간의 인격 형성에 큰 영향을 주기도 한다.

대부분의 아이들은 이런 문제를 자기만의 고민과 갈등으로 싸안고 있다. 그래서 나는 때때로 나의 체험을 솔직하게 털어놓음으로써 아이들에게 가까이 다가갈 수 있었던 것이다.

"그러니 선생님, 이제 어떻게 하면 좋지요?"

한참 울고 난 뒤에 기연이 어머니가 차분하게 말씀하셨다.

"우선 기연이와 조용한 대화 시간을 가지십시오. 서로 마음속에 쌓여 있는 것을 솔직하게 고백하고 그것을 있는 그대로 인정해야 합니다. 물론 어머니도 어쩔 수 없었던 상황이나 개인적 고통을 고백할 필요가 있습니다. 기연이도 어머니를 이해해야 하니까요. 그리고 서로 노력하는 겁니다. 사랑을 확인하고 기회가 있을 때마다 관심을 가져 주는 것입니다. 상처가 치유될 때까지 의식적인 노력이 계속되어야 합니다. 관계의 개선이지요."

기연이 어머니는 고개를 끄덕였다.

"선생님, 기연이에게는 제가 다녀갔다는 말씀은 절대로 하지 말아 주세요. 부탁이에요."

나는 가만히 고개를 끄덕였다.

다음 수업 시간에 나는 자신의 자아 정체성에 대한 이야기를 했다.

"나는 성장 과정에서 나에게 관심을 가져 주지 않았던 부모님을 원망한 적이 있었지만 지금은 오히려 진심으로 감사드린다. 부모님의 보호와 사랑은 때때로 의존적인 사람을 만들기도 한다. 의존적인 관계는 나약한 사람을 만들지. 나는 어려서부터 자기 일을 스스로 하지 않으면 안 되었기 때문에 모든 문제를 주체적으로 판단하고 자신 있게 해결할 수 있는 능력을 길렀고, 덕분에 강인한 의지와 독립적인 성격을 얻었단다. 지금의 나는 나 스스로에게 만족한다. 무엇을 더 부모에게 바랄 수 있을까?"

나는 기연이를 똑바로 바라보았다. 기연이의 눈이 반짝 빛났다.

"슬픔이나 좌절은 그것을 극복할 수 있는 사람에게는 보약이 된다. 그러나 극복하지 못하는 사람에게는 극약이 되지. 좌절해 보지 않은 사람은 인생의 참맛을 알 수 없어. 자신의 불리한 조건을 장점으로 이용할 줄 아는 사람만이 큰사람이 된단다."

그 후 기연이와 어머니의 사이는 전보다 훨씬 좋아졌다.

바쁜 아버지들

정연이가 소위 노는 친구들과 가출을 했을 때 아버지가 학교에 찾아오셨다. 회사의 고급 간부인 정연이 아버지의 얼굴에는 놀라움과 분노, 그리고 절망감이 겹쳐져 있었다.

"우리 아들이 그런 아이들과 어울리다니……. 꿈에도 생각지 못했습니다. 도저히 상상도 할 수 없습니다. 학원도 열심히 다니고 내 앞에서는 늘 모범적이었는데……."

나는 무엇이 문제인지 금방 알 수 있었기에 정연이 아버지에게 진지한 질문을 던졌다.

"아버님께서는 정연이와 친밀한 대화를 얼마에 한 번씩 나누십니까?"

정연이 아버지는 다소 당황스러운 듯 머뭇거리셨다.

"친밀한 대화라는 것은……."

"그러니까 함께 장난을 치면서 이야기할 수 있을 정도로 솔직하고 재미있는 대화죠. 그 애가 지금 무엇을 하며 놀고 있고 무엇을 좋아하고 있는지, 무엇을 고민하거나 힘들어 하는지 같은 이야기들 말이에요. 혹은 함께 여행을 간다거나, 놀러 가서 함께 노래를 한다거나……."

"죄송스럽습니다. 회사 일이 몹시 바쁘기 때문에…… 출장도 자주 가고……."

가부장적 권위로 잔뜩 힘이 들어간 정연이 아버지의 표정은 당혹스러움으로 가득했다. 아버지가 무섭다고 말했던 정연이의 말이 떠올랐다. 그냥 지나가는 말로 들었는데 오늘 정연이 아버지를 보니 긴 설명이 필요 없었다. 정연이가 숨 막혀 하는 것이 당연하다는 생각이 들었다.

"문제는 아버님에게 있다고 생각하십시오. 정연이는 아버지를 두려워하고 있었고, 억압되어 있었습니다. 아이들은 그 지속적인 억압을 견디기 어렵기 때문에 다른 길을 찾곤 한답니다."

"부족한 것 없이 해 주었다고 생각했는데……."

"그 애에게 정말로 필요한 것은 사랑과 관심, 그리고 너그러움입니다."

"……."

그날 정연이 아버지와 많은 이야기를 나누었다. 끝까지 밝은 표정을 짓지 못한 채 침통한 얼굴로 학교를 떠났지만, 스쳐 지나가는 눈빛에서 약간의 깨달음을 얻었음을 읽을 수는 있었다. 당장은 안 되겠지만, 그러나 스스로 삶의 스타일을 바꾸지 않는 한 가족 간에 느끼는 소외는 불가피할 것이다.

나는 정연이 아버지에게 〈우울한 우리들의 자화상〉이란 시를 한번 읽어 보시라고 했다.

우울한 우리들의 자화상

지난날 우리에게 아이가 탄생했어요.

평범한 출생이었죠.

이 일 저 일 바빴고, 치러야 할 고지서도 많았기에

내 아이는 내가 없는 사이에 걸음마를 배웠고,

나도 모르는 사이 말을 배워

"나는 아버지같이 되겠어요. 아버지를 닮을 거예요.

언제 오세요, 아버지?"

"글쎄다. 하지만 함께 보낼 때는 즐거운 시간을 갖게 되겠지."

내 아들이 지난 달 열 살이 되었더군요.

"공 사 주셔서 고마워요. 아버지, 함께 놀아요.

공 던지기 좀 가르쳐 주세요."

"오늘은 안 되겠다. 할 일이 많다."

아들은 "괜찮아요." 하며 밝은 웃음을 머금은 채 나갔죠.

"나는 아버지같이 될 거예요. 아시죠? 나는 아버지같이 될 거예요.

언제 오세요, 아버지?"

"글쎄다. 하지만 그때는 즐거운 시간을 갖자꾸나."

내 아들이 며칠 전 대학에서 돌아왔더군요.

사내답게 컸기에 나는 말했지요.

"내 아들아, 네가 자랑스럽구나. 잠시 함께 앉아 있으려무나."

아들은 고개를 저으며 미소로 말하길,

"차 열쇠 좀 빌릴 수 있을까요? 이따 봐요."

"언제 돌아오니, 아들아?"

"글쎄요. 하지만 그때 함께 좋은 시간을 갖도록 하지요."

나는 은퇴한 지 오래고 아들은 이사를 나갔죠.

지난 달 아들에게 전화를 해서, "괜찮다면 한번 볼 수 있겠니?"

"그러고 싶어요, 아버지. 시간만 낼 수 있다면. 새 직장 때문에 바쁘고

애들은 감기에 걸렸어요. 얘기하게 되어 반가워요, 아버지."

전화를 끊고 나자 선뜻 깨닫게 된 것은

내 아들이 나랑 똑같이 컸다는 것.

내 아들이 나와 똑같다는 것.

"언제 집에 오니, 아들아?"

"글쎄요. 하지만 그때는 즐거운 시간을 갖도록 하지요. 아버지."

행운의 숫자 7

학기 초에 2학년 2반에서 공책 이름을 소개할 때, 해사하게 생기고 키가 큰 아이가 눈에 띄었다. 이름은 최수영인데, 공책 제목이 '교복을 입고 학교에 다니는 아이들'이었다.

수영이는 학교에서 퇴학당해 피자집에서 배달하는 일을 했는데, 아침마다 교복을 입고 학교에 가는 아이들을 보면 너무 부러웠다는 것이다. 그래서 피자집에서 일하는 것을 그만두고 학교 갈 준비를 하여 전학을 오게 되었는데, 이제는 정말 학교에 열심히 다니겠다는 이야기이다. 솔직한 모습도 좋았고 귀염성도 있어서 칭찬해 주었었다.

그런데 오늘 5, 6교시 연속 수업에 수영이 외에 두 명의 아이들이 없었다. 학생부에 갔다는 아이들의 말을 듣고 '무슨 일이 있나.' 하고만 생각했다. 수업이 끝난 후에 복도에서 만나게 되어 종례 후에 보충 수업 하러 오라고 일렀다.

종례를 마치고 수영이와 원경이, 정현이가 왔다. 아까 배운 내용을 설명하려고 하니 수영이가 이렇게 말한다.

216

"지금 학교도 다닐지 말지 해요."

보충 수업 할 분위기가 아니었다. 살살 달래 가며 무슨 일인지 물으니, 학기 초에 학교 밖에서 1학년 애들하고 담배 피운 일이 있었는데 그 사실이 학생부에 알려졌다는 것이다. 그때 함께 담배 피웠던 1학년 녀석들이 이번에 학교 화장실에서 담배를 피우다가 걸렸는데, 함께 피운 학생들이 누구인지 모두 말하라는 다그침에 이런 일이 벌어진 것이었다. 나는 짐짓 소리를 쳤다.

"아니, 그런 콩알만 한 녀석들이 치사하게 그런 것을 불었단 말이야? 그 녀석들 단단히 혼내야겠구나."

그러자 수영이가 그 애들을 감싼다.

"걔네들은 약한 애들이에요. 힘도 없어요. 몇 대만 때리면 다 불어요. 같이 피운 우리들이 잘못이죠."

"그런데 너희들 그깟 일로 학교 못 다니게 됐다고 했어?"

했더니 수영이의 말이 가관이다.

"담임 선생님이 내일 엄마를 모셔 오라는 거예요. 엄마가 아시면 펄펄 뛸 거예요. 나는 죽었어요."

"에이그, 담배까지 피우는 사내자식 배포에 엄마가 무서워서 학교 다니네 마네 하니? 그냥 몇 대 맞고 다시는 안 그러겠다고 약속하면 되지. 뭐 맞는 게 대수냐? 덩치도 큰 놈들이."

그러나 수영이의 이야기는 단순하지 않았다.

"몰라서 그러세요. 제가 먼젓번 학교에 다니다가 가출해서 술집 삐끼 노릇도 하고 별짓 다 했거든요. 그러다가 술집 골목에서 엄마한테 잡혀 와서 다른 학교로 전학을 했지요. 전학 가고 교복 맞추고 교과서 새로 사느라 돈을 많이 썼어요. 그런데 학교 간 지

일주일 만에 그 학교 날라리들이 나를 잡겠다고 하굣길에 몰매를 때렸어요. 나도 성질나서 내가 아는 노는 형들을 모두 불러서 그 애들을 두들겨 팼어요. 그래서 그 학교에서도 퇴학을 당하고 피자집에서 일하게 된 거예요.

1년 놀고 지금 다시 이 학교에 왔는데, 온 지 한 달도 안 돼서 사고 친 걸 알면 난 끝장이에요. 우리 아버지는 옆집 담이 넘어올 때 머리를 다쳐서 기도원에 가 계세요. 아버지가 집에 오셨을 때 엄마가 이르면 전 죽어요. 엄청 무섭게 패거든요. 맞느니 차라리 도망가는 게 낫지."

또 원경이도 딱하기는 마찬가지였다.

"아버지는 형사 출신이세요. 그래서 수갑을 갖고 있죠. 한번 잘못하면 수갑 채워서 침대에 묶어 놓고 때려요. 삼촌이 있는데 삼촌은 더 무서워요. 큰집 사촌 형이 말썽 피워서 혼내 줄 때 쇠방망이로 머리를 때려서 기절했어요. 아버지가 삼촌에게 말하면 저는 더 죽어요."

너무도 끔찍하고 살벌한 이야기들뿐이었다. 이미 학생부에서 실컷 얻어맞고 나서 담임인 체육 선생님께 또 매를 맞고 온 이 애들과 한 패가 되어 앞으로 어쩌면 좋을까 하고 궁리를 했다.

나도 이 학교에 부임한 지 얼마 되지 않아 다른 선생님들과 변변히 이야기도 나누지 못한 터라 함부로 간섭할 수도 없었다. 다시는 학교에서 담배를 안 피우기로 약속하고 이 난관을 헤쳐 나가 보자고 말했다. 부모님만 모시고 오지 않아도 된다면 무슨 말이라도 듣겠다는 이 아이들을 지옥에서 구해 주고 싶었다.

"그럼, 내가 너희 담임 선생님께 가서 무릎을 꿇고 사정을 해서라도 손을 써 볼 테니 여기서 기다려 봐라."

"저희들이 여기서 말한 것을 알면 담임 선생님이 가만히 있지 않을 거예요. 저희는 기다릴 수 없어요, 선생님. 만약 부모님을 모셔 오지 않아도 좋다는 허락이 내려지면 삐삐를 쳐 주세요."

"그럼 음성 녹음을 해 주지."

했더니 원경이는 펄쩍 뛴다.

"그것도 안 돼요, 선생님. 아빠가 비밀번호를 알고 있어서 수시로 확인하기 때문에 이 사실을 다 알게 될 거예요. 그러니까 잘 해결됐으면 럭키 세븐으로 7자를 눌러 주시고, 만약 잘 안 됐으면 죽을 사인 4자를 눌러 주세요."

"알았다, 알았어, 이 녀석들아."

하고 아이들을 보낸 후 담임 선생님을 만나러 체육실로 찾아갔다. 학기 초이고 하니 아이들의 처지를 감안하여 한 번만 봐주면 어떻겠느냐고 완곡하게 말씀드리니 무섭게 생긴 담임 선생님이 쉽게 대답하신다.

"그렇죠, 뭐. 나도 이만한 일로 부모님 오시라고 하기도 그렇고, 그냥 넘어갈 수도 없고 해서 곤란했는데 선생님이 그렇게 말씀하시니 오히려 고맙지요."

이렇게 어른들은 별거 아니라고 생각하면서도 아이들을 크게 꾸짖어서 오히려 탈선하는 일도 있으니 참으로 교육이란 어려운 것인지도 모른다. 그래서 나는,

"제가 너무 사정을 해서 봐주게 된 것이라고 제 핑계를 대시면 아이들도 미안하고 좀 더 주의하지 않겠습니까?"

하고 말했다.

나는 돌아와서 아이들에게 삐삐를 쳤다. 럭기 세븐, 행운의 숫
자 7.

내 마음이 이리도 기쁜데 죄의 구렁에서 벗어나는 것만 같은
아이들의 마음이야 오죽하랴 싶었다. 모든 아이들이 다 착하고
바르게 큰다면 교육이나 사랑이 무슨 의미가 있으랴. 밝은 얼굴
로 녀석들을 만날 내일이 기다려졌다.

'이 녀석들, 이제 국어 시간에 꼼짝 못하겠지?'

나는 혼자 생각하며 웃었다.

어머니의 손

1학년 교과서에서 나온 〈약손〉을 배울 때 부모님의 손을 관찰하여 그림을 그리고, 묘사하는 글을 써 오라고 했다. 발표를 하는데, 몇몇 아이들 가운데 귀여운 만중이도 섞여 있었다.

나는 발표를 하거나 책을 읽을 때 반드시 한꺼번에 네 명씩 나오게 한다. 그것은 혼자 나올 때 느끼는 쑥스러움을 덜어 주기 위해서이기도 하고, 한 명씩 나왔다 들어가는 데 드는 시간을 절약하기 위해서이기도 하다.

중학교 2학년 아이들은 아직 순진하여 발표를 잘 한다. 하지만 내용은 깊이가 없다. 나는 바로 전 수업 시간에도 잔뜩 화를 내고 왔던 참이었다.

'어머니의 손을 관찰하여 어떤 특징이 있는지 그림을 그리고 글로 묘사하라'는 과제를 내 주었는데, 하라는 관찰이나 묘사는 없고 상투적이고 뻔한 답을 써 온 것이다. 예를 들면 "우리를 위해 일을 많이 하셔서 어머니의 손은 거칠고 상처투성이다. 내가 열심히 공부해서 부모님께 효도하겠다." 하는 식이다. 공부 잘하는 모범생이라는 아이들의 글은 특히 그런 경향이 강했다. 오히려 어눌하고 공부도 잘 못하는 아이들의 그림과 이야기 속에 깊은 아픔과 자책감이 배어 있는 것을 발견할 때가 많다.

"더러운 일과 힘든 일로 어머니의 손이 거칠어지는 것과 공부 잘해서 나중에 효도하는 것은 크게 상관이 없다. 나중에 효도하겠다는 말은 믿을 수 없다. 어머니가 살아온 과정과 어머니의 마음을 이해하고 자신이 도울 수 있는 일을 최대한 도와야 하는 것이다. 무조건 공부 열심히 하는 것이 부모님에게 효도하는 것이라는 생각은 잘못된 것이다.

'집안 걱정하지 말고 너 자신을 위해 열심히 공부하라'고 말하는 것은 부모님이 자식을 위해 하는 말이다. 공부를 잘하는 것으로 자식으로서의 모든 도리를 다 했다는 생각도 잘못이고, 공부를 못하니 무조건 불효자라는 생각도 잘못이다. 공부란 인격을 닦는 것이고, 나중에 직업을 선택하기 위해 당연히 해야 하는 자기 연마의 과정일 뿐이다. 부모님의 고충을 이해하며 함께 살아가기 위해 집안일을 거드는 것이 진정한 효도요, 사랑이다."

이렇게 수업의 의도와 목표를 드러내 놓고 말하는 것은 세련된 교사가 쓰는 방법은 아니다. 그러나 아이들이 깊이 생각하지 않고 안일한 표현을 할 때는 정말 답답해져서 이런 방법을 쓰게 된다.

나의 설명은 "자식에게 효도 받으려거든 소학교 졸업하면 지게 막대기나 물려주라."라는 속담을 이야기하는 데까지 나아갔다. 부모의 진정한 자식 사랑은 어디서 오는 것인가를 설명하지 않을 수가 없었던 것이다.

하기야 요즘 부모들에게도 어찌 책임이 없다고 할 것인가? 오로지 공부, 공부만을 외치면서 아이들에게 기본적인 도리와 예의, 그리고 가족 구성원으로서의 책임에 대해 가르치지 않는 경우가 허다하다. 또 자식에 대한 과잉보호가 지나치거나, 아들이랍시고 쓰레기통 비우는 일 같은 것 하나도 시키지 않는 사람들이 많으니 진정 아이들 잘못만은 아닌 셈이다.

이야기를 하던 도중, 아이들에 대한 나의 비판이 이론적이고 관념적인 데 머무르는 것이 안타깝고 부끄러워 최근에 있었던 우리 가족 이야기를 들려주었다.

"나는 장애인인 우리 언니를 세상에서 가장 존경한다. 몸이 불편하면서도 가족에게조차 단 한 번도 찡그리거나 슬픈 모습을 보이지 않았던 언니는, 아이들을 키우면서 경제적으로 어려워져서 힘든 일을 많이 했다. 손을 너무 많이 사용했기 때문에 손목 관절에서 관절액이 흘러나와 혹처럼 점점 커졌다. 커질수록 아파서 병원에 가니 의사 선생님은 수술하면 되지만 손목을 계속 쓰면 혹이 또 생긴다고 일을 하지 말라고 했다. 불편한 몸으로 하루 열네 시간 이상 재봉 일을 하는 데다 과중한 가사 노동까지 해야 했으니 성한 사람이라도 당할 수 없는 일이었다.

언니는 몸이 불편해 학교도 제대로 다니지 못했다. 그리고 우리 형제들과 장사하시는 어머니를 위해 모든 살림을 도맡아 했다. 식사는 물론 숙제와 준비물까지, 나는 언제나 언니의 도움을 받았다. 그런데도 나는 언니의 삶이나 고통에 대해서 한 번도 생각해 본 적이 없었다. 그저 내가 공부 잘해서 잘되면 내 역할은 끝나는 것이라고 생각했었다. 그리고 언니가 나를 위해 많은 일을 대신해 주고 고생하는 것이 당연한 일이라고 생각했었다. 엄마가 그러는 것처럼.

　그러나 나중에서야 나는 내가 얼마나 잘못된 생각을 갖고 있는지 깨달았다. 사랑의 갚음은 결코 훗날로 미루거나 돈으로 해결할 수 있는 것이 아니다. 내가 언니와 함께 살면서 집안일을 나눠서 한 후 2년 만에 언니의 손목에 튀어나왔던 혹이 점점 작아져 사라졌다.

　산다는 것이 모든 사람들에게 다 쉬운 일은 아니다. 그러나 유난히 더 힘겨운 짐을 진 사람들이 있다. 우리 가족 중에서 가장 힘든 이는 누구인가. 어머니의 힘겨운 삶을 단순히 찬양하거나 미화하지 말고 그 짐을 함께 나눌 수 있어야만 사랑인 것이다.”

　나는 슬픈 표정으로 이야기를 해 놓고는 이런 특별한 이야기가 혹시 아이들에게 부담을 주지는 않았나 하고 생각했는데, 갑자기 숙제도 해 오지 않은 만중이가 앞으로 나왔다.

　“우리 엄마의 손은 아주 크고 딱딱합니다. 엄마의 손이 그렇게 된 것은 아주 힘든 일을 했기 때문입니다. 형편이 어려워서 엄마는 안 해 본 일이 없습니다. 식당에서 일하기도 하고 포장마차를 하기도 했습니다. 얼마 전부터는 파출부 일을 다니십니다. 너무 고생을 많이 하셔서 밤마다 몸이 아프다고 끙끙 신음 소리를 내십니다. 그러나 아무리 아파도 쉬지 못하십니다.

　나는 이다음에 의사가 되고 싶습니다. 하지만 의사가 되는 것은 너무 어렵고 시간도 많이 걸립니다. 그래서 그냥 빨리 평범한 회사원이 되고 싶기도 합니다. 빨리 돈을 벌어서 조금이라도 엄마의 고생을 덜어 주고 싶습니다.”

　이야기를 해 나가다 만중이는 눈물을 흘리기 시작했다. 나중에는 흑흑 흐느끼는 소리 때문에 말소리가 끊어지곤 했다.

아이들도 눈시울이 붉어졌고, 나도 자꾸만 흘러나오는 눈물을 닦아야 했다. 거의 엉엉 소리를 내며 우는 만중이를 달래서 자리에 앉히자 아이들이 박수를 쳤다. 나는 만중이의 어깨를 가만히 다독거렸다.

아홉 번째 가출

중간고사 볼 때가 되어 그동안 수업 시간에 했던 모든 활동이 담긴 공책을 자료로 수행 평가를 시작했다. 공책 제목에서부터 사진 붙여 자기 소개하기는 물론이고, 광고 만들기며 이야기 조사하기, 시 감상하기, 시 분석하기, 시 창작하기 등 두 달간의 활동 결과를 종합 평가했다.

대부분의 아이들은 그런대로 잘 따라오고 있었지만 2반의 꾸러기 트리오인 도형이, 상기, 일성이는 공책이 아예 없었다. 학기 초에는 참여하는 시늉이라도 냈는데, 4월 들어서 한두 번 가출해서 근신 처분을 받은 후부터는 모든 것을 포기한 듯한 태도였다. 도형이는 똑바로 앉아 있지도 못했다. 그래도 책 읽기를 할 때는 앞에 나와 참여한다. 하지만 가끔은 앞에 나와 차례를 기다리다가 아예 교실 바닥에 드러누워 버리곤 했다.

몇 시간 전부터 공책을 내야 한다고 타일렀지만 도형이는 관심이 없다.

"그냥 0점 처리하세요."

도형이는 귀찮은 듯 다리를 꼬고 앉아 고개를 저으며 말했다.

"다른 선생님들은 모두 그냥 놔두거든요. 제발 그냥 놔두세요."

지난번에도 내가 수업 시간에 활동을 해야 한다고 말하자 자신은 아무리 그래도 안 할 거라고 했다. 할 수 있을 거라고 말하자 "가출해 버리면 어쩔 거예요?" 한다. 나는 아무렇지도 않게 대답했다.

"네가 가출을 하든 무엇을 하든 학교에 나오지 않는다면 나는 너에게 아무것도 시킬 수 없어. 나는 네가 학교에 안 나오는 문제에 대해서는 관여할 생각이 없다. 그러나 일단 내 시간에 들어온 이상은 반드시 너를 국어 수업의 주인이 되게 하고 싶다. 국어 시간은 누구나 참여할 수 있는 수업이고 누구나 충분히 할 수 있는 수업이니까. 능력이 없어 못하는 것과 무관심 때문에 안 하는 것과는 근본적으로 다른 거야. 다른 시간은 몰라도 국어 시간만큼은 모든 학생이 모범생이 될 수 있다고 나는 믿거든."

"그래도 안 한다면요?"

"글쎄, 어떻게 될지 두고 봐야지."

드디어 나는 토요일을 디데이로 잡고 세 녀석을 집에 가지 못하도록 붙잡았다.

"그동안 수업 시간에 하지 않았던 공책 정리를 하고, 시를 써서 시화까지 완성하지 못하면, 나는 밤 열두 시가 넘어도 너희들을 집으로 보내지 않을 것이다."

금방 갈 수 있을 줄 알고 따라온 일성이는 나의 단호한 태도를 보더니 친구들이 기다린다면서 사정을 했다. 그것이 받아들여지지 않자 울면서 대들었다.

"애들하고 같이 가야 해요. 깡패 형들이 우리를 때리려고 교문 밖에서 기다리고 있단 말이에요."

"왜 너희들을 때리려고 하는 거지?"

"말하자면 복잡해요."

"그러면 끝나고 나서 집에까지 데려다 주겠다. 그리고 친구들도 위험하니 그 애들도 교무실로 데리고 와야겠구나."

나는 애들을 데리고 오라고 상기를 보냈지만 아이들은 없었다.

"그 애들은 이미 가 버린 거야. 나쁜 애들이다. 너만 두고 먼저 가 버리다니."

내가 흥을 보자 일성이는 펄쩍펄쩍 뛰었다.

"그럴 이유가 있단 말이에요."

"그게 뭐지?"

"선생님은 몰라도 돼요."

"좀 솔직하게 말하는 습관이 필요할 것 같구나."

일성이는 나의 손아귀에서 빠져나가기 위해 울면서 이리저리 둘러댔다. 결국 영등포 로터리에 있는 스타월드 오락실에서 같은 패거리의 아이들과 합류하기로 했으며, 거기에는 자기가 좋아하는 여자애도 있다고 말했다. 함께 노래방에도 가고 여기저기 놀러 다닐 계획이었던 것이다.

"우리 엄마, 아빠는 절대로 밖에 못 나가게 하기 때문에 놀 기회가 없단 말이에요. 얼마나 숨 막히는지 알아요? 그러니까 가출하는 거예요."

일성이의 통행금지 시간은 여섯 시였다. 그 시간까지 들어가려면 지금 가서 놀아야 한다는 것이다.

"안됐구나. 황금 같은 시간을 뺏어서. 사실은 나도 놀고 싶어 죽겠단다. 어른들은 애들보다 훨씬 더 잘 놀 수 있거든."

"그러면 가서 놀면 되잖아요. 제발 가서 어른끼리 노세요."

"나는 너희들 때문에 노는 걸 포기했어. 오늘 너희들과 놀기로 결심한 거야. 너희가 국어 시간에 수업을 안 하고 공책 정리도 안 했기 때문에 나는 놀 수 없는 거야. 우리 반 애들한테 못 들었니? 우리 반 애들은 집단 상담도 밤 아홉 시까지 했거든. 그 애들은 자발적으로 그렇게 오래 했지만 너희들은 싫어도 그렇게 해야 돼."

"앞으로 잘하면 되잖아요."

"그 말을 어떻게 믿지? 어떤 일이 벌어질지 모른다고 계속 충고했는데도 너희들은 모른 척했잖아."

"이럴 줄은 몰랐죠."

도형이 엄마는 도형이가 가출할까 봐 매일 교문 밖에 와서 기다리시기 때문에 상기를 보내 먼저 가시라고 했다. 상기는 엄마가 없고 아버지도 관심을 갖지 않는 방치된 아이였다.

거의 한 시간 동안 울고불고하던 일성이는 나의 의지가 굳은 것을 눈치채고는 포기한 듯이 말했다.

"선생님이 저희 집에 전화 걸어서 아주 늦게 간다고 얘기해 주세요. 그리고 공책 정리가 끝나면 밖에서 조금 놀다 들어가게 해 주세요."

"네가 공부하는 태도에 따라서 그렇게 할 수도 있지. 태도를 보고 결정하겠어."

일성이는 열심히 하겠다며 처음으로 배시시 웃는다.

자장면을 시켜서 점심을 먹인 뒤 공책 정리를 시키고 나도 일을 했다. 새 공책을 주고 시 부분부터 정리하게 했다. 토요일 오후 아무도 없는 텅 빈 교무실에서, 우리는 잔잔한 클래식 음악을 틀어 놓고 서로 말없이 일했다. 평화롭고 조용한 시간. 나는 아이들이 내 뜻을 받아 주어서 기뻤다. 그리고 그 애들이 곁에 있는 것이 행복했다.

　도형이는 시를 써 본 적도 없고 쓸 줄도 모른다고 했다. 그러나 모두 열두 번의 가출 중에서 가장 기억에 남는 아홉 번째 가출 이야기를 소재로, 몇 차례에 걸쳐서 지도를 받아 다음과 같은 시를 완성했다.

　아홉 번째 가출

　노는 형들과 놀다 보니 결석을 하게 되었다.
　다음 날 학교에 가니 선생님은,
　"학교는 폼이니? 학교는 왜 다니니?"
　잔소리를 퍼부으셨다.

　그 말을 들으니
　학교에 다니기 싫은 마음이 생겼다.
　정말로 싫었다.
　나는 가출하고 싶은 충동을
　누르지 못하고
　가방을 학교에 던져 둔 채로
　집을 나갔다.

골목에서 담배를 피우며 생각하니
분했고, 열도 받았지만
선생님께 미안하다는 생각이 들었다.

집에 들어가고 싶었지만
선생님의 얼굴과
그 잔소리를 생각하면
가슴에서 우러나오는 분노를
감출 수가 없었다.

일주일 동안 커피숍에서 잠자고
열두 시간을 지내고 나니
집 생각이 나고
학교 친구들이 생각나
눈물이 나올 것 같았다.
같이 노는 형과 누나들이
잘해 주어서
참을 수 있었다.

결국 엄마에게 부탁 받은
기홍이 형은 나를 잡았고
나는 집에 가게 되었다.
예상외로 이번 가출 사건은
담임 선생님의 손에서 해결되어서

처벌은 면했지만
가족의 가슴에는
또 하나의 깊은 상처로 남게 되었다.

일성이의 시에는 학교생활에 대한 답답함이 잘 담겨 있었다.

학교

학교 가기가 정말 싫다.
매일 똑같은 시간에
똑같은 공부를 하는 게
정말 싫다.

수학 시간은 친구와 떠들다가
선생님께 찍혀서 정말 싫다.
영어 시간은 영어를 잘 몰라서
지루하여 정말 싫다.

학교를 무슨 의미로
가는지…….

나는 꼭 학교에
놀러 오는 것 같다.
내 마음 같으면

빨리 졸업을 하고 싶다.

상기는 시를 비교적 쉽게 썼고 내용도 좋았다. 강아지에 대한 추억을 썼지만 나는 거기서 엄마 없는 슬픔을 읽을 수 있었다.

강아지

어느 여름날 아버지께서 강아지를 사 오셨다.
강아지 이름을 해피라고 지었다.
해피는 나의 친한 친구가 되었다.
나는 해피에게 밥도 주고 놀아 주기도 했다.
해피는 자기의 힘으로는 아무것도 못해서 불쌍해 보였다.
해피는 우리 집을 지켜 주었다.
그래서 우리 집은 안전했다.
그런데 어느 날 해피는 많이 아팠다.
밥도 안 먹고 돌아다니지도 않고 누워만 있었다.
며칠 뒤 해피는 죽었다.
그래서 영중초등학교 꽃밭에 해피를 묻어 주었다.
나는 너무 슬퍼서 방 안에서 많이 울었다.

일곱 시쯤 우리는 저녁을 먹으러 갔다. 아이들은 무려 다섯 시간 동안 공책 정리를 한 것이다. 우리는 저녁을 먹으면서 여러 가지 이야기를 했다.

"왜 아버지가 일성이를 그렇게 못 믿으시는 거지? 아버지가 문제 있는 분 아냐? 오늘 일성이네 집에 가서 아버지를 만나 봐야겠구나."

"제가 작년에 오토바이를 훔치다가 붙잡혀서 처벌을 받았거든요. 그래서 그때부터 그렇게 된 거예요."

"그러면 이유가 있는 감시구나. 하지만 이제는 그런 짓은 하지 않잖아. 누구나 한 번쯤은 실수할 수 있는 거 아냐? 마음잡고 성실하게 살겠다는데 믿어 주지 않는단 말야?"

나는 짐짓 일성이 편을 들어 주었다.

"아니에요. 그래도 나쁜 짓 많이 해요. 가출도 하고 나쁜 애들하고 몰려다니니까 그렇죠."

"선생님, 오토바이 훔치는 건 저희들한테는 아주 쉬운 일이에요. 이제는 자동차도 훔칠 수 있어요."

"동남이는 오토바이를 훔치다가 들켜서 지금 감별소에 가 있는걸요. 저희들도 구치소에 갔다가 법원에서 재판도 받았어요. 중학교 1학년은 대개 풀어 주지만 중학교 2학년부터는 구속돼요."

"아까 공책 정리를 하는 사이에도 선생님 모르게 잠깐 나갔다 왔어요. 영등포 로터리까지 가서 친구들이 있나 하고 오락실을 뒤졌어요. 돌아오는 길에 공원에서 고아 패들과 싸움이 날 뻔해서 도망쳤어요."

"저는 제가 졸업한 초등학교 교무실을 턴 적도 있어요."

아이들의 이야기는 황당하고도 거침이 없었다. 아이들은 이렇게 솔직하다. 밤이 깊어졌고 우리는 아주 즐거운 마음으로 헤어질 수 있었다. 나는 영등포 로터리까지 아이들을 태워다 주었다. 차에서 내리기 전에 내가 말했다.

"얘들아, 친구들과 어울려 놀러 다니는 것도 좋고 담배를 피우는 것도 그럴 수 있지만, 나쁜 일을 하는 것은 삼가야 한다. 예를 들면 오토바이를 훔치는 것은 나쁜 일이야. 그 오토바이가 누군가의 생계 수단일 수 있지 않니? 그것을 잃으면 가족들이 밥을 굶을 수도 있어. 그것은 남에게 엄청난 고통을 주는 일이야. 용돈이 필요하다면 내가 줄 수도 있어. 나쁜 일을 하지 않고 인생을 즐기는 법을 배워야 한다."

그러자 상기가 진지하게 대답했다.

"그래서 이제 손을 씻으려던 참이에요. 노력해 보겠어요."

헤어질 때 상기는 두 팔을 수평으로 벌리고 허리를 90도 각도로 굽힌 채 차가 떠날 때까지 오래오래 고개를 숙이고 있었다. 일성이와 도형이가 부모의 과잉보호로 망가진 아이라면, 상기는 정말로 외로운 아이였다. 매나 때려 주는 아버지도 가끔밖에 볼 수 없다.

오늘 함께 먹은 점심과 저녁이 상기의 마음을 푸근하게 하였을까? 마치 주먹 세계의 인사법을 흉내 내는 듯한 모습이 가슴 아프게 다가왔다.

어릴 때 아이들을 방치한 죄

도형이가 제주도로 쫓겨 간 지 몇 달 만에 다시 돌아왔다. 그새 부쩍 커 버린 도형이는 여전히 험악한 인상이다.

아홉 번째 가출에서 돌아온 지 얼마 되지 않았을 때 검찰의 일진회 조사 명령이 내려져 학생부에서 부르자 도형이는 그 길로 다시 학교를 나가 버리고 말았다.

도형이는 정상적인 아이라고 할 수는 없었다. 잦은 가출도 문제지만 수업을 할 준비가 전혀 되어 있지 않았다. 도형이는 수업 중에 똑바로 앉아 있지 못했고 책과 공책도 없었다. 수업을 하다 도형이가 없어져서 찾아보면 뒤에 누워 있곤 했다. 밤새도록 영등포 유흥가에서 놀다가 새벽에나 집에 들어가고 학교에는 억지로 와 앉아 있는 도형이는, 부모에게는 물론 친구들이나 교사에게도 잘못 길들인 야생 동물처럼 위협적이고 거칠고 안하무인이었다.

나는 담임 선생이 아니었기 때문에 지도를 하는 데 한계가 있었다. 그러나 꾸지람보다는 관심으로 도형이의 마음을 끌어, 최소한 국어 시간에 책 읽기에 동참시키는 데까지는 성공했다. 그리고 수업 중에 하지 않은 공책 정리와 시 쓰기 등을 방과 후에 개별 지도로 이끌어 내면서 제법 도형이와 가까워졌다.

그러나 열 번째 가출 후에는 담임 선생님도 도형이를 더 이상 학교에 둘 수 없다고 판단했고, 그래서 도형이 부모님의 고향인 제주도로 전학을 보내고 말았다. 그러나 제주도에서도 선생님께 욕을 하고 대들다가 몇 달 만에 다시 쫓겨나서 서울에 있는 학교로 돌아온 것이다.

우리 학교로 돌아온 것은 아니지만, 그래도 인사를 하러 왔다는 게 대견해서 나는 도형이의 손을 꼭 잡았다. 곧 중학교를 졸업할 테지만 남아 있는 기간 동안 학교나 가정 생활에 적응하지 못한 채 또 얼마나 방황할 것인가를 생각하면 가슴이 아팠다.

나는 도형이가 어째서 그렇게 거칠고 산만하며 불안정한 정서를 가지게 되었는지 이해할 수가 없었다. 부모님은 겨우 30대 중반밖에 안 된 젊은 분들로, 영등포 시장에서 청과물 장사를 하는데 매우 좋은 분들이었고, 동생도 착실하고 얌전한 학생이었다. 그리고 경제적으로도 비교적 안정되어 있었다. 그런데 도형이가 어째서 그렇게 비정상적인지 이해가 가지 않았다. 나는 이 의문이 풀리지 않아서 몇 차례 가정 방문을 했다. 부모님과 몇 차례 솔직한 이야기를 나누고서야 도형이를 이해할 수 있게 되었다. 그 이야기는 이러했다.

도형이의 부모님은 아주 어린 나이에 결혼을 약속하고 제주도인 고향을 떠나 서울로 왔다. 두 사람은 가진 것이라고는 건강한 몸뿐이었으므로 생활의 기반을 닦기 위해 닥치는 대로 일을 해야 했다. 아주 어린 나이에 임신을 한 도형이 어머니는 아무런 준비도 없이 아이를 낳았지만 돌봐 줄 사람이 없었다. 시장에서 거친 장사를 해야 했기 때문에 아이를 세심하게 돌봐 주거나 안정된 공간에서 키울 수도 없었다.

도형이는 늘 위험한 길가에 방치되어야 했다. 아무 곳이나 돌아다니고, 아무거나 먹고, 아무 때나 자거나 일어나도 괜찮았다. 생활고에 시달리며 새벽부터 밤늦게까지 장사에 매달리던 부모가 약간의 경제적 안정을 얻고 나서 도형이를 돌아보았을 때는 이미 형편없이 망가진 아이가 되어 있었던 것이다.

가난과 경험 부족, 여유 없는 생활에 대한 죄책감을 보상하기라도 하듯이 도형이에게 관심을 기울였지만 아이는 그런 부모를 달가워하지 않았다. 그저 돈이나 타 내서 쓰고 돌아다니며 멋대로 살고 나쁜 일도 서슴없이 하곤 했다.

도형이가 비뚤어진 행동을 할 때마다 때리기도 하고 타일러 보기도 했지만, 이미 망가진 아이의 태도와 비뚤어진 관심은 고쳐지지 않았고, 사춘기가 되자 더욱 심해지기만 했다.

"어릴 때 방치한 죄를 이제 받는 것인가 봐요."

눈물을 흘리며 안타까워하시는 어머니에게 나는 위로의 말을 건넬 수밖에 없었다.

"사랑하는 마음을 갖고 기다리십시오. 반드시 돌아옵니다. 어머니, 아버지의 성품으로 보아 도형이는 반드시 좋은 어른이 될 거라고 믿습니다."

도형이 아버지에게는 절대로 도형이를 때리거나 억압하지 말아 달라고 당부했다. 지금은 승냥이처럼 돌아다니지만, 어머니와 아버지의 삶을 이해하는 때가 오면 조용히 생활인으로 돌아올 거라고 믿어야 한다고, 그리고 기다려 주어야 한다고 말했다. 가끔, 아주 가끔, 사나운 얼굴 사이사이에 언뜻 비치는 도형이의 따뜻한 눈빛을 나는 보았기 때문이다.

"내가 세상에서 알아야 할 모든 것을 유치원에서 배웠다."라는 이야기가 있다. 도형이를 보면서 어린 시절, 가족의 충분한 관심과 사랑, 그리고 안정된 삶의 조건이 얼마나 중요한지를 다시 한 번 깨달았다.

책상 밑에서 엄마 욕을 쓰다

사춘기가 시작되는 초등학교 고학년에서 중·고등학교 1~2학년 정도의 아이들에게 엄마는 최고의 적이다. 어린아이 때는 그토록 사랑스럽고 절대적이었던 엄마가 자신을 억압하고 감시하는 잔소리꾼으로 전락한다. 그뿐 아니라, 추하고 속물적인 존재로 느껴지면서 일대 전투가 매일 계속되곤 한다. 엄마들은 그 변화를 받아들이기 힘들어 한다. "나는 다 컸으니 이제 간섭 따위는 하지 마시오." 하는 선언이지만, 일상 속에서는 그렇게 점잖지만은 않다. 평범한 경우도 대개 7~8년간은 매우 끔찍하고 지루한 싸움이 계속된다.

　동훈이가 국어 시간에 쓴 소설 〈책상 밑에서 몰래 엄마 욕을 쓰다〉는 아이들의 심리적 억압을 상징하는 '책상 밑'이라는 장소와 추한 잔소리꾼 엄마에 대한 '욕 쓰기'에 관한 것으로, 그 또래 아이들이 갖고 있는 일반적인 정서를 대변하는 보편성을 지니고 있을 뿐만 아니라 표현도 손색이 없었다. 이 시대 억압자로서의 교사와 어머니 상을 아주 솔직하게 표현한 글이었다.

책상 밑에서 몰래 엄마 욕을 쓰다

난 어딘가 밑에 있는 것이 좋다. 그래서 밥을 먹고 나서도 식탁 밑에서 쉰다. 그러다 찬 거실 바닥 때문에 체한 적도 있었다.

동생과 방을 바꿀 때 엄마는 마음잡고 공부하라고 약 30만 원의 거금을 들여 내 책상을 사 주었다. 그 책상은 내 마음에 꼭 들었다. 유성 매직만 아니면 지우개의 "쓰싹쓰싹" 소리와 함께 거의 다 지워진다.

책상의 다리는 책상 서랍으로 되어 있는데 책상 서랍 사이의 공간이 꽤 넓다. 침대가 없는 난 그곳에 이불을 넣는다. 처음엔 책을 보려고 그곳에 누웠다. 이불의 폭신함에 기분이 좋았다.

지금도 난 그곳에 누워 있다. 근데 느낌이 이상하다. 어디선가 나를 쳐다보는 것 같다. 아니 나를 노려보는 것 같았다. 내 앞에 시커먼 것이 기어 다닌다. 뭐지? 갑자기 시커먼 것이 나에게 무엇을 쏘았다.

"따~악!"

'앗 잘못 걸렸다. 쉬는 시간 10분만 자려고 했는데 벌써 수업 시간이라니……. 그것도 찌그러진 악마 시간에……. 그건 그렇고 몇 시지?'

난 시계를 쳐다보았다. 그와 동시에 "땡땡땡" 수업이 끝난 것을 알리는 종이 쳤다. 난 교무실에서 수학 선생님의 찌그러진 얼굴을 보며 억수로 맞았다.

"이제 가 봐!"

"감사합니다."

찌그러진 악마한테 맞고 난 후 이렇게 말하지 않으면 더 두들겨 맞는다. 그래서 나는 마음에도 없는 말을 한다.

"야! 이번 시간 뭐냐?"

난 시간 관념이나 날짜 개념이 없어 친구에게 자주 물어보곤 한다.

"사회야."

'음, 고릴라 시간이군.'

사회는 내가 좋아하는 과목이므로 잠을 자지 않고 경청한다.

"160쪽 펴라."

"네~에."

"2010년 유럽통합국의 황태자가 한국에 회담을 하러 왔는데 저격을 당했다. 그래서 유럽통합국은 주위 나라의 권고를 무시하고 우리나라에 핵을 쏘았는데 컴퓨터 오류로 중국에 떨어져 핵전쟁이 일어났다. 이 전쟁으로 일본은 침몰하고 북아메리카는 방사능에 오염되어 500년 동안 못 쓰는 땅이 되는 등 지구의 육지 30%가 오염되었다.

다행히도 우리나라는 오염이 되지 않아 제3의 한강의 기적을 일으켜 세계 최강국이 되었다. 그러나 그 전쟁의 여파로 과학 기술은 1세기 정도 정지 상태이고 세계 인구 60%가 줄어들고 말았다. 이 전쟁에 대해서는 3학년 때 다시 공부하니까 대충 외워만 두고 필기하도록."

난 이 대목이 좋다.

'50년 동안의 전쟁으로 많은 사람이 죽다.'

왠지 끌린다.

'이번 시간도 끝나 가는구나. 집에 가서 오락이나 해야겠다.'

"다녀왔습니다."

"잘 다녀왔니?"

"넵."

우리 엄마는 나와 가치관이 전혀 다른 분이다. 전에 1년 동안 두 시간씩 덜 자서 한 달 치의 공부를 할 것이냐, 아니면 한 달을 자서 1년을 머리가 맑은 상태로 지낼 것이냐고 물어본 적이 있는데, 난 두 번째 것을 골랐으나 어머니는 앞의 것을 골랐다. 이렇게 어머니와 난 항상 대립했다. 아버지가 안 계실 때 집안 주도권(?) 싸움이라든가 성적 문제, 공부 문제로 티격태격한다.

일주일 전에 사 온 컴퓨터 게임을 하려고 컴퓨터를 켜자 아름다운 소리가 났다. '뭔 소리지? 난 컴퓨터를 할 때 소리를 안 나게 하는데.'

"또 오락이니? 컴퓨터를 팔든가 해야지 원……. 공부 좀 해라. 성적이 4점이나 떨어졌잖아. 노력 좀 해."

엄마의 날카로운 목소리가 들렸다.

"그만 좀 해요. 저도 열심히 한다구요."

난 소리를 지르고 컴퓨터를 끈 후 책상 밑 이불에 기대었다. 책상 밑면의 낙서가 보였다. 난 연필을 집었다. 거기에 엄마의 추한 모습을 그린 후 욕을 해 댔다. 전에 일기장에 적었다가 일기장 검사를 한 담임 선생님께 호되게 혼난 적이 있었다. 그래서 난 그 누구도 관심을 갖지 않는 그곳에 낙서, 아니 엄마의 욕을 한다. 내가 배운 교육상 그런 짓은 못된 짓임을 알지만 그렇게 안 하고서는 견디기 어려웠다. 이불의 푹신함에 긴장이 풀렸는지 잠이 왔다.

'학원에 가야 하는데……. 그냥 10분만 자야지…….'

난 편안히 잠을 잤지만 일어났을 때는 지옥이었다. 학원에 지각했기 때문이다. 난 이것도 지겨웠다. 주말을 제외하고는 매일 지각한다. 제기랄! 난 색다른 삶을 꿈꾸지만 현실적으론 불가능했다. 생각을 접어 두고 뛰기 시작했다. 지난 1학년 겨울 방학부터 들어 온 강의인데 대부분의 필수 과목 성적이 조금씩 올랐기에 나도 다니길 원했고 엄마도 원했다.

학원 수강이 끝나면 매일 그렇듯 배가 출출했다. 아까 학원 오기 전에 간식을 먹지 못해 그런 것 같았다. 난 어쩔 수 없이 집에 일찍 들어간다. 생존의 수단이기 때문이다. 그러나 출출함을 무릅쓰고 어쩌다 한 번씩 서점에 들른다. 그런 날을 제외하고는 매일 반복된 일만 한다.

언제나 만원 버스에 짓눌려 반쯤 죽다 살아나다시피 해서 간신히 학교에 도착한다. 그러고는 언제나 비슷한 일. 매일 책을 바꿔 가며 공부하여 성적표에 들어오는 수치들이 조금씩 달라지는 것이 변화의 전부인 일. 창의성을 필요로 하지 않고 암기를 최우선으로 한다. 판검사 만드는 것이 전부인 교육인 것 같다.

세계가 원하는 새로운 창조를 노려 노벨상을 타거나 위인전에 나올 인물이 될 수 있을까? 우리의 교육 수준은 세계 10위권인데 왜 아직 우리는 개발도상국 수준밖에 안 되는 것인가? 북한에 대한 적대적 생각을 우리에게 심어 주고서는 우리의 소원은 통일이라고 노래까지 만들어 부르라고 한다. 이런 교육으로 과연 우리가 중심이 된 세상을 만들 수 있을까? 생각을 해 본다. 음 맞다. 지금과 같은 생각은 책상 밑에서나 정리가 된다. 왜지? 나에게는 그 책상 밑이란 곳이 꼭 필요한 것인가? 그 생각이 머릿속을 빠르게 오갔다.

"얘, 밥 먹으러 빨랑 와라."

엄마의 목소리에 나는 정신을 차리고 밥 먹으러 갔다. 숟가락을 들 때,

"애야, 손 씻고 먹어야지."

난 말없이 화장실로 갔다. 공부 잔소리 빼고는 엄마가 좋게만 느껴졌다. 특히 밥 먹을 때. 생각을 접어 두고 물을 튼 다음 비누를 묻혀 손을 씻고 나와 밥을 소리 없이 '꾸기적꾸기적' 먹었다.

난 지우개를 들었다. 책상 밑에 한 낙서와 욕설을 지우기 시작했다.

'그래도 엄마인데…… 내가 좀 심했지.'

244

"쿵."

무심코 일어서다가 책상에 머리를 박았다. 머리를 만지며 천벌인가 보다 하며 의자에 앉았다. 밀린 숙제를 하자니 귀찮고 오늘 배운 걸 복습하자니 또 귀찮다. 책상 밑 이불에 기대어 만화책을 보았다. 10분 정도 보다가 재미없어 던져 버렸다. 뭔가 허전했다. 정서적으로 불안했다. 막 떨렸다. 책상 밑에서 멀어지니 불안해지는 것 같았다. 생각을 할 수가 없었다. 제기랄! 세상이 싫어진다.

아버지의 직업

시 쓰기 시간에 성태가 괴로운 표정을 짓고 있다. 두 시간이 다 지나도록 고민만 하고 있는 성태를 돕기 위해 나는 주어진 소재를 다시 상기시켰다.

"너에게 가장 잊히지 않는 일에 대해서 말해 줄 수 있겠니?"

"……."

평소에 명랑하고 솔직한 편이던 성태답지 않은 모습이었다.

"말하기 어려운 일이니?"

"네."

성태의 얼굴에 괴로운 표정이 스쳐 지나갔다. 나는 성태에게 말 못할 사연이 있다는 것을 눈치챘다. 하지만 아주 어렵게 끙끙거리며 써 온 성태의 〈자전거〉라는 시는 너무 평범했다. 자전거를 타면 졸음이 사라지고 상쾌해진다는 정도의 내용이었다. 결국 방과 후에 개별 지도를 하게 되었는데 소재를 다른 것으로 바꾸라고 해도 성태는 고개를 저었다.

"자전거에 대해 뭔가 말하고 싶은 사연이 있구나?"

성태는 고개를 들지 못하고 괴로운 듯이 머리를 감싸 쥐었다. 아직도 그 일에서 벗어나지 못한 채 괴로워하고 있는 것이다.

망설임을 거듭하던 성태는 길가에 세워 놓은 새 자전거를 훔쳐 탔다가 절도죄로 경찰서의 유치장에 갔던 일을 고백했다.

"아버지는 교도관이시죠. 죄를 짓는 게 얼마나 나쁜 일인지 늘 말씀하셨죠. 교도관 가족들에게 교도소를 견학할 기회가 있어서 안양교도소에 간 일이 있었어요. 거기서 죄수들을 보았는데 너무 무서웠어요. 그런데 제가 차가운 철창에 갇히게 되었어요. 나도 그런 사람들처럼 감옥에 갇힌다는 게 너무 무서웠어요."

성태는 죄책감과 타락의 공포에 억눌려 있었던 것이다. 비록 값비싼 대가를 지불했지만 좋은 경험이었던 거라고 설득한 끝에, 성태는 솔직한 시를 쓰게 되었다.

자전거

집에 있으면 마음속에 쌓이는 건
지루함뿐이다.
지루함이 겹겹이 쌓여 마음이 무거울 때
나는 자전거를 탄다.

속도를 내어 달리다 보면
무거운 기분이 씻겨짐과 동시에 지난날의 과거가 떠오른다.
자전거에 얽힌 잘못
그리고 참회와 반성이 이어진다.

남의 것에 손을 댔다는 것.
참 미련한 짓이었다.
가치 판단 미숙에서 나온
무지의 소산이었다.

그리고 이어진 경찰서의
차디찬 유치장 바닥.
갈 데까지 갔다 온
그때의 그 기억이
크디큰 쇳덩이와 같이
엄청난 중압감으로
나의 정신세계를 짓누른다.

지워 버릴 수가 없다.
지우려 해도 자책감만이
마음속에서 일 뿐이다.

고통스럽다.
너무나도 고통스럽다.
하지만 털어 버리고 싶다.
이 일을 거울삼아
하루하루의 충실한 삶을 꾸리기 위해
정진해야겠다.
자전거!

나에게 더 이상의 큰 교훈은 없다.

아버지가 교도관이 아니었더라면 성태는 어린 나이에 교도소 구경을 안 했을 수도 있다. 늘 재소자를 다루는 아버지는 아들에게 '범죄에 대한 우려와 감옥에 대한 두려움'을 심어 주곤 했던 것이다. 그런데 자신이 그런 범죄자가 되었다고 생각한 성태는 엄청난 공포와 두려움, 죄책감에 사로잡혔던 것이다.

하기야 교사나 목사의 자식들이 다른 직업의 부모를 가진 아이들보다 훨씬 많은 문제를 일으킨다는 말을 흔히들 하는 걸 보면 부모의 직업이 자식에게 주는 부담이 얼마나 큰 것인가를 알 수 있다. 자기 부모가 하찮은 직업을 가졌다고 생각하여 부끄러워하는 아이들보다도 높은 직위나 특별한 직업을 가졌다고 생각되는 부모를 가진 아이들이 받는 억압이 때로는 훨씬 클 수도 있다는 점을 부모들은 명심해야 한다.

모든 부모는 아이들이 부모의 그늘에서 빨리 벗어나 억압 없는 자유로운 마음을 갖게 되기를 빌어야 한다.

부모 잃은 슬픔

가슴 깊이 맺힌 슬픔은 어떻게 극복할 수 있을까? 특히 부모를 일찍 잃은 슬픔은 다른 것과는 비교할 수 없는 것이다. 슬픔과 아픔은 혼자 담아 두면 병이 된다. 그것을 풀어내서 표현하고 이야기함으로써 그것을 극복하는 힘을 얻을 수 있게 된다. 그런 의미에서 자신의 가장 절박한 마음을 담아 시를 쓰는 것은 그 극복의 과정이 된다.

아버지가 돌아가신 뒤에도 여전히 쾌활한 모습을 보여 준 상훈이를 칭찬해 주려고 수업 시간에 "상훈이가 아버지를 잃은 슬픔을 견뎌 내며 명랑하게 행동하는 것을 보고 감탄한 적이 있다."라고 말했는데, 그 말을 듣자 상훈이는 갑자기 울음을 터뜨렸다. 상훈이의 두 볼에 굵은 눈물이 흘러내렸다. 상훈이는 주먹으로 눈물을 훔치고 있었다. 어린 마음에 깊이 서린 아픔을 어떻게 달래 주어야 할지 몰라 당황스러웠다. 그러나 상훈이는 자신의 아픔을 이렇게 썼다.

불러 보고 싶은 이름 '아빠'

아버지가
돌아가시기 전날 밤
전화 한 통이 걸려 왔다.
아버지께서 거신 것이다.
"엄마와 형 말 잘 듣고 공부 열심히 해라."
다른 때와 마찬가지로
충고를 해 주셨다.

아버지가 돌아가신
그 새벽
나는 아버지의 목소리가 녹음되어 있는
전화기를 들었다.
어쩐지 아버지의 목소리가
다른 때와 달리
처량하게 들려왔다.

그런데 그날 오전 열 시쯤
아버지가 사고로 돌아가셨다고
아버지의 친구의 동생이 연락을 했을 때
그 순간 하늘이 무너지는 것을 느꼈다.
모든 것이 싫었다.

생전에 아버지를

괴롭게 해 드린 것이 후회스럽다.

아버지의 양복 주머니에서

이백칠십 원을 훔쳐서

오락실에 갔다 오니

아버지는 오만 원이 없어졌다며

내게 누명을 씌우고 매를 때렸다.

맞기 싫은 나는

"왜 가져갔니?"라고 물으실 때

거짓말로

"오락실에서 형에게 빼겼어요." "잃어버렸어요."

라고 둘러댔다.

모든 일이 후회스럽다.

나는 다른 아이들처럼 아버지에게

'아빠'라고 불러 본 적이 없다.

왜냐하면 아버지는

엄격한 분이었기 때문이다.

나는 이번 기회에

한번 불러 보고 싶다.

부르고 싶었던 이름!

"아빠!"

정곤이는 너무도 말이 없어 자폐아가 아닐까 걱정을 했을 정도였다. 하루 종일 한마디도 하지 않는 것이 걱정되어 주변 친구들이 상담을 하러 오곤 했다. 정곤이가 친구들과 선생님에게 서서히 마음의 문을 열어 주기 시작한 것도 자신의 외로움과 쓸쓸함을 시로 표현하는 과정을 거친 뒤부터였다.

빈 자리

초등학교 졸업식 날
교실에는 친구들의
부모님들이 꽉 차 있었지만
내 엄마는 그 사이에 없었다.

아이들이 엄마를 선생님께
소개시키고 사진을 찍을 때
나는 아버지의 손을 당기며
몰래 교실을 빠져나왔다.

운동장에는 친구들이 엄마와 사진을 찍으며
엄마끼리 인사할 때
나는 아버지의 손을 끌고 학교를 빠져나왔다.

누군가 나를 부를까 겁이 나 뛰었다.
학교를 빠져나온 뒤
나도 모르게 눈물이 났다.

눈물을 몰래 닦으며
"티가 들어가서요."라고
핑계를 대고 서둘러 집에 갔다.

갑작스런 교통사고, 엄마의 죽음
지난 5월 7일 엄마가 돌아가신 날
아버지는 산소에 다녀오신 뒤
저녁 내내 참고 있던 눈물을 흘리셨다.
그 모습이 또 한 번 나를 울렸다.
엄마의 빈 자리가 더욱더 크게 느껴질수록
너무나 빨리 돌아가신 엄마가 원망스럽다.

아빠와 엄마 없는 빈 자리를 대신 채울 수 있는 것은 주변 사람들의 더 큰 사랑이 아닐까.

촌지를 받다

오늘 반장인 명희의 어머니가 학교에 다니러 오셨다가 내 책상
서랍을 열고 살짝 촌지를 집어넣었다. 나는 그것을 꺼내 다시 건
네주었다.

"저는 촌지를 받지 않습니다. 성의는 고맙지만 교사로서의 도덕
성을 지키고 싶습니다."

명희 어머니는 막무가내로 나의 손을 떠밀고 가셨다. 나는 또
한 가지 해야 할 일이 늘어났구나 하면서 한숨을 쉬었다. 봉투를
들고 실랑이를 벌이는 일은 볼썽사납기 때문에 완곡한 거절의 편
지와 함께 돌려보내곤 했다. 편지를 쓰려다가 문득 햇병아리 교
사 시절에 받았던 의태 어머니의 촌지가 생각났다.

"선생님, 저 당분간 학교에 안 나오면 안 될까요?"

의태가 조심스럽게 말했다.

"왜지?"

의태는 머뭇거리다가 사정을 말했다. 직업도 없고 돈벌이는커녕
매일 술주정뱅이 노릇만 하는 폭군 아버지를 피해 어머니, 동생

과 함께 몰래 이사를 하려고 한다는 것이다. 다른 동네로 이사를 가면 아마도 아버지가 동생과 자신이 다니는 학교로 찾아올 것이기 때문에 당분간 피해 있으려고 한다는 것이다. 나는 고개를 끄덕였다.

의태의 가족 이야기는 대충 알고 있었다. 의태는 집이 없어 학교 뒷산에서 천막을 치고 살고 있었다. 어머니가 막일을 다니며 조금씩 돈을 벌어 오지만 아버지는 밤낮 술만 먹고 아이들과 어머니를 때리곤 했다. 중학교 3학년인 의태와 중학교 1학년 남동생은 날씨가 춥지 않을 때에는 천막집에 들어가지 못하고 산에 가서 잠을 잤다.

의태의 생활에 대해 알게 된 것은 의태가 잘 씻지도 않고 옷도 갈아입지 못한 채로 학교에 오기 때문이었다. 비록 몸에서는 냄새가 나고 옷도 지저분했지만, 의태가 순수하고 깨끗하며 아름다운 마음을 가진 아이라는 것을 나는 알고 있었다. 자신의 처지때문에 여러 아이들과 잘 어울리지는 못했지만 늘 명랑한 모습이었기 때문이다.

의태는 미안한 얼굴로 일주일만 결석하겠다고 했다.

"아버지가 술 드시고 오셔서 주정을 하실 겁니다. 선생님이 고생을 하시겠네요."

장난기 많은 의태는 이 말을 하면서 선생님도 당해 보라는 듯이 "히히." 하고 웃었다. '당해 보지 뭐.' 하는 뜻으로 나도 웃었다. 의태가 얼마나 좋은 아이인지 나는 그 웃음을 통해 느낄 수 있었다. 그런 상황에서 웃을 수 있는 아이. 가엾고 안쓰럽지만 참으로 맑은 아이라고 생각했다.

의태가 나오지 않은 지 이틀 뒤 정말 그의 아버지가 찾아왔다. 어수선하고 너절한 복장에 술 취한 모습으로 나타나 마치 한바탕 할 것 같은 분위기였다. 그러나 아들의 행방을 묻는 술 취한 의태 아버지는 의외로 기가 죽어 있었다. 나는 의태가 이제 학교에 나오지 않겠다고 했으며 어디로 갔는지도 모른다고 딱 잡아뗐다. 술 취한 의태 아버지는 비참한 모습으로 휘청거리며 교정을 빠져 나갔다.

그러고 나서 일주일쯤 뒤 의태는 학교에 다시 나왔고 그 다음 날 어머니가 찾아오셨다. 의태 어머니를 본 순간 나는 놀라고 말았다. 지금까지 그렇게 초라하고 고생에 찌든 여성을 본 적이 없었다. 키가 아주 작고 얼굴은 기미로 잔뜩 덮여 있어 본래의 얼굴이 어떤 모습인지 알 수 없을 정도였다. 파마를 한 흔적도 없는, 반쯤은 센 회색 빛깔의 머리를 뒤로 묶었는데, 낡고 유행에 뒤떨어진 옷을 입고 있었다. 의태 어머니가 얼마나 힘들고 고생스럽게 살아왔는지 한눈에 알 수 있는 모습이었다.

"선생님, 고맙습니다. 심려를 끼쳐 드려 죄송스럽다는 인사를 드리러 왔습니다."

몸 둘 바를 모르며 부끄럽게 말씀을 하신 뒤 어머니는 바지의 속주머니에서 무엇인가를 조심스럽게 꺼냈다. 그것은 아주 작게 접힌 만 원짜리 지폐였다. 의태 어머니는 그것을 아주 정성스럽게 펴기 시작했다. 아주 숭고한 무엇인가를 준비하는 듯한 모습이었다. 돈을 다 펼친 의태 어머니는 두 손으로 조심스럽게 나에게 건넸다. 나는 어떻게 해야 할지 잠시 갈등을 느꼈다. 그러나 의태 어머니의 표정을 보는 순간 나는 그것을 덥석 받았다.

"어머니, 고맙습니다. 이렇게 안 하셔도 되는데 왜……."

"아닙니다. 제가 할 수 있는 일이 이것밖에……. 약소하지만 과자라도 사서……."

나의 눈에는 눈물이 핑 돌았다. 뭐라고 설명해야 할까? 흰 봉투에도 넣지 못한 꼬깃꼬깃 접은 낡은 만 원짜리 한 장……. 얼마나 아끼고 아꼈던 돈일까. 의태 어머니의 이 돈은 아마도 다른 사람들의 100만 원에 해당하는 돈인지도 모른다. 이 엄청난 돈 앞에서 나는 아무런 생각도 나지 않았다. 오직 숭고한 의식을 같이 치르지 않으면 순수한 무엇인가가 훼손돼 버릴 것 같은 느낌이었던 것이다.

나는 그 돈을 주머니에 넣고 시장을 오래오래 돌아다녔다. 그리고 추운 날에도 얇은 옷을 입고 다니는 의태를 위해 돈 2만 원을 보태 따뜻한 겨울용 잠바를 하나 샀다. 의태는 이 선물을 받고도 졸업할 때까지 한 번도 입지 않아서 내 속을 태웠다. 추운데 왜 그 옷을 안 입느냐고 내가 물을 때마다,

"춥기는 뭐가 추워요?"

하고 퉁명스럽게 대답하곤 했다.

그러나 의태가 졸업을 하고 고등학교에 다니는 동안 겨울이면 내내 그 잠바만 입고 다녔다는 것을 나는 알았다. 그 잠바가 낡아서 다 떨어질 때까지 의태는 나를 찾아왔고, 그 잠바 이외의 옷을 입은 모습은 보지 못했다. 고등학교에 들어갔을 때 나는 의태에게 조심스럽게 물었다.

"의태야, 아버지는 어떻게 사시는지 모르지?"

의태는 어른스럽게 웃으며 말했다.

"그때 한 달 만에 아버지를 모셔 왔어요. 혼자 어떻게 돼요. 버릇만 좀 고치려고 했을 뿐이지요. 아버지를 어떻게 버리겠어요."

오히려 부끄러운 마음이 들었지만 그래도 또 물었다.

"이제는 술주정 좀 덜하시니?"

"덜하긴요. 늘 그렇지요. 하지만 이제 저희들이 다 커서 함부로 때리지는 못해요. 얼마 전에는 생활비에 쓸 돈을 훔쳐서 술을 다 마셔 버렸지요. 동생이 아버지를 때리려고 해서 말리느라 죽을 뻔했어요. 제가 동생을 혼내 주었죠. 아버지가 나쁘지만 그렇다고 자식이 아버지를 때리면 그 죄는 용서 못 받는다고 말해 줬어요. 내 친구들 중에 아버지를 때려서 감옥 간 애들이 있어요. 가장 불쌍하고 비참한 죄인이지요. 내 동생이 그렇게 될까 봐 걱정이에요."

나는 의태의 의연한 모습에 가슴이 저렸다. 의태는 나의 좋은 친구가 되었다. 군대에 갈 때까지 의태는 연인처럼 내 곁에 머물렀다.

경록이 어머니

"경록이 어머니 아시죠? 학교 운영위원장 하셨던 이혜자 씨 말입니다. 오늘 아침 돌아가셨답니다."

나는 놀라서 대답을 하지 못했다.

"지금 장난하시는 건가요? 얼마 전에도 건강한 모습으로 만났었는데……."

"이대부속병원 영안실에 계시답니다."

"……."

그 순간 나는 아무 생각도 나지 않았다. 한 달 전쯤 경록이 어머니를 만났을 때, 영등포 지역에 있는 한 사립 고등학교의 학교 운영위원회에 지역 위원으로 출마하여 학교 운영위원장이 되었노라고 말씀하셨었다.

경록이가 중학생이던 작년까지 경록이 어머니는 우리 학교 학부모 회장으로서 나와 함께 학교 운영위원 일을 하셨다. 처음에는 다른 어머니들과 다른 점이 별로 없었다. 그저 경제적으로 여유 있는 학부모들이 돈을 걷어서 교장이나 간부 교사들과 저녁

260

을 먹거나, 형식적인 학교 행사에 뒤를 대 주는 정도의 수준이었다. 그러나 학교 운영위원이 되면서 조금씩 달라지기 시작했다.

학부모들이 낸 돈을 선생님들 저녁 식사 대접하는 데 쓰는 일보다는 아이들을 위해 쓰는 일이 옳다는 나의 생각에도 동의해 주셨다. 경록이 어머니와 나는 학교의 전반적인 문제들에 대해 함께 토론하는 데 많은 시간을 썼다. 그리고 창고 같은 학교 도서관을 깨끗이 정리하여 새로운 책으로 채우려는 계획을 세웠을 때도, 경록이 어머니는 이 일을 학부모들 전체의 관심사로 만드는 데 앞장서 주셨다.

교육청에서 학교 평가 자료로 쓴다고 일종의 벌점 제도인 '학생 생활 카드제'를 실시하라고 했을 때도, 우리는 벌점 제도가 학생 생활 지도의 근본적인 대안이 될 수 없다고 판단하였다. 그래서 근본적인 학생 지도의 대안을 논의하기 위해 교사, 학생, 학부모가 참여하는 '교육 토론회'를 열었다. 그리고 문제가 있는 학생들이나 도움이 필요한 아이들을 위해 특별 교육 프로그램을 운영하는 '학교 안의 작은 학교'를 만들자는 제안이 나왔다. 그때도 경록이 어머니가 가장 먼저 그 계획을 구체화시키는 데 앞장서 주셨다.

경록이 어머니는 거의 매일 학교에 오셨지만 아들의 담임 선생님을 만나거나 자식의 이익을 도모하는 일은 하지 않으셨다. 옳은 일에 대해서는 언제라도 나서서 자신을 희생할 준비가 되어 있는 분이었다. 예결산 심의가 있을 때는 입술이 부르트도록 밤늦게까지 심의한 결과, 서무실 공사 때 부실 공사한 것을 찾아내 재공사를 시키는 개가를 올리기도 했다.

경록이 어머니는 학부모 회장에다 학교 운영위원회 부위원장 일을 하시면서도 수필을 쓰시는 등 문학 동인 활동도 하시고, 가사를 돕느라 작은 찻집 '체 게바라'를 운영하기도 하셨다. 내가 일을 하다 밤늦은 시간에 찻집을 찾아가면 아름다운 혁명의 전사 게바라의 사진을 주면서 게바라가 산중에서 자주 마셨다는 남미산 차를 끓여 주시기도 하셨다.

그뿐인가. 교육 운동의 과중한 업무에 시달리며 건강을 돌보지 못하면 어떻게 하느냐고 하며 따뜻한 곰국을 끓여 보온병에 넣어 주거나, 영양제를 손에 쥐어 주시곤 하셨다.

나에게는 어머니 같기도 하고 언니 같기도 한 분이었는데, 무엇보다도 교육에 대한 우리의 철학이 언제나 같았다는 점 때문에 우리는 아마도 혈육보다 강한 동지애를 느끼고 있었던 것 같다. 비교육적이거나 부정한 일을 보면 분노하고, 그 일을 해결하기 위해서는 자신을 남김없이 던지고 싶어 했으니까 말이다.

그러나 2~3주 전 전화 통화할 때 이미 불길한 일이 시작된 것을 나는 알지 못했다.

"사립 학교가 이렇게 심각한 문제가 있는 줄 정말 몰랐어요. 학교 운영위원을 뽑았는데 전교조 교사들을 많이 뽑았다고 취소를 하고 다시 뽑으라고 하는 거예요. 내가 학교 운영위원장으로 뽑혔는데 나에게도 해산을 명했어요. 어떻게 아직도 이런 일이 일어날 수 있는지 이해할 수 없어요."

분노에 떠는 경록이 어머니의 목소리가 전화에 실려 왔을 때, 사실 나는 다른 일로 몹시 바쁜 상태였다. 그동안 공립 학교에서만 활동해 왔기 때문에 이런 일이 비일비재한 사립 학교의 상황을 전혀 모르셨을 것이니 얼마나 놀라웠겠는가. 경록이 어머니는 이 부당한 일에 맞서 싸우기 위해 교사들과 함께 교육청에 찾아가고, 교사 연수장에 가서 시위도 하고, 교장 선생님을 찾아가 언쟁을 하기도 하셨다.

국회에서 사립 학교의 학교 운영위원회를 형식적인 자문 기구로 만들고, 학교 운영위원을 교장이 위촉할 수 있도록 교묘하게 법을 만듦으로써 학교 운영위원회를 종이호랑이로 만들었다는 것을 어떻게 설명할 수 있을까? 상식적으로 납득되지 않는 일이 법률이라는 이름으로 진행된 것이다.

나는 병원으로 달려갔다. 경록이 어머니와 함께 학교 활동을 했던 분들과 몇몇 이웃 아주머니들이 와 있었다. '학교 안의 작은 학교'를 준비했던 어머니를 만났을 때 나는 엉엉 울어 버렸다. 영전에 절을 하면서도 나는 울음을 멈추지 못했다. 경록이가 말없이 나를 지켜보고 있었다. 눈물조차 나오지 않는지 경록이는 아무 표정이 없었다.

"평소 먹는 것도 신경 안 쓰고 학교 일로 흥분해서 쫓아다니더니, 14일 전에 갑자기 간 기능이 떨어지면서 혈소판이 급속히 파괴되기 시작했습니다. 살리려고 애를 썼지만 워낙 빠른 속도로 진행되었기 때문에……"

망연자실한 경록이 아버지의 말씀이었다.

"내 아내는 크게 될 사람인데, 나 같은 사람 만나서 뜻을 펴지 못하고 갔습니다. 불의를 보고는 절대로 참지 않는 훌륭한 여자였는데……. 나에게는 과분한 사람이었지요."

나는 겨우 입술을 달싹였다.

"모든 어머니들이 경록이 어머니처럼 그렇게 용감하고 정의롭다면 교육은 물론이고 세상이 빨리 좋아질 텐데……."

"우리 집사람이 선생님을 참 많이 좋아했습니다. 선생님 얘기를 참 많이 했지요. 선생님을 자랑스럽게 생각했어요. 우리 집사람 잊지 말아 주십시오."

집으로 돌아오는 길에도 나의 뺨에서는 그치지 않고 눈물이 흘러내렸다.

엄마의 첫 키스

"선생님, 우리 아들이 여자 친구에 빠져서 정신이 없어요. 야단을 치고 가둬 놓아도 소용이 없어요. 언제 도망쳤는지 모르게 빠져 나가요. 학원도 빠지고 공부도 안 해요. 이 일을 어쩌면 좋아요."

정민이 엄마는 어쩔 줄 몰라 하면서, 마치 하늘이 무너지고 땅이 꺼지는 것 같은 한숨을 쉬었다.

"그 나이에 여자 친구를 좋아하는 것은 당연한 일인데……."

나는 대수롭지 않다는 듯이 말했다.

"선생님, 그 애는 이제 중학교 3학년밖에 안 됐어요. 공부도 공부지만 무슨 일이라도 있으면……. 애 아버지가 알면 정말 큰일 나요."

그때 문득 내 아들 동욱이의 일이 생각났다.

동욱이는 중학교 3학년 여름 방학 때 사물놀이를 배우러 일주일 동안 부여에 다녀왔다. 돌아와서 내게 이런 질문을 했다.

"엄마, 첫 키스는 언제 해 보셨어요?"

갑작스런 질문이었지만 나는 솔직하게 말했다.

"음, 고등학교 2학년 때였지."

"좀 늦으셨네요."

"늦긴, 그 시대에는 굉장히 빠른 편이었는걸. 그게 늦었다고 한다면 너는 벌써 해 봤다는 소리네."

동욱이는 자랑스럽게 "그럼요." 하며 흐뭇한 미소를 지었다. 나는 마음속으로 '이제 너도 사내가 되었구나.' 하는 대견한 생각이 들었다. 짓궂은 마음에 질문을 던졌다.

"하지만 키스도 여러 가지 종류가 있단다. 이마에 하는 키스, 볼에 하는 키스, 입술에 하는 키스, 그리고 딥키스가 있지."

"아이, 엄마는. 그야 딥키스죠. 내가 어린애예요?"

"그래? 제법인데. 축하한다."

동욱이는 부여로 사물놀이를 배우러 가서 사귀게 된 재미 교포 미경이에 대해서 자연스럽게 이야기했다. 미경이는 동욱이보다 한 살 아래로, 미국으로 이민 간 부모에게서 태어나 자랐는데 방학을 맞아 우리나라에 다니러 왔다고 했다.

며칠 뒤 동욱이와 미경이는 사당역에서 만나기로 약속했지만 약속 장소가 서로 엇갈려 서너 시간이나 기다리다가 결국 만나지 못했다. 동욱이는 몹시 슬퍼했다. 나는 퇴근 후에 동욱이를 차에 태우고 미경이가 머물고 있다는 분당의 미경이 이모네 아파트까지 찾아갔다. 미경이 이모에게 동욱이를 인사시킨 후, 나는 미경이와 동욱이에게 연극을 보여 주고 싶다고 말해 허락을 받아 다시 대학로로 나왔다. 저녁 시간이라 길이 많이 막혀서 동숭동에 도착했을 때는 이미 여덟 시가 넘어 있었다. 연극을 볼 수 있는 시간이 지났기 때문에 영화관으로 갔다. 볼 만한 영화를 골라

266

표를 끊어 두 아이만 들여보내고 나는 다른 영화관으로 가서 영화를 보았다. 두 아이가 영화를 보면서 즐거운 시간을 갖기를 바랐다.

영화를 보고 난 뒤 나는 미경이를 데려다 주기 위해 자정이 가까운 밤길을 달려갔다. 두 아이는 다정하게 손을 잡고 이야기를 나누고 있었다.

"미국 가면 부모님 말씀 잘 듣고 공부도 열심히 해야 해."

"……"

미경이는 가만히 고개를 끄덕였다. 미경이를 이모의 아파트까지 데려다 주고 돌아오는데 동욱이가 큰 소리로 웅변하듯이 탄식했다.

"엄마, 나 이제 어떻게 살아요?"

"왜?"

"미경이 보고 싶어서 어떻게 사냐구요."

마치 나에게 따지듯이 외치는 녀석이 우스웠다.

"뭐가 걱정이야? 편지도 쓰고 전화도 하면서 연락하다가 다음 방학 때 또 만나면 되지."

그러나 동욱이는 한숨만 푹푹 쉬고 있었다. 동욱이가 나중에 나에게 전한 미경이의 말은 이렇다.

"오빠, 한국 엄마들은 다 그렇게 잘해 줘?"

나는 이 이야기를 정민이 엄마에게 들려주었다.

"만약 진심으로 아들이 잘 되기를 바란다면 그 애의 연애도 잘 되기를 바라야 하지 않을까요? 아직 일어나지도 않은 일을 미리 걱정해서 모든 것을 막아 버린다면 그 애는 숨이 막혀서 도망치고 싶어 할 거예요. 아니면 거짓말을 하게 되겠죠. 사랑은 막을 일이 아니라 아름답게 키워 가야 할 일이지요."

정민이 엄마가 나의 이야기를 모두 다 이해하는 것 같지는 않았다. 그러나 조금은 마음의 평정을 찾은 듯이 보였다.

"왜 나는 그렇게 생각할 수 없는 걸까요?"

"자식을 지나치게 사랑하기 때문이겠지요. 자식이 그 일로 어떤 손해나 상처를 받지 않기를 바라는 마음 때문이지요. 그러나 생각해 보세요. 그 아이가 사랑을 통해 얼마나 많은 것을 배우게 될지 알 수 있나요? 교과서의 지식만으로 채워진 아이가 훨씬 위험할지도 몰라요. 설사 손해나 상처만 남기는 사랑일지라도 그것을 통해 배우는 게 있을 거예요. 그게 인생이죠. 유리관 속의 아이가 아니라면 언제든 겪어야 할 일이지요."

학교 안 다녀도 돼요?

"엄마, 나 학교 안 다닐까 봐요."

동욱이가 불쑥 말했다.

"중학교 졸업도 얼마 안 남았는데……. 학교 다니기 싫으니?"

"네."

"왜?"

"수업받기 싫어서 하루 종일 엎드려 있었어요. 방과 후에 담임 선생님이 오라고 해서 갔더니 '너 학교 그만 다닐래?' 하시잖아요. 그래서 '생각 좀 해 보구요.'라고 대답했죠. 그랬더니 '그럼, 생각해 보고 대답해라.' 하셨어요."

"공부하기가 그렇게 싫었니?"

"네. 엄마 나 학교 그만 다니면 안 될까요?"

나는 학교에서 동욱이와 비슷한 아이들을 얼마든지 보고 있었기 때문에 조금도 이상하게 생각하지 않았다. 올 게 온 것일 뿐.

그래서 나는 흔쾌하게 대답했다.

"다니기 싫다면 다니지 말렴."

동욱이는 나의 대답에 조금 놀랐는지 다시 되물었다.

"정말 학교 안 다녀도 돼요?"

"그래. 정말 다니기 싫다면 다니지 말아야지. 학교 오기 싫은 애들이 학교에 너무 많이 오는 바람에 내가 수업하기가 힘들거든. 그래서 학교에 다니기 싫은 아이들은 학교에 오지 말아야 한다고 생각해."

동욱이는 잠시 말이 없었다.

"그럼 학교에 안 다니면 나는 무슨 일을 해야 하죠?"

"글쎄, 딱히 그 나이에 할 수 있는 일이란 게 별로 없지만 언뜻 생각하기에 두 가지 정도 있을 것 같구나. 하나는 네가 집안 살림을 전적으로 맡아서 하는 거야. 엄마는 이렇게 바쁘고 힘이 드니까 네가 밥하고 설거지하고 청소, 빨래를 한다면 나는 용돈도 주고 옷도 사 주고 책도 사 줄 거야. 역할 분담이지. 집안일을 하는 시간 외에는 자유롭게 지낼 수 있어."

그러나 동욱이는 금방 판단을 내렸다.

"그건, 싫어요."

"왜? 남자라서 살림하는 일이 가치 없다고 생각하는 거야? 그것도 전문성이 있는 일이야. 평소에 잘 도와주었잖아. 처음에는 조금 힘들어도 자꾸 하면 요리 솜씨도 익힐 수 있을 거야."

"살림하는 건 싫어요."

"그렇다면 다른 하나는 돈을 버는 일을 해야 한다고 생각해. 공부를 하는 것은 장차 경제적으로 자립을 하기 위해서인데 공부를 그만두었다면 지금부터 돈벌이에 나서야지. 너 같은 미성년자를 취직시켜 줄 직장은 없을 테니 신문을 돌린다거나 중국집 같은 데서 허드렛일이라도 해야지. 이제부터 네가 벌어서 네가 먹는 거야."

동욱이는 한참 심사숙고하는 것 같았지만 결론은 똑같았다.

"그것도 싫어요."

"그렇다면 다른 길은 생각나지 않는데."

"검정고시를 보면 안 될까요?"

"검정고시? 그건 반대야. 느슨한 학교 공부도 하기 싫은 녀석이 오로지 공부만 하는 학원에 가서 검정고시 공부를 한다? 공부하기 싫어서 학교에 안 가는 아이가 학원에 다닌다는 것은 말도 안 돼. 그리고 나는 비싼 학원에 보내고 싶지 않아."

동욱이는 말이 없었다.

"며칠을 두고 생각해 보렴. 결론을 바로 내릴 필요는 없으니까. 잘 생각해 보고 좋은 길을 선택하면 되는 거지."

우리의 대화는 여기에서 끝났다. 그러나 며칠이 지나도 동욱이는 말이 없었다. 그래서 나는 일부러 동욱이를 불러서 얘기를 꺼냈다.

"너 학교 안 다니는 문제는 어떻게 하기로 했지?"

"그냥 학교에 다니기로 했어요."

아주 진부한 결정을 내린 이 녀석을 나는 강타할 수밖에.

"학교에서 수업은 하지 않고 엎드려 있거나 하고 선생님 수업하시는 데 방해만 된다면서 무엇 때문에 학교를 다닌다는 거지? 공부하기 싫은 아이가 학교에 다니는 건 난 반대야."

그랬더니 동욱이가 오히려 나를 설득했다.

"엄마는 참, 꼭 공부만 하러 학교에 다녀요? 친구도 사귀고 사회성도 배우고 그러는 거죠. 그것도 다 중요한 공부잖아요."

나는 더 이상 할 말이 없었다. 그래서 순순히 놓아주기로 했다.

"그래, 그렇게 생각한다면 더 이상 말하지 않겠다. 열심히 친구들 사귀고 사회성을 길러라. 하지만 선생님이 수업하는 데 방해가 되는 행동은 자제해야 한다. 학교에 다니는 한 기본적인 예의는 지켜야지."

동욱이는 고개를 끄덕였다. 그러나 나의 마음은 무거웠다. 동욱이가 세 살 때 교육 운동을 시작하면서, 그 애가 학교에 들어가기 전에 우리 학교를 즐겁고 신나고 행복한 학교로 만들어 주리라 결심하고 열심히 뛰었건만, 학교는 조금도 바뀌지 않았다. 신나게 학교에 가지 못하는 이 땅의 모든 아이들에게 죄스럽다.

간섭하는 아버지

수업이 막 시작되었는데 창현이는 그제야 교실에 들어섰다. 창현이를 보자 아이들은 일제히 소리쳤다.

"선생님, 창현이 또 지각이에요."

"매일 지각해요. 때려 줘요."

창현이는 1학년 때도 질이 좋지 않은 친구들과 어울려 다니며 멋대로 행동했다는 말을 들었는데 2학년이 되어서도 계속 지각을 했다. 창현이에게는 분명 뭔가 문제가 있다. 그러나 나는 일단 창현이를 돕기로 마음먹었다.

"얘들아, 잠깐만. 창현이가 늦을 만한 무슨 이유가 있었는지 들어 봐야 하지 않겠니?"

그리고 나서 나는 창현이의 어깨에 손을 올린 채 물었다.

"창현아, 지각을 할 수밖에 없는 무슨 까닭이 있겠지? 그 이유를 설명해 줄 수 있겠니?"

꾸짖음이 아닌 친절한 말에 창현이는 잠시 머뭇거리다가 말을 했다.

"저, 배가 아파서요. 버스 정류장까지 왔는데 설사가 나서 다시 집까지 갔다가 왔더니……."

"그래, 그러면 그렇지. 소화가 잘 안 되었던가 보구나. 봐라, 얘들아. 창현이가 배가 아파서 화장실엘 가느라 집까지 다시 갔다 왔다지 않니? 그러니 지각할까 봐 얼마나 걱정을 하면서 왔겠니? 고생했다는 말은 못할망정 때리라니, 안 될 말이지."

아이들은 웃었고, 창현이도 웃었다.

"창현아, 매일 아침 배가 아픈 건 아니겠지? 내일은 다시 집까지 가지 않겠지?

"네."

"그러면 내일부터는 조금 일찍 올 수 있겠네?"

창현이는 무슨 말인지 알겠다는 듯이 고개를 끄덕였고, 그 이후 지각을 하지 않으려고 애를 썼다.

삐딱하고 산만했던 창현이는 나의 관심과 편안한 학급 분위기 속에서 친구들과 원만한 관계를 유지할 수 있었고, 노는 친구들과도 거리를 두었다.

그 후 표정이 부드러워지고 안정감을 갖기 시작했지만 뭔가 창현이를 힘들게 하는 것이 있다는 것을 느낄 수 있었는데 방과 후 두레 토론 모임을 하면서 그것이 구체적으로 드러났다.

"내가 이 세상에서 제일 싫어하는 사람은 아버지입니다. 엄마는 미용실을 하며 고생하는데 아버지는 직장도 갖지 않고 돈을 벌지 않습니다. 그런데도 돈을 많이 쓰며 돌아다녀서 엄마를 힘들게 하고 있습니다. 그리고 잔소리를 많이 하고 간섭하는 게 정말 싫습니다."

창현이는 가족의 불화와 아버지의 잔소리를 듣는 괴로움에서
벗어나려고 집에 늦게 들어가고 노는 친구들과도 어울리게 되었
다고 말했다. 나는 그제서야 창현이를 확실히 이해할 수 있었다.

백일장 갔을 때 창현이는 시를 쓸 엄두도 내지 못한 채 몇 시
간을 허비하고 있었다. 다른 아이들은 자기가 쓴 시를 여러 차례
지도받아 완전한 작품으로 만들어 제출한 뒤 재미있게 뛰어노는
데 창현이는 멀거니 앉아 있기만 했다.

불안해진 창현이는 내게 하소연했다.

"선생님, 저는 시를 쓸 내용이 없어요. 무엇에 대해서 써야 할지
모르겠어요."

"창현아, 지금 네 마음속에서 가장 하고 싶은 얘기가 뭔지 그걸
써 보렴. 누군가에게 자기 마음을 털어놓는다고 생각해 봐."

창현이는 잠시 생각에 잠기더니 고개를 끄덕였다. 그리고 잠시
뒤에 시 한 편을 써 가지고 와서 봐 달라고 요청했다.

거기에는 창현이가 하고 싶은 얘기가 솔직하게 담겨 있었다.

아버지

우리 아버지는 걱정투성이

내가 어디를 가든 마음을 놓지 못하신다

나는 그런 아버지가 싫다

"창현아 공부해라."

"TV 좀 고만 봐라."

"밖에서 놀지 말고 집에 좀 있어라."

심지어 오늘 백일장 가는 날
"백일장 가는 길 조심해라."
"모르는 사람 따라가지 마라."

나는 이럴 땐 유치원 어린이로
돌아간 느낌이 든다.
이럴 땐 이런 말을 하고 싶다.

"아버지! 저를 유치원생으로 착각하지 마시고
저를 한번 믿어 주세요."

"제가 할 수 있는 일은 제가 알아서 할게요.
너무 걱정하지 마세요."

그렇다. 지나친 걱정과 간섭, 그리고 잔소리는 아이들의 정신을
짓누르는 돌덩이일 뿐이다. 지나친 간섭은 아이들의 영혼을 병들
게 한다.

학교를 끊을래, 학원을 끊을래?

갑영이는 오늘도 수업 중에 엎드려 있었다. 잘 때도 있지만 자지 않아도 두 팔을 책상에 길게 늘어뜨린 채 아무 의욕 없이 그렇게 널브러져 있었다.

요즘은 전보다 태도가 더 나빠지더니 표정마저 밉살스럽게 변했다. 책을 읽으라고 해도 읽지 않고 태도를 고쳐 주어도 그때뿐이었다. 영화를 보는 시간조차도 엎드려 딴짓을 했다. 갑영이는 지금 어떤 일에도 흥미가 없는 것이다. 시키는 일은 모두 다 하기 싫다는 표정이었다.

나는 점점 갑영이가 미워졌다. 때로는 때려 주고 싶은 충동이 생길 정도로 밉살스러웠다. 갑영이는 다른 수업 시간에도 지적을 받고 벌을 받는 일이 자주 있었기 때문에 이미 이 문제는 갑영이만의 문제는 아니었다.

그런데 갑영이가 밉게 보이는 이유가 갑영이를 정확하게 이해하지 못하고 있기 때문이라는 사실을 깨달은 나는 공개적인 대화법을 쓰기로 마음먹었다. 수업 시간에 갑영이를 앞으로 나오게 해서 갑영이의 어깨에 팔을 두르고 말했다.

"갑영이가 요즘 국어 시간을 견디기가 매우 어려운가 보다. 왜 그런지 알고 싶구나."

갑영이는 퉁명스럽게 말했다.

"다른 시간에는 더해요."

"정말? 그러면 뭔가 문제가 있긴 있는 거구나. 왜 그렇게 됐을까?"

갑영이는 아주 밉살스러운 얼굴로 대답도 하지 않았다. 정말 혼내 주고 싶은 마음에 손이 올라갈 지경이었다. 그러나 애써 그런 마음을 숨겼다.

"선생님이 보기에는 갑영이가 선생님을 싫어해서 그러는 것 같은 기분이 들거든. 선생님이 싫으니?"

갑영이는 고개를 저었다. 그러나 말이 없었다. 나는 어떻게 해서든지 갑영이의 솔직한 대답을 듣고 싶었다. 갑영이는 지루할 정도로 답을 피했다. 그 말을 듣기 위해 거의 5분 이상을 기다리는 인내심을 발휘해서야 간신히 한마디의 퉁명스러운 답을 들을 수 있었다.

"공부하기 싫어서 그래요."

나는 이 답이 나오자마자 옳다구나 하는 생각이 들었다. 드디어 대화를 시작할 수 있는 여지가 생겼기 때문이다.

"전보다 더 공부하기가 싫어졌단 말이지? 왜 공부하기가 더 싫어졌을까? 이유를 찾아보았으면 좋겠다."

그러나 다음과 같은 신경질적인 대답을 듣기 위해 다시 5분을 더 기다려야 했다.

"놀고 싶어서 그래요."

"그래. 공부하기 싫고 놀고 싶지? 누구나 다 그렇단다. 그런데 수업 중에 갑영이를 보니 떠들고 노는 것이 아니라 그냥 몸을 가누지 못하던데, 몸이 몹시 피곤한 모양이구나? 왜 그렇지?"

"학원을 많이 다녀서 그래요."

나는 뛸 듯이 기뻐하면서 손뼉을 쳤다.

"원인이 나왔다. 그러면 그렇지. 괜히 그렇게 태도가 나빠졌을 리가 없다. 갑영이는 계속되는 학원 수업과 학교 수업에 지쳐 있는 거야."

나의 분석 결과에 만족했는지 갑영이의 표정이 조금 풀린다.

"학교에서 오후 네 시까지 공부하고 저녁 일곱 시부터 학원에서 지내는데 너무 힘들어요. 피곤하고 지겨워서 학교에 오면 공부하기가 더 싫어요."

"우리 대책을 세워 보자꾸나. 선생님이 방법을 한번 제시해 볼까?"

갑영이가 고개를 끄덕인다.

"음, 두 가지 방법이 있지. 둘 중에 하나를 끊는 거야. 학교를 끊을래? 학원을 끊을래?"

'학교를 끊는다'는 말에 아이들이 "와." 하고 웃었다.

"아니, 학교를 끊는 것도 하나의 방법이야. 학교를 그만두고 검정고시를 보면 되니까. 하지만 우리나라에서는 학교에 다니는 것을 당연하게 생각하고 있을 뿐만 아니라 부모님이 학교를 그만두는 것에 반대하실 테니까 매우 어려운 방법이지. 더 쉬운 방법은 학원을 끊는 거야. 학교 공부만 열심히 하고 방과 후에는 마음껏 노는 거지. 집에 가서 부모님과 상의해 보렴."

갑영이가 고개를 끄덕였고 나는 갑영이의 어깨를 두드려 주었다. 기쁜 건, 이런 대화를 통해 갑영이에 대한 미움을 녹여 버렸다는 것이었다. 수업을 마치고 나오는데 갑영이가 따라왔다.

"선생님, 저 좀 도와주세요."

"그래, 어떻게 도와줄까?"

"선생님께서 엄마에게 전화를 해 주세요. 학원 다니면서 오히려 성적이 10점이나 떨어졌어요. 그래도 엄마는 무조건 학원에 가래요. 제발 학원 좀 끊게 해 주세요."

"해 주고말고. 너도 학원에 가는 시간에 집에서 성실하게 공부하겠노라고 엄마에게 약속을 하고 노력해 보렴."

갑영이는 나에게 전화번호를 적어 주었다. 나는 갑영이의 어깨를 쓰다듬었다. 교무실로 오자마자 나는 곧바로 갑영이네 집에 전화를 걸었다.

"갑영이의 국어 선생님입니다."

의아해 하는 갑영이 엄마에게 요즘 갑영이의 피곤하고 의욕 없는 생활 태도의 원인이 과중한 학교생활과 학원생활에 있음을 설명하고 학원을 끊어 줄 것을 정중하게 부탁드렸다. 담임 교사가 아니라서 그런지 갑영이 어머니는 다소 불쾌한 듯이 여러 가지 이유를 대며 나의 의견에 찬성하지 않았다.

"집에서는 절대로 공부하지 않아요. 학원에 가지 않으면 저녁 시간을 노는 데 모두 써 버릴걸요. 결국 그 애가 공부를 못하게 되면 누가 책임을 지죠?"

나는 한숨이 나왔다. 우리나라 학부모들은 대부분 공부만이 모든 가치의 기준이 된다고 생각한다. 우리나라에서 아이들은 자유롭게 놀 권리도, 운동을 할 권리도, 조용히 자기 시간을 보낼 권리도 없다. 공부와 성적만이 한 인간을 평가하는 잣대일 뿐. 다른 길도, 다른 방법도 존재하지 않는다. 이 얼마나 큰 비극인가?

나는 무려 두 시간 동안이나 갑영이 엄마를 설득했다.

"성적도 더 떨어지고 있는데 학교생활마저도 파괴되면, 결국 갑영이가 갈 수 있는 길은 탈선과 같은 자기 파괴의 길입니다. 설사 조용히 입을 다문다 해도 피해 의식과 열등감을 안고 살아가야 하는데, 이것이 바로 비극 아닌가요?"

긴 설득 끝에 결국 학원을 끊어 주겠다는 약속을 받아 낼 수 있었다. 갑영이의 환한 얼굴이 떠오른다. 부모들이 아이들을 자유롭게 놔둔다면 우리 아이들은 지금보다 훨씬 더 행복해질 수 있을 텐데.

네 인생은 너의 것

찬웅이는 요즘 매일 점심시간에 상담실로 나를 찾아왔다. 찬웅이는 정신과 치료를 받고 있는데 증세가 심할 때는 학교에 나오지 못했다. 가정불화, 가난, 그리고 동생의 일탈 행동에 대한 걱정, 미래에 대한 불안 등이 착한 이 아이의 영혼을 갉아먹은 것 같았다. 정신과 치료를 받아 다소 좋아지긴 했지만 여전히 불안했다. 그래도 나를 무척이나 따르는 것이 다행이었다.

"아버지에게 딴 여자가 생겼어요. 아무리 말려도 그 여자와 헤어질 수 없다고 하셨어요. 아버지는 자주 집에 들어오지 않았고 생활비도 가져오지 않았어요. 어머니와 매일 크게 싸우셨어요. 집 안의 물건들이 망가지고 어머니는 모든 의욕을 잃었지요. 지금은 별거를 하기로 했어요."

찬웅이는 담담하게 가족 이야기를 해 주었다. 일탈이나 반항을 할 줄 모르기 때문에 이 아이는 아픈 것이다.

"찬웅아, 부모 인생은 부모 인생일 뿐이야. 두 사람의 애정 문제에 누구도 개입할 수가 없지. 사랑이나 애정 문제는 옳고 그른 것과는 조금 다르거든."

"알고 있어요. 저도 어머니와 아버지의 문제에 대해서는 생각하지 않으려고 애쓰고 있어요. 하지만 머리가 많이 아팠어요."

오늘 찬웅이는 새로운 고민을 말했다. 친구가 없어 외롭다고 했다. 나는 늘 찬웅이에게 해 줄 이야기가 별로 없었다. 상담에 무슨 답이 있으랴. 현재의 찬웅이에게 평범한 교훈이나 훈계는 더더욱 의미가 없다. 한없이 순진하면서도 쓸쓸해 보이는 찬웅이의 얼굴을 바라보면 나도 찬웅이와 똑같은 외로움을 느끼게 된다.

"찬웅아, 사실은 선생님도 아주 외로울 때가 있어. 가끔 혼자 울 때도 있어."

찬웅이가 나를 바라보았다.

"나는 학교에서 쫓겨났다가 다시 돌아온 해직 교사 출신이거든. 그래서 선생님들이 나를 어렵게 생각하고 거리감을 느끼지. 하지만 그것보다는 여러 가지 과중한 일과 책임을 맡고 있어서 늘 피곤한 게 슬퍼. 사람들과 친해지거나 함께 놀 시간이 없는 것도 슬프고."

내가 하소연을 하자 굳었던 찬웅이의 얼굴에 미소가 보였다. 연민의 눈빛도 스쳤다.

"그런데 나는 좀 비판적이고 고집이 세거든. 어쩌면 그래서 친구가 없는지도 모르는데, 찬웅이는 왜 친구가 없지?"

"학기 초에 제가 머리가 많이 아팠잖아요. 그래서 병원에서 치료를 받으면서 학교에 못 나올 때, 담임 선생님이 아이들에게 나를 절대로 건드리지 말라고 하셨대요. 그래서 내가 학교에 나오니까 아무도 나에게 장난도 걸지 않고 말도 안 해요. 전에는 장난도 치고 건드리기도 해서 친해졌는데……"

"음, 그럴 수 있겠구나. 혹시 너를 귀찮게 하면 네가 더 아플까 봐 그러는 거겠지. 그러면 네가 먼저 아이들을 건드리면 어떨까? 장난도 걸고 말이야."

"글쎄요."

"네가 말을 걸고 싶은 친구를 골라서 그 애에게 먼저 말을 거는 거야."

"뭐라고 말을 걸어요?"

"음, 너하고 얘기 좀 하고 싶다든지, 너하고 집에 같이 가고 싶다든지, 또는 친해지고 싶다고 말하는 거야. 그러면 그 친구는 굉장히 기뻐할걸."

찬웅이는 착하게 고개를 끄덕였다.

"난 찬웅이하고 친구가 되고 싶은데. 선생님은 너무 외롭거든. 다음 주 일요일에 시간 좀 있니? 봉산탈춤 공연이 있는데 애들하고 같이 가고 싶거든. 다른 애들에게도 말할 테지만, 찬웅이도 같이 갈래?"

"그럼요. 일요일엔 텔레비전만 보는걸요."

"그런데 찬웅이는 왜 머리가 아프게 되었다고 생각하니?"

"제가 중학교 1학년 때였어요. 신문과 방송에 학생이 선생님을 때린 사건이 나왔는데, 그때부터 머리가 아프고 계속 그 생각이 나는 거예요. 며칠 동안 거의 잠도 못 자고 머리가 아팠어요."

"찬웅이가 그 일로 충격을 받았구나."

"네. 그리고 두 번째는 영어 시험을 보는데 시험지 맨 끝에 '생로병사를 모두 겪고 인생을 젊게 살자.'라는 글이 있었는데 그게 머릿속에서 떠나지를 않는 거예요. 그리고 계속해서 잠을 못 자서 병이 났어요."

찬웅이는 편집증과 우울증이 겹쳐 있는 것 같았다. 정신과 치료를 받는 중이니까 차츰 나아질 것으로 보이지만 그래도 걱정스러웠다. 하지만 이렇게 진지한 대화를 나누는 동안에는 아픈 아이 같지 않았다. 어떤 골치 아픈 문제도 이 애의 영혼을 다치게 하지 않을 것 같았다.

"찬웅아, 선생님은 일이 많아서 너무 바쁜데 네가 종종 와서 도와줄 수 있겠니?"

"시간은 많아요. 저는 누구를 도와주는 게 기쁘거든요."

"그래, 고맙다."

아이들의 내면에는 무수히 많은 고민과 갈등이 있다. 가정이나 부모에게 문제가 있는 경우, 그에 대한 반발로 나쁜 짓을 하거나 누구를 미워하고 복수심을 불태우거나 비난하는 것은 차라리 건강한 표현 방식이다. 착하고, 얌전하고, 저항할 줄 모르는 아이들의 영혼은 보이지 않게 망가지기 때문이다.

눈에 보이지 않는 이 병은 잘 발견되지도 않고, 발견되었을 때는 이미 치유하기 어려운 상태에 있곤 한다.

아이들은 아픈 고민일수록 감춘다. 아이들의 깊은 고민을 듣는 일은 요즘 같은 학교생활에서는 매우 어렵다. 그래서 나는 늘 부모와의 갈등이나 형제간의 갈등에 대한 사례를 미리 꺼내 놓고 얘기한다. 그리고 결론을 이렇게 내린다.

"부모 인생과 내 인생을 혼동하지 말아라. 부모 인생은 부모 인생, 내 인생은 내 인생이다."

"부모가 부족해도 절대로 원망하지 말아라."

"부모의 결점 때문에 괴롭다면 자신에게도 그런 결점이 있는지 생각해 보아라."

"내가 어른이 되었을 때는 그런 결점을 결코 갖지 않겠다고 맹세해라."

"부모나 가족 간의 문제점과 갈등 원인을 분석하고 그 문제를 뛰어넘으려고 노력해라."

문제 많은 현실에서 자신을 지키기 위해서는 모든 관계를 객관적으로 바라보는 안목이 필요하다. 물론 자식 때문에 고민하는 부모들에게도 똑같은 논리가 적용된다. '부모'와 '자식'을 바꾸어 쓰면 될 뿐이다.

"자식 인생과 내 인생을 혼동하지 말아라. 자식 인생은 자식 인생. 내 인생은 내 인생이다."

"자식이 부족해도 절대로 원망하지 말아라."

"자식의 결점 때문에 괴롭다면 자신에게도 그런 결점이 있는지 생각해 보아라."

"자식이 가진 결점을 부모가 극복하는 노력을 보이겠다고 맹세해라."

"자식과 가족 간의 문제점과 갈등 원인을 분석하고 그 문제를 뛰어넘으려고 노력해라."

먼 길을 걸어온 지훈이

첫째 시간이 끝날 무렵에야 지훈이가 교실에 들어섰다. 집이 멀기 때문에 조금 늦게 오는 편이기는 하지만 그래도 오늘은 유난히 늦었다. 지훈이는 키가 작아 우리 반 1번이다.

어쩐 일이냐고 물으니 학교까지 걸어서 오느라고 늦었단다.

지훈이네 집은 버스로도 30분 정도 걸리는 거리였다. 지난번에 지훈이가 학교에서 폐기 처분하는 XT 컴퓨터를 얻었는데 집으로 가져가지 못해 걱정을 하고 있었다. 그때 집까지 실어다 주면서 지훈이네 집에 가 본 적이 있었는데 걸어서 오기에는 너무 먼 거리였다. 지훈이의 걸음으로라면 한 시간 반은 걸렸을 것이다. 나는 지훈이를 데리고 나왔다.

"지훈아, 어째서 아침 시간에 그 먼 거리를 걸어서 왔어?"

지훈이는 부끄러운 듯이 웃었다.

"차비가 없어서요."

"차비를 잃어버렸니?"

"아니요, 엄마가 걸어가라고 하셨어요."

"왜?"

"어제 엄마가 교회에 내라고 준 돈을 동생과 과자 사 먹는 데 써 버렸거든요. 그래서……."

"그래서 벌로 차비를 주시지 않았구나."

"네."

나는 가슴이 아팠지만 아무렇지도 않게 말했다.

"네가 잘못한 일이니 벌을 받는 건 당연하구나. 책임을 질 줄 아는 아이가 되도록 하기 위해 엄마가 아주 어려운 결심을 하신 거다. 하지만 차비를 줄 테니 집에 갈 때는 차를 타고 가거라."

지훈이는 자신의 잘못을 인정하고 아무 말 없이 교실로 갔다. 그러나 나는 너무 화가 나서 참을 수가 없었다. 지훈이의 엄마가 친엄마가 아니라는 사실을 알고 있었기 때문이었을지도 모른다. 정말 사랑과 애정으로 내린 결정이었다면 나는 그녀를 존경했을지 모른다. 그러나 어쩐지 그런 생각이 들지 않았다.

지난번에 지훈이 엄마와 대화를 나눈 적이 있었다. 환경미화원인 아버지의 경제적 한계도 문제였지만, 지훈이의 배다른 두 동생 중 다섯 살인 막내는 걷지 못하는 장애아였다. 어머니의 성격은 단호하고 열정적이어서 감정을 자제하는 데 어려움이 있어 보였다. 다행히도 종교에 의지하여 극복해 나가고는 있었지만 그 또한 문제가 있는 것 같았다. 어떤 때는 새벽부터 낮까지 기도만 하느라고 아이들에게 아침을 주지 못하기도 한다고 했다.

소심하고 마음 약한 지훈이가 겪은 정신적 상처를 예상할 수 있었기 때문에 돌아오는 발걸음이 너무 무거웠다.

나는 지훈이 집에 전화를 걸어 솔직하게 화를 내고 따졌다.

"그럴 수는 없습니다. 만약 지훈이가 잘못을 했다면 다른 방식으로 야단을 치셔야지, 그 먼 거리를 걸어오도록 벌을 준다는 것은 너무 가혹한 일입니다. 그 정도의 잘못으로 자기 자식에게 그런 벌을 주는 어머니는 없습니다. 이런 말씀을 드리는 것이 지나치다는 것을 알지만, 저는 어머니에게 문제가 있다고 생각합니다. 지훈이가 받은 정신적 상처를 생각한다면 결코 잘하시는 일이 아닙니다."

격앙된 나의 목소리에 한참 동안 말이 없다가, 생각보다 차분한 지훈이 어머니의 목소리가 들렸다.

"선생님, 제가 잘못한 것 같네요. 제가 생각이 짧았어요. 선생님께서 돌아올 차비를 좀 주세요."

전화를 끊고 나서도 마음이 후련하지가 않았다. 같은 여성으로서 지훈이 어머니의 아픔과 힘겨움이 얼마나 클지를 잘 알기 때문이다. 나의 공격을 받고 울면서 오랫동안 기도할 지훈이 어머니의 모습이 떠올랐다. 뭔가 도울 길이 없을까 생각하다가 양호 선생님께 가서 점심만이라도 무료 급식을 받게 해 달라고 부탁을 드렸더니 흔쾌히 승낙을 하셨다. 이 사실을 알리기 위해 다시 전화를 했더니 지훈이 엄마가 고맙다는 인사를 자꾸만 하신다.

방학 계획 세우기

방학이 다가오면서 아이들은 매우 들떠 있었다. 얼마 남지 않은 수업도 지루하게만 느껴질 때이다. 설레고 들뜬 만큼 좋은 일이 있었으면 좋겠지만, 사실 뾰족한 수도 없다. 그저 학교에서 놓여나는 일 자체가 즐거운 일일 뿐이다.

방학 계획에 대해 내가 쓴 글이 신문에 실렸다. 그래서 아이들에게 이 글을 읽어 주니 아이들이 좋아했다. 늘 하는 똑같은 이야기인데도 신문이나 방송에 나온 이야기는 뭐 좀 특별한 이야기라고 생각하는 모양이었다.

개학을 하면, 방학을 어떻게 보냈는지 발표하는 시간을 갖는다. 여름 방학이 끝나면 '나의 여름살이', 겨울 방학이 끝나면 '나의 겨우살이'라는 큰 제목을 준다. 어떤 아이는 노숙자들에게 음식을 나누어 주는 봉사 활동을 하고 난 소감을, 어떤 아이는 관광지가 아닌 시골 마을을 아버지와 여행하면서 농촌 체험을 한 일을 들려준다. 뜻깊은 방학을 보낸 아이들이 부쩍 성숙해진 모습은 무척이나 대견스럽다.

그러나 대부분의 학생들은 긴 시간을 어떻게 지내야 할지 몰라서 지루하고 답답한 방학 생활을 하는 경우가 많다. 아직도 부모님들은 아이들을 학원에 보내서 영어, 수학을 공부시키는 데에만 투자를 하려는 경향이 있다. 그러나 학기 내내 학과 공부에 시달렸던 아이들에게 방학만큼은 자유로운 활동을 하여 자신의 숨은 재능을 찾을 수 있는 기회로 만들어 주어야 한다.

신문이나 잡지 등을 잘 찾아보면 어린이나 청소년들을 위한 각종 강좌, 수련회, 캠프 등에 관한 정보를 얻을 수 있다. 풍물 연수, 교육 연극 워크숍, 영상 캠프, 답사 여행 등은 많은 것을 얻을 수 있는 프로그램이다. 그러나 이런 투자를 아까워하면 아이들이 문화적 교양을 쌓을 기회를 놓치고 만다.

요즈음은 구청에서도 청소년을 위한 여러 가지 동아리 활동이나 강좌를 마련한다. 컴퓨터는 물론이고 탈춤, 종이 접기, 탁구, 수채화, 염색 교실 등 그 종류도 매우 다양하다. 이 강좌들은 무료이거나 매우 저렴해서, 거리가 멀지 않으면 좋은 기회가 될 수 있다. 또 시민 단체에서 하는 프로그램도 눈여겨볼 만하다.

어른들의 지원이 없이는 아이들이 의미 있는 방학을 보내기 어렵다. 부모님의 배려와 지원이 필요하다. 자칫하면 흐트러진 생활을 하기 쉬운 겨울 방학. 다양한 경험을 위한 강좌 참여도 좋지만 학기 중에 하지 못했던 독서라든지 친척 어른들께 인사드리기, 부모님과 대화 많이 나누기, 집안일 돕기, 요리해 보기, 가족 신문 만들기 등 얼마든지 해 볼 수 있는 일들이 많다.

겨울 방학이 며칠 앞으로 다가왔다. 이번에는 방학 계획을 미리 세워 보자고 아이들에게 제안했다. 정말 하고 싶었던 일을 하기 위한 계획을 세워 보라고 하자 모두들 진지한 모습이었다.

자신은 평소에 너무 주의 산만해서 여러 가지 문제가 있으므로 이번 겨울 방학에는 이것을 꼭 고치고 싶다고 재훈이가 말했다. 그래서 나는 절에서 하는 수련회도 좋고, 단전 호흡이나 기공 같은 것을 배워 보라고 권했다. 또 혼자서 하는 명상을 통해 집중력을 기르는 방법도 알려 주었다.

독서를 많이 하고 싶다는 정용이에게는 단행본보다는 《동의보감》이나 《토지》, 《임꺽정》, 《장길산》 같은 긴 소설을 읽어 보라고 권해 주었다.

영화에 관심 있는 학생들에게는 영화를 소개해 주거나 비디오로 볼 수 있는 좋은 영화의 제목도 알려 주었다.

친구들과 여행을 가고 싶은데 부모님이 허락하지 않아 고민한다는 학생에게는 친척집 몇 군데를 잠깐씩 다녀옴으로써 부모님의 걱정을 덜어 드리는 방법이나 청소년 단체에서 마련하는 연수에 친구들과 함께 참여하는 방법을 권해 주었다.

방학을 맞이하는 아이들은 새로운 기대로 들떠 있다. 구체적인 계획을 세우고 그것을 실천하여 일정한 성과를 내기까지는 지속적이고 실질적인 어른들의 도움이 꼭 필요하다. 책을 읽고 싶어도 책을 사거나 빌릴 수 없다면 그 계획은 한낱 물거품에 지나지 않는 것이 되고 말 것이기 때문이다.

지금은 아이들이 학교에서 가정으로 돌아오는 시기이므로 학부모님들이 바빠질 차례이다. 우리 아이들이 어떻게 방학을 보내야 인격과 지식을 골고루 갖춘 아이가 될 수 있는지 깊이 고민하여 정보를 찾아보아야 할 때이다.

종선이의 인생 수업

종선이를 청소년 쉼터에 맡기고 돌아오며 나는 울었다. 어쩐지 나에게 소속된 영혼을 무책임하게 떠넘기는 것 같은 죄의식과 낯선 곳에 자신을 맡겨야 하는 어린 종선이에 대한 연민 때문이었을 것이다.

며칠 전 나는 전교조 사무실에서 힘없는 목소리의 전화를 받았다.

"중학교 2학년 남자아인데요. 어머니는 8년 전 집을 나가고 아버지는 심한 알코올 중독으로 폐인이 다 되었어요. 아버지가 아이를 때리고 나가라고 내쫓아서 갈 데가 없어요. 생활이 그러다 보니 학교에 가는 것도 힘이 들어요. 우리가 돌봐 주려고 해도 아버지가 쫓아와서 내쫓으라고 오히려 행패를 부려요. 아이는 아버지가 모르는 먼 고아원으로라도 보내 달라고 하는데 어쩌면 좋을까요?"

전화를 건 사람은 아이의 작은엄마였다. 그러나 작은엄마도 전

처 자식과 시부모를 모시고 있고 만삭이 된 몸이어서 그 아이를 돌볼 수 없는 처지였다.

다음 날 나는 그 애를 사무실로 오도록 했다. 그런데 그 애는 우리 학교 학생이었다. 그것도 옆 반 학생. 종선이의 겁먹은 목소리, 기죽은 표정은 내 가슴을 아프게 했다. 아주 가까이에 있던 종선이. 그러나 학교에서는 그 애의 사정을 아는 사람이 거의 없었다. 종선이를 안정적으로 돌볼 수 있는 곳이 있는지를 알아보는 것은 그렇게 쉽지 않았다.

그동안 종선이는 나를 졸졸 따라다녔다. 회의가 있어서 밖에 나갈 때도, 명동성당에 농성을 하러 갈 때도 종선이는 따라가겠다고 했다. 나는 종선이를 데리고 가서 내가 회의를 하는 동안 명동 일대를 답사시켰다. 종선이는 몇 시간이고 돌아다니며 구경하는 일을 아주 재미있어 했다. 다음 날은 남대문 시장 쪽으로 나가서 구걸을 하다가 상인 아저씨에게 얻은 인삼 드링크를 나에게 내밀기도 했다.

종선이는 세상의 험한 풍파를 겪으면서도 세상 구경의 즐거움을 느끼고 있었다. 종선이를 우리 집으로 데리고 가고 싶었지만 두 가족이 사는 좁은 우리 집에는 한 사람이 더 잘 수 있는 공간도 없다는 게 안타까웠다.

종선이가 갈 만한 곳을 수십 군데 알아보다가 드디어 강남에 있는 청소년 쉼터에 자리가 있어서 종선이를 데리고 갔다. 열한 명의 사내아이들이 아무런 거리낌 없이 뛰어놀고 있었다.

그곳은 기독교 재단과 강남구청이 지원을 하는 곳인데 집의 형태도 일반 주택이고 아주 가족적인 분위기였다. 24시간 교대로 아이들과 함께 생활하는, 친절하고 다정하며 봉사 정신이 투철해 보이는 선생님들이 계셨다. 아이들은 열한 명인데 선생님은 일곱 명이었다.

"먹을 것은 풍부합니다. 일주일에 7000원 정도의 용돈도 지급 되고 학교에 다닌다면 모든 지원을 합니다. 또 나가고 싶으면 언제든 나가도 좋고 부모가 강제로 데리고 가더라도 다시 오고 싶으면 언제든 받아 줍니다. 여기에 있는 학생들은 대부분 부모가 버렸거나 학대를 받은 아이들인데, 근친상간을 당하거나 부랑아로 떠돌다가 들어온 아이들도 있습니다. 그러나 한번 여기에 오면 잘 떠나려고 하지 않습니다. 믿고 맡기셔도 좋습니다."

안도의 한숨을 내쉬면서도 나는 고개를 들 수가 없었다. 늘 아이들을 잘 이해하고 돌봐 주었다고 자위했던 게 부끄러웠다. 또 죄 많은 어른들의 무책임함에 대한 분노도 느껴졌다. 오래간만에 흘리는 아픔의 눈물 속에서 나는 가만히 종선이에게 말했다.

"종선아, 너는 교실 밖의 수업에서 많은 것을 배울 것이다. 힘겹고 외로운 인생 수업이야말로 교과서에서 배울 수 없는 진정한 공부이니 힘껏 배워라. 그리고 어른들이 저질렀던 잘못을 다시는 되풀이하지 않는 사람이 되어야 한다."

4
그 아이들 지금은

귀혜를 바라보는 내 마음은 터질 듯한 기쁨과 믿음으로 가득 찬다.
아픔이 있었기에 더욱 귀한 존재가 된 귀혜는
나의 사랑, 나의 제자, 나의 동지이다.

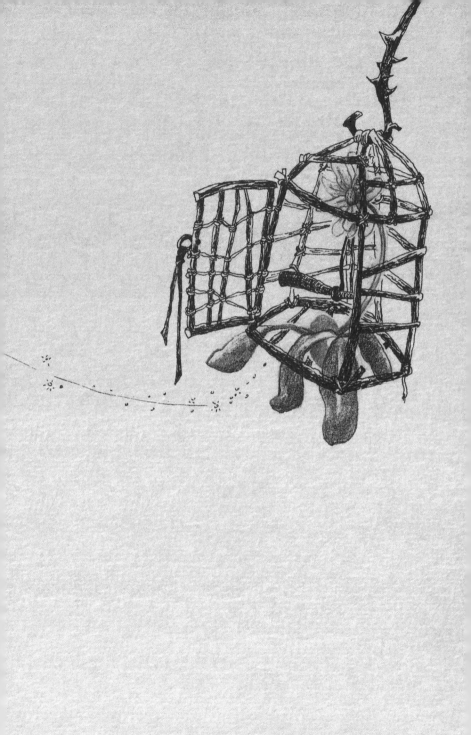

일 잘하는 성인이

"선생님!" 하고 부르는 낯선 목소리에 돌아보니 부쩍 커진 성인이가 서 있었다.

"아이구, 이게 누구야. 성인이 아냐?"

쑥스럽게 웃고 있는 성인이 뒤에는 낯선 아이 두 명이 서 있었다. 똑같은 새 교복이 고등학교 입학 친구라는 것을 말해 주었다. 내가 주변 선생님들께 성인이가 봉사 정신이 투철한 아주 좋은 아이라고 설명하자, 성인이는 친구들을 돌아보며 "거 봐." 하고 말했다. 성인이가 친구들을 데리고 온 것은 친구들에게 뭔가 자랑하려는 뜻이 있다는 것을 느꼈다.

성인이는 우리 반에서 꼴찌였다. 글도 더듬거리며 간신히 읽고 글씨도 잘 못 썼다. 성격은 활달하지만 다소 지나친 행동으로 선생님이나 친구들에게 지청구를 들을 때가 많았다.

하지만 중학교 2학년인 성인이를 내가 처음 만났을 때, 밝고 큰 목소리로 인사를 하는 모습이 아주 좋았다. 성인이는 비록 머리는 좋지 않지만 그늘지고 비뚤어진 아이가 아니라는 것은 확실했다.

내가 결정적으로 성인이를 좋게 평가한 것은 폐휴지에 관한 일 때문이었다. 나는 학교에서 폐휴지 모으는 일에 반대하고 있었기 때문에 아이들에게 폐휴지를 가져오라고 말하지 않았다. 그런데도 성인이는 꼭 폐휴지 모으는 날이 되면 폐휴지를 수거하는 아저씨에게 받는 영수증 비슷한 종이쪽지를 나에게 건넸다. 그 종이는 담임 선생님이 걷어서 담당계에 제출하여 학급별 실적을 매기는 데 쓰는 것이었다.

한번은 여러 장을 나에게 내밀었다. 알고 보니 성인이는 커다란 트럭에 폐휴지를 실어 가는 아저씨를 도와 폐휴지 정리를 했고, 그 대가로 받은 영수증을 나에게 가져오곤 했던 것이다.

"성인아, 그렇게까지 해서 이 종이를 가져오지 않아도 돼."

하지만 성인이는 웃으며 말했다.

"아니에요. 제가 좋아서 하는 일이에요. 아저씨를 도와드리는 일이 재미있어요."

나는 성인이가 좋은 아이라는 말을 할 수밖에 없었다.

그 뒤로 성인이가 큰 소리로 떠들다가 아이들에게 비난을 받을 때마다 나는 성인이의 편을 들어 주었다.

"성인이는 목소리가 우렁차니까 장사를 해도 성공할 거야."

어느 날, 출근길에 책과 짐이 든 가방을 두어 개 들고 들어가다가 입구에서 성인이를 만났다. 여느 때처럼 "안녕하세요." 하고 뛰어가는 성인이를 다시 불렀다.

"성인아, 선생님이 무거운 짐을 들고 가는데 그냥 가면 되겠니? 짐이 없어도 '선생님, 도와드릴 일 없습니까?' 이렇게 말해야지."

그러자 성인이는 활짝 웃으며 짐을 번쩍 들고 들어갔다. 그날 이후 성인이는 내가 차를 세우는 곳 근처에서 나를 기다려 주었다. 짐이 없는 날은 핸드백을 받아서 어깨에 메고 교무실까지 가져다주곤 했다. 이 일은 성인이와 나 사이를 더 가깝게 해 주었다. 나는 성인이가 늘 자랑스러웠다.

"그래, 학교는 어떠니?"

"우리 학교는 형편없어요. 운동장도 없고, 시설은 개판이에요."

학급에서 성적이 최하위인 아이들만 가는 학교이기 때문에 학력 인가를 받은 것만도 다행이기는 하다. 하지만 마음이 아팠다. 자동차 정비를 배우는데 나중에 카센터를 내겠단다.

"선생님은 차 정비 걱정은 없겠네? 얼마나 기다려야 하지?"

"고등학교 3년, 군대 3년 해서 6년만 기다리세요."

나는 미래에 대한 그 누구의 어떤 약속도 믿을 수 없다고 생각하지만, 성인이의 약속은 믿을 수 있었다. 이런저런 이야기를 하다가 성인이가 말했다.

"선생님, 뭐 도울 일 없어요?"

쑥스러운 대화를 하는 것보다 일을 돕는 것이 더 의미 있다고 생각하는 성인이였다.

"도와주겠니? 자료실을 새로 정리하는데 책에 먼지가 많이 쌓여서 닦아야 하거든."

성인이와 친구들은 씩씩하게 일을 하기 시작했다. 얼마나 기특한 일인가. 흔히 말하는 공부 잘하는 모범생들이었다면 오래간만에 만나서 궂은일을 해 주겠다고 하지는 않았을 것이 분명하다. 나는 기쁜 마음으로 일하는 성인이와 친구들에게 맛있는 저녁을 사 줄 기회를 얻은 것이 기뻤다.

섭이의 시

자료를 정리하다가 섭이의 시를 발견했다. 늘 수업에 집중하지 못하고, 친구들을 괴롭히기도 하며, 수업 중에 슬쩍 나가서 담배를 피우고 오던 섭이. 무슨 말을 해도 듣는 둥 마는 둥 하고, 경계하는 듯한 눈빛으로 바라볼 때는 밉살스럽기도 했다.

섭이의 병적인 산만함이 걱정되어 명상법을 가르치고, 열을 셀 동안만이라도 눈을 감고 주의 집중하는 훈련을 해 보기도 했다. 그러나 다섯만 넘어가면 몸이 흔들리고, 어깨가 축 처지며, 고개가 돌아가서 한심스러울 정도였다.

그러나 시 창작 시간에 쓴 섭이의 시에는 많은 것이 함축되어 있었다.

나의 미래

나는 초등학교 때부터
노는 아이들과 함께 다녔다.

싸움도 많이 하고
친구들도 많이 괴롭혔다.

부모님이 학교에 자주 오시고
매일 선생님께 혼나는 나

이런 나의 모습은
내가 봐도 한심스럽다.

이제는 이런 나의 모습을
고치려고 노력해야 되겠다.

지금 중학교 2학년이 되었는데도
나의 장래 희망은 정해지지 않았다.

나의 미래는 어떻게 되는 걸까?
지금이라도 노력하면
나는 미래에 훌륭한 사람이 될 수 있을까?

이 시는 내가 얼마나 섭이의 겉모습만 보고 있었는지 깨닫게 해 주었다. 섭이에게도 자신의 부정적인 모습을 벗고 새롭게 변화하고 싶은 욕망이 가득했기 때문이었다.

섭이에게는 자기 자신에 대한 신뢰가 없었다. 그렇기 때문에 노력하면 훌륭한 사람이 될 수 있을까 하는 의문을 갖고 있었던 것이다. 섭이는 어려서부터 부정적인 얘기를 많이 들었거나, 사랑을 덜 받았거나, 정서적 불안정 속에서 성장했을 가능성이 많았다. 그러나 섭이도 칭찬받을 수 있는 사람, 긍정적인 사람이 되고 싶었던 것이다. 나는 처음으로 진심을 다해 섭이를 칭찬해 주었다.

"이렇게 훌륭한 시를 쓸 수 있다니, 이 세상에 불가능한 일은 없을 것 같다."

그러나 섭이는 그 시를 쓰고 나서 얼마 지나지 않아, 학원에서 가는 캠핑에 따라갔다가 물에 빠져 죽었다. 그 후 국어 시간마다 마음을 졸이며 섭이를 바라보지 않아도 되었다.

스쳐 지나가듯 사라진 섭이가 내게 남긴 것은 이 시 한 편뿐이다. 나는 섭이에 대해서 아무것도 아는 것이 없다. 그 애가 무엇을 무서워하고, 무엇 때문에 괴로워하고, 무엇을 좋아했는지도 모른다. 다만, 섭이의 시를 읽을 때마다 그 애의 짧은 14년의 인생에서 절반가량을 차지하는 학교생활이 꾸지람과 비난으로 채워졌음이 아픔으로 다가온다.

섭이가 살아 있었더라도 1년의 국어 수업이 끝나고 나면 나는 다시는 그 애를 보지 못했을 것이다. 하지만 섭이의 시를 읽노라면 이런 생각이 더 강해진다.

'삶이 이렇게 덧없이 빨리 사라지는 것임을 안다면, 생명을 대하는 일은 더욱 조심스럽고 따뜻해야 한다.'

광용이의 편지

스승의 날이라고 아이들에게서 편지가 제법 왔다. 그중에서 지금은 고등학교 1학년이 된 광용이의 편지가 눈에 띄었다. 광용이는 이제 아주 어른스러워진 것 같았다.

김은형 은사님께

5월의 푸른빛이 깊어 가는 15일 스승의 날을 맞이하여 이 편지를 써 올립니다.

그간 교육의 앞날을 걱정하시어 헌신을 다하시느라 얼마나 노고가 많으십니까? 교육을 위해 겪으신 고통과 고초의 세월을 지나 얻어 내신 공덕은 훗날 교육의 역사에 깊이 묻힐 것입니다. 오로지 교육을 위한 헌신으로 살아오신 선생님, 앞으로도 남은 인생을 이 교육의 현장에 뼈를 묻을 당신을 보며 이 두 어깨는 절로 내려앉습니다.

쓴 것이 있으면 단 것이 있게 마련입니다. 끊임없는 투쟁과 그에 따르는 고초 끝에 얻어지는 결과는 얼마나 달겠습니까? 지금은 탄압이 쓰지만 이어 올 결과를 위해 뛰는 당신을 뭐라 표현할 길이 없습니다.

지난 1998년의 일이 생각납니다. 종전에 없었던 수업 방식들……. 다른 학급과 차이가 많아 우여곡절을 겪었지만 성공리에 시범 학급의 1년이 지나지 않았습니까? 문제점도 있었지만 조금씩 고쳐 나간 끝에 칭송받은 기억이 아직도 생생합니다. 아마 저는 백골이 녹아도 잊지 못할 것입니다.

요즘도 투쟁을 하신다는 소식을 듣고 있습니다. 이번에는 학급의 학생 수를 반으로 줄이자는 파격적인 일을 하시더군요.

선생님께서 2년 전 하신 말씀이 떠오릅니다.

"교육의 앞날을 위해서는 제도의 개혁과 의식의 개혁이 필요한데, 의식의 개혁을 위해서는 학급의 학생 수를 지금의 절반으로 줄여야 한다."

선생님의 그 말씀이 아직도 생각이 납니다.

처음부터 완벽하면 무슨 의미가 있습니까? 완벽하지 않으므로 하나하나 고쳐 나가서 비로소 그 결실을 얻어 내는 것이 아니겠습니까? 하지만 이제껏 걸어오신 가시밭길을 지나 이제는 솔향기 평온한 솔밭으로 가실 날이 머지않았습니다.

세상에 교육의 민주화가 이루어지는 그 날, 축배를 들 수 있도록 길을 여시기 바랍니다.

잘 알지도 못하면서 너무 늘어놓은 것은 아닌지 걱정이 됩니다.

이번 스승의 날을 맞이하여 선생님의 교육 목표의 달성과 교육 개혁의 성취를 기원합니다.

임광용 올림

공청회에서 만난 종훈이

'공교육 위기와 사립학교법 개정'에 대한 정당 공청회를 감시하기 위해 갔다가 뜻밖에 종훈이를 만났다. 종훈이는 지금은 고등학교 3학년으로, 그 애가 중학교 2학년 때 내가 가르쳤었다. 우리는 공청회가 시작되기 전 맨 앞자리에서 눈이 마주쳤고 서로 놀라서 입을 다물지 못했다. 그런 자리에서 만났다는 것이 뜻밖이었기 때문이다.

교육위 소속 국회의원들이 학생들의 생생한 목소리를 듣겠다며 초등학생과 고등학생 몇 명을 불렀는데, 종훈이가 대표로 나와서 교육 관계자와 정치가들 앞에서 학교 현장의 문제점을 이야기한다는 것이다.

종훈이는 중학생 때에도 옳고 그른 것에 대한 이야기를 할 때 늘 눈빛이 빛나고 진지했었다. 예의바른 모범생이었던 종훈이.

지난해 전국교사대회 때 전국에서 모인 선생님들의 엄청난 열기를 본 후, 종훈이가 감탄하면서 놀라워했던 일이 생각났다.

"어때, 멋있지?"

내가 묻자 종훈이는 고개를 끄덕였다.

"선생님들이 이렇게 많이 모이시다니 엄청나군요."

그때도 궂은일인 뒷정리를 함께 해 주었던 믿음직한 아이였다.

그러나 나는 오늘 이 자리에서 종훈이가 무슨 말을 할까 궁금하기도 하고 걱정스럽기도 했다. 정치가들이나 윗사람들이 시키는 대로 앵무새처럼 말하면 어떻게 하나 하는 걱정이었다. 정치적 공세를 퍼붓는 공청회에서 초등학생이나 고등학생들이 발언하는 것 자체가 위험한 일이었기 때문이다.

그러나 종훈이는 마이크를 잡자, 진지한 표정과 격렬한 목소리로 학교 현장의 문제를 고발하기 시작했다.

"더 이상 우리를 잘못된 교육 정책의 희생자로 만들지 말아 주십시오. 자신의 특기와 적성만 잘 살리면 누구나 대학에 갈 수 있다고 했지만 현실은 전혀 그렇지 않습니다. 여전히 우리는 수없이 많은 교과목을 모두 다 잘해야 하고, 학원과 학교와 경쟁 속에서 숨 막히는 생활을 해야만 합니다. 입시 공부 외에는 아무것도 없습니다. 우리에게는 어떤 자유도 없고 시간도 없습니다.

그뿐입니까? 학교에 한번 와 보십시오. 더럽고 좁은 교실에서 저희들이 어떻게 지내는지 제발 똑똑히 보십시오. 학생들이 어떤 활동을 할 수 있는 공간도 없습니다.

교실 공간만 부족한 게 아닙니다. 교사 수도 부족합니다. 모든 게 형편없는 수준입니다. 제발 우리 학생들이 인간답게 살 수 있는 정책과 환경을 만들어 주십시오. 언제까지 학교를 이렇게 버려두실 겁니까?"

그 애의 말을 모두 똑똑히 옮겨 적을 수가 없지만, 종훈이의 울분에 찬 웅변은 좌중을 충분히 압도하는 것이었다. 종훈이는 늘 나를 따르고 자랑스럽게 여겨 주었는데, 이제 나는 종훈이가 몹시 자랑스럽다.

돌아가는 길에 나는 종훈이에게 말했다.

"너의 발언은 훌륭한 것이었다. 그러나 너의 그런 발언조차 정치적 공방으로 이용될 위험이 있단다. 하지만 네가 진정으로 말하고자 하는 바가 무엇인지 충분히 전달되었으리라고 본다."

종훈이도 고개를 끄덕였다.

나는 종훈이가 단순히 행사를 장식하는 일회성 장식품이 되지 않도록 하기 위해 지금의 교육 정세에 대해 짧게 설명해 주었다. 똑똑한 종훈이는 아주 빨리 알아듣고 고개를 끄덕였다. 여전히 진지한 눈빛을 보니 마음이 든든하다.

나는 마음속으로 가만히 생각했다.

'종훈아, 나는 네가 나의 제자로서만이 아니라 교육 운동의 동지로 우뚝 설 것을 믿는다.'

나를 닮은 영림이

내가 8년 전 개봉중학교에서 해직될 때, 중학교 3학년이었던 영림이는 우리 반 반장이었다. 해임 통고를 받은 뒤, 교문 앞에서 막아서는 관리자들과 학부형들의 진을 뚫고 교실에 올라갔을 때, 우리 반 아이들 전원이 대성통곡을 하고 있었다. 그 통곡 소리가 5년 해직 기간 내내 내 가슴을 저미곤 했다. 그렇게 많은 인원이 그렇게 일제히 큰 소리로 우는 것을 본 적이 없었다. 아이들의 울음소리가 어찌나 크고 웅장하던지, 그것은 베르디의 오페라에 나오는 〈노예들의 합창〉이나 헨델의 〈할렐루야〉와 같은 힘찬 합창처럼 들렸다. 아주 슬프고 원통한 소리였는데 왜 나에게는 그것이 웅장한 합창의 이미지로 다가왔을까?

점심시간에 영림이가 찾아왔다. 영림이는 인하대학교 컴퓨터공학과를 졸업하여 지금은 강남의 한 광고 기획사에서 일하고 있다고 말했다. 옛날 이야기도 하고, 고등학교와 대학 시절 이야기도 하면서 함께 점심을 먹었다. 5교시 종이 나서 나는 영림이를 데리고 2학년 1반 수업에 들어갔다. 어디로 가는지도 모르고 나를 따

라온 영림이는,

"온 김에 아이들한테 얘기나 좀 해 주고 가렴."

하자 금방 알아듣고 웃었다.

"선생님, 제가 중학교 3학년 때도 졸업생 언니들이 와서 모두에게 아이스크림을 사 주고 한 시간 동안 이야기를 해 주었던 기억이 나요."

"그래. 그때 그 언니 중 한 명은 나를 따라 국어 교육을 전공하고, 지금은 선생님이 되었단다."

영림이의 눈에는 금방 감회와 감격이 깃들었다. '내가 그런 자리에 설 나이가 되었다니!' 하는 감격이었던 것이다. 우리에겐 더 이상의 설명이 필요 없었다.

우리는 장난꾸러기 2학년 1반에서 함께 수업을 진행했다. 아이들은 호기심 어린 눈빛으로 우리를 바라보았다. 나는 영림이를 소개한 후, 이번 시간은 자유롭게 질문하고 답하는 시간으로 하겠다고 말했다. 영림이는 교탁의 오른쪽에 서고 나는 교탁의 왼쪽에 서서, 번갈아 가며 이야기를 했다. 우리는 아이들을 보다가 또 서로 마주보고 이야기를 나누기도 했다.

영림이가 남학생들이 관심 있어 하는 컴퓨터 공학도였기 때문에 컴퓨터에 대한 질문이 많이 나올 거라고 생각했는데, 아이들은 영림이가 현재 하는 일이나 학창 시절의 활동, 또 나의 옛날 모습이나 별명 등 일상적인 것에 대해 더 많이 질문했다.

영림이는 교실을 둘러보며 말했다.

"내가 선생님 반이었던 그때는 교실 뒤에 신문 걸이가 두 개 있었습니다. 동아일보와 한겨레신문이 늘 걸려 있었지요. 그리고 앞에는 커다란 책꽂이가 있었는데 우리가 읽을 책이 200권도 넘게 꽂혀 있었습니다."

나와 영림이는 서로 의미 있는 눈빛을 주고받았다. 참으로 힘겨웠던 그 시절이 떠올랐기 때문이다. 토요일마다 학교에 남아서 나의 알량한 실력으로 가르치는 풍물 가락을 배우고, 하나 되는 학급을 만들어 보겠다고 동분서주했던 그 시절. 교실 뒤 게시판에 빨간 색지를 썼다고 '빨갱이'라고 찢어 가고, 한겨레신문을 걸어 두었다고 압수해 갔으며, 반장과 부반장을 데려다가 혼쭐내던 교감 선생님. 영림이의 부모님은 세 번이나 교감 선생님의 호출을 받았으며, 영림이는 담임 선생 잘못 만난 죄로 이유 없는 꾸짖음을 수도 없이 들어야 했다. 그러나 당차고 똘똘했던 영림이와 부반장 형선이는 계속되는 탄압에도 굽히지 않는 의연한 모습이었다.

영림이는 그때를 회상하며 아이들에게 말했다.

"어느 날 아침, 교감 선생님께서 교실에 오셔서 한겨레신문을 또 걸었다고 트집을 잡고 계셨지요. 그때 선생님이 오셔서 '나에게 말하지 왜 아이들을 야단치느냐!'고 소리를 지르셨지요. 그런 선생님의 모습을 보자 힘이 솟았어요."

나는 그때 일을 생각하면 지금도 목이 멘다. 교사들끼리 모임을 만들면 안 된다고 우리들이 만든 문서들을 찢어 버리고, 커다란 몸으로 나를 밀어내던 무지스럽던 교감 선생님. 교사들이 노래 모임을 만든 것을 싫어하여 음악실에서 피아노를 치는 중에 갑자기 뚜껑을 닫아 음악 선생님 손가락이 부러질 뻔하기도 했고, 모임을 하지 못하게 하려고 음악실 열쇠를 빼앗다 못해 음악실에 못을 치기까지 했었다. 지금은 어느 하늘 아래서 교장 선생님이 되어 있을 분이다.

아이들은 영림이와 내가 얼굴이 동그랗고 뚱뚱해서 붕어빵처럼 아니 호두과자처럼 똑같다고 주장했다. 실제로 우리 둘은 생김새는 물론이고 말하는 태도도 비슷했다. 이런저런 이야기를 하는 동안 종이 울렸다.

"마지막으로 여러분에게 당부하고 싶어요. 선생님이 시키는 일만 하지 말고 새로운 일을 찾아서 함으로써 학창 시절의 보람을 얻으세요."

마지막 말에 힘을 주는 영림이가 대견했다. 아이들의 우렁찬 박수를 받으며, 영림이와 나는 사이좋은 자매처럼 어깨를 걸고 교실을 나왔다.

선생님이 된 귀혜

"선생님, 선생님. 저 귀혜예요."

집회 장소에서 나를 발견하고 달려와 눈물을 글썽이며 반가워하는 귀혜를 보니 나의 가슴도 뭉클했다.

"선생님, 저 발령 받았어요. 인천 용정초등학교예요. 저 진짜 선생님이 되었어요."

"그래, 장하구나. 그래, 정말 기쁘다."

나는 달리 할 말이 없었다. 그저 자랑스럽고 기쁠 뿐이었다. 인천교대에 들어갔을 때도 귀혜는 흥분된 목소리로 말했었다.

"선생님, 저 국어교육과예요. 저 국어 선생님이 될 거예요."

그때도 나는 그저 "그래, 그래."라는 말밖에는 할 말이 없었다. 귀혜와 만날 때마다 우리는 서로 끌어안거나 아니면 눈물을 글썽인다. 서로를 아프게 했던 어두웠던 시절의 고통 때문에 가슴에 북받치는 아픔이 있었기 때문이다.

귀혜는 중학교 3학년이던 1988년에 나에게 국어 수업을 받았다. 공부도 잘하고 마음씨도 착한 아이였으며 유난히 나를 따르고 좋아했다. 6월 항쟁의 여운과 민주화의 기운 속에서 우리는 아주 뜨거운 수업을 하곤 했다. '5월 광주'를 이야기하면 아이들은 일어나 조용히 창문을 닫으며 눈물을 흘렸고, 독재 정권에 대한 비판을 쏟아 놓으면 울분으로 주먹을 불끈 쥐던 시기였다.

그때 나를 믿고 따르던 아이들과 '독서 토론회'를 만들었고, 거기서 《날아라, 장산곶 매야》나 《들어라 역사의 외침을》과 같은 문화, 정치, 역사에 관한 책들을 함께 읽고 토론을 했다.

그러던 어느 날 갑자기 수업 중에 교장실로 내려오라는 전갈이 왔다. 수업이 끝난 후 내려가 보니 독서 토론을 하던 아이들의 부모님들이 와 계셨다. 그분들은 내 설명을 들으려고 하지도 않았고, 새빨갛게 줄을 친 책들을 내보이며 '빨갱이 의식화 교육'을 시킨다고 나를 몰아세웠다. 우리 자식을 망칠 셈이냐며 당장 학교에서 쫓아내겠다고 위협을 하셨다.

나는 그 책의 내용에 대해서 설명할 기회조차 가질 수 없었고, 독서 토론의 정당성에 대한 어떤 변명의 기회도 가질 수 없었다. 한 아이의 부모는 안기부에 근무한다고 하셨다. 그분들은 무서운 기세로 소리 지르고 손가락질하며 모욕을 주었다. 귀혜 아버지는 육이오 전쟁 때 혈혈단신 월남한 분으로, 어떤 체제 비판도 허용하지 않으시는 분인 듯싶었다. 아주 늦게 결혼하여 귀혜를 낳았기 때문에 이미 머리가 허옇게 센 오십 대였다.

나는 말없이 일어나 창가에 서서 운동장을 내다보았다. 사방이 조용했다. 눈물이 핑 돌았지만 삼켜 버렸다. 이 사실을 아이들이 알았을 때 받을 상처를 생각하니 그게 가장 슬펐다.

몇 시간 동안의 공방 속에서 더 이상 독서 토론을 하지 않겠다는 약속을 강제로 받은 후 "아이들을 만나거나 아는 척하면 학교에서 내쫓겠다"는 경고를 던지고는 그분들은 교장실을 나갔다. 단 한마디의 변호도 해 주지 않은 교장 선생님을 보며 의식의 편차가 얼마나 큰가를 느낄 뿐이었다.

나는 아무 말도 하지 않았지만 아이들은 부모님이 학교에 와서 나에게 한 행동에 큰 상처를 받았다. 방문을 걸어 잠그고 한없이 울거나 학교에 다니지 않겠다고 한 아이도 있었다. 그 후 우리는 서로를 바라보는 일조차 삼갔다. 아픔이 너무 컸기 때문이다.

그러나 고등학생이 된 귀혜는 다음 해에 아이스크림을 50여 개나 사 가지고 우리 반을 찾아왔다. 후배들에게 아이스크림을 나누어 주며 나를 격려해 주었던 귀혜. 귀혜는 늘 자기도 국어 선생님이 되고 싶다고 말했다.

교육 대학에 진학한 귀혜는 빈민 아이들을 돌봐 주는 공부방 운동, 학생 운동과 문화 운동에도 적극 참여하는 열성적인 학생이 되었다. 그리고 선생님이 되었다. 이렇게 투쟁의 현장에 달려 나와 서로를 확인하게 되었다는 게 감격스럽기만 하다.

"선생님, 저 열심히 살고 있어요."

"선생님, 저 애들이 너무 예뻐요."

"선생님, 저 진짜 행복해요."

여걸처럼 덩치 큰 귀혜가 순수한 미소로 나를 내려다보며, 자신이 하고 있는 활동을 애정 고백처럼 들려줄 때마다, 나는 그저 "그래, 그래." 하고 고개를 끄덕일 뿐이다. 귀혜를 바라보는 내 마음은 터질 듯한 기쁨과 믿음으로 가득 찬다. 아픔이 있었기에 더욱 귀한 존재가 된 귀혜는 나의 사랑이자 나의 제자이며, 나의 동지이다.

어떤 교사가 되려는가

"어제 왜 일찍 가셨어요?" 하고 묻는 아이가 있어, "교원대학교에 가서 강의했다."라고 대답하니 아이들은 "얼마 받았어요?" 하고 묻는다. 나는 "얼마 받았느냐고 묻지 말고, 무슨 얘기를 했느냐고 물어야 한다."라고 말했다. 그제야 아이들은 "무슨 얘기를 하셨어요?" 한다. 나는 아이들에게 사실 그대로의 이야기를 들려주었다.

교원대학교 국어교육학과에서 여는 학술제에는 매년 작가들을 초빙해서 강의를 들었으나, 올해부터는 현장 교육에 대해 이야기를 듣기로 하고 나를 불렀다고 한다.

교원대 학생들이 안고 있는 고민들 중에서 임용 고시에 대한 불안, 틀에 박힌 기숙사 생활의 단조로움, 경제적 어려움에 대한 문제가 가장 크다는 이야기를 이미 듣고 있었다.

학생들은 내가 무슨 굉장한 인물이라도 되는 것처럼 연단 위에 나의 이름을 커다랗게 써 붙여 놓았다. 연단 위에 올라가 학생들을 보자 내 가슴은 뜨거워졌다. 나의 대학 생활이 생각나서였다.

대학 생활을 장밋빛 미래로 여겼던 고등학교 시절의 생각과는 달리 대학은 낭만적인 곳만은 아니었다. 오히려 회의와 갈등으로 가득 찬 피투성이 시절이었다. 존재에 대한 끝없는 질문, 사회와 기성에 대한 반발, 진로의 막연함 때문이었다. 여전히 아무것도 확정된 것이 없다는 사실이 불안했다. 글만 써서는 밥 먹고 살 수 없는 현실이었고, 학교에서 배운 지식들은 아무런 쓸모가 없었다.

그러나 진로에 대한 불안보다 더 큰 괴로움은, 도대체 자신의 삶의 방향을 정하지 못하고 있는 데 있었다. 역사를 보는 눈도, 현실을 보는 눈도 없었다. 정치도, 사회도, 문화도 내게는 다 부질없는 것으로 여겨졌고, 허무주의와 느슨한 생활 등 다분히 소모적인 습관에 젖어 있을 뿐이었다.

광주 항쟁이 있던 1980년 5월에도, 대학 4학년이라 교생 실습을 하던 나는 여전히 퇴폐적인 생활에서 몸을 빼지 못한 채 허덕이고 있었다. 우여곡절 끝에 교직에 발을 들여놓았지만 교사로서의 확실한 자기 정체성이 없었다. 교단에 선 지 4년이 지나도록 아무런 확신이 서지 않았다. 여전히 학교는 권위주의와 형식주의, 부조리와 모순으로 가득 차 있었기 때문이다.

지독한 번민과 절망 끝에 사표를 던지기 직전에 만난 것이 '교육 운동'이었다. 교육의 이상과 미래에 대해 더불어 논할 수 있는 동지들을 만남으로써 '퇴폐와 허무'로 가득 찼던 나의 밀실에서 벗어나 '실천과 참여'의 광장으로 나섰던 것이다.

광장에서의 삶은 고단했다. 교사 공동체를 조직하는 일과 교과를 연구하고 실천하는 일은 보람 그 자체였지만, 결국 불법 노동조합 결성의 죄로 교단에서 쫓겨나고 말았다. 그러나 해직은 오히려 재충전의 기회가 되었다. 국어교사모임을 발전시키면서 연구하는 데 전념할 수 있었기 때문이다. 이런 과정을 거쳐 5년 만에 다시 교단으로 돌아왔을 때 나는 비로소 한 사람의 교사로서 새롭게 태어났음을 깨달았다.

교원대 학생들에게는 교육 현장에서 일어나는 일들과 수업의 방법들에 대해 이야기를 많이 했던 것 같다. 강의가 끝났을 때 앞에 앉았던 여학생이 "선생님 이야기 도중 나도 모르게 눈물을 흘렸어요."라고 말해, 아직 현실에 부대끼지 않은 학생의 순수함에 내가 도리어 전율을 느꼈다. 오히려 나 자신의 부끄러움 때문에 눈물이 핑 돌았다.

질의응답을 할 때 어떤 학생이 이런 질문을 했다.

"선생님, 저희가 어떻게 대학 생활을 보내야 합니까? 교사가 되려면 다양한 체험도 필요한데, 사실은 임용 고시에 얽매여 아무것도 하지 못하는 경우가 대부분입니다. 요즘은 공부 때문에 3, 4학년은 물론이고 1, 2학년도 학생회 일에 잘 참여하지 않습니다. 그러다 보니 학생 운동도 침체되고 어려운 점이 많습니다."

나는 대답했다.

"여러분은 무엇 때문에 교사가 되려고 합니까? 교육에 대한 열정 때문입니까? 안정된 직업이기 때문입니까? 임용 고시가 진정으로 교사가 될 수 있는 자격을 결정해 주는 것이라고 생각합니까? 시험을 논하기 전에 먼저 왜 자신이 교사가 되려고 하는지 고민해야 하지 않을까요? 진정한 교사가 되기 위해서는 우선 진정한 대학 생활이 있어야 할 것입니다. 책을 읽고, 여행을 하고, 문화를 배우고, 공동체를 체험하고, 고뇌하고, 참여하며, 열정에 자신을 맡기는 생활이어야 합니다. 그러한 체험들은 여러분이 현장에서 교사로 서는 데 필요한 진정한 공부입니다. 학창 시절에 오로지 시험 공부만 하고 틀에 박힌 생활을 한 모범생 출신의 교사들이 학생들을 얼마나 숨 막히게 하는지 여러분은 모르실 것입니다. 우리가 가르쳐야 할 아이들은 여러분 같은 선택된 모범생만이 아니고, 스스로를 신뢰할 수조차 없는 열등한 아이들도 많습니다. 그 아이들을 획일적으로 지도하고 성적 올리는 것만 요구하는 어리석은 교사가 되는 길은 아주 쉽습니다.

그러면 여러분은 내게 질문할 것입니다. 대학 생활을 모험과 열정으로 맘껏 뛰어다니다가 교사가 되지 못한다면 어떻게 할 것이냐고. 그러나 저는 그럴 리가 없다고 생각합니다. 정말로 신념을 가지고 교육하는 교사가 되는 것이 자신의 삶의 목표이고, 교육을 통해 사회를 바꾸어 보겠다고 생각한다면 길은 얼마든지 있습니다. 시험은 매년 있는 것이며 언제든 다시 응시할 수 있습니다.

진정한 교사가 되기 위해 노력했다면, 조금 더 빨리 교사가 되는 것과 조금 늦게 되는 것에 어떤 차이가 있습니까? 또 시험을 보지 않으면 교사가 될 수 없습니까? 과연 공립 학교나 제도권 학교에 들어가야만 진정한 교사가 됩니까? 그렇지 않다면 차라리 돈과 안정된 지위가 필요할 뿐이라고 고백하고 그 길에 매진하는 것이 훨씬 솔직한 일일 것입니다."

나는 내가 한 말을 다 기억할 수 없다. 그러나 시간은 밤 아홉 시 반을 넘어가고 있었고, 넓은 계단식 강당이 학생들의 뜨거운 숨결로 가득 차 있었던 기억은 생생하다.

학생·교사·학부모

선언문

학생, 교사, 학부모 선언문은 교육 관련 단체와 시민 단체 등 30여 개의 단체가 가입한 '교육개혁시민운동연대'가 중심이 된 '학교살리기운동본부'의 결성식에서 발표된 선언문입니다.

학생 선언문은 학생 단체들이, 교사 선언문은 교사 단체들이, 학부모 선언문은 학부모 단체들이 참가해 만들었으며, 학교와 교육을 살리기 위해서는 교육의 세 주체인 학생, 교사, 학부모의 의식이 변해야 한다는 데 의견이 일치되어 만든 것입니다.

교육을 위한 학생 선언문

- 우리는 쏟아지는 현재의 소비, 향락 문화 속에서 올바른 것과 올바르지 않은 것을 가려내어 주체적으로 받아들이는 건강한 문화의 소비자와 창조자가 되겠다.

- 우리는 교육의 한 주체로서, 학생회 예산 집행 등 우리의 권리에 대해 당당히 주장할 수 있기 위해 학교 운영위 참여가 법적으로 보장되기를 바란다.

- 우리는 서로를 적으로 만들고 경쟁하게 하는 잘못된 암기 위주의 주입식 입시 교육에 반대하며, 서로를 위하는 공동체 정신과 개개인의 소질과 능력을 최대한 키울 수 있는 질 높은 교육을 받기를 원한다.

- 우리는 재미있고 살맛 나는 학교생활을 하기 위하여 축제, 동아리 발표회 등 각종 자치 활동을 활성화하고, 스스로 주최하는 행사를 할 권리를 보장받고 싶다.

- 우리는 교사와 의사소통이 단절되고 황폐해지고 있는 수업 시간을 살려 내기 위해 우리 스스로 올바른 학습 태도를 갖고 학습 분위기를 만들어 가겠다.

- 우리는 우리들의 부족함을 체벌이나 벌점제와 같은 방식이 아닌, 인권 존중을 통한 충고와 도움을 통해 스스로 극복해 나가겠다.

교육을 위한 교사 선언문

- 우리는 올바른 교육이야말로 민족의 장래를 책임지는 일임을 확신하며, 어떤 어려움에도 흔들리지 않고, 교사로서의 교육적 사명 의식을 다하고자 한다.

- 우리는 아이들의 전인적인 성장을 돕기 위해 부단히 노력한다. 특히 학급 내 약자를 돕고 관계를 바로 세우는 데 힘쓰며 비교육적 기준으로 아이들을 편애하지 않는다.

- 우리는 급격히 달라지는 교육 환경과 청소년 문화 속에서, 수업이 즐겁고 의미 있는 경험이 되도록 교과 연구에 힘쓰며, 이를 통해서 아이들이 자신과 세상을 바라보는 올바른 안목과 이웃을 섬기는 품성을 갖추도록 지도한다.

- 우리는 아이들의 전인적 발달을 저해하는 음란하고 폭력적인 문화 환경을 정화하는 데 앞장서며, 동시에 건전한 의식을 함양할 수 있는 매체 교육에 힘쓴다.

• 우리는 촌지 등 비교육적인 관행으로부터 우리 스스로를 지켜 내어 교직 사회가 학생들과 학부모, 시민 사회로부터 더욱 신뢰받는 공동체가 되도록 힘쓴다. 나아가 학교 현장을 포함하여 교육계의 잘못된 제도와 관행을 개선하며 민주적이고 자율적인 풍토를 정착시키기 위해 노력한다.

• 우리는 정당한 권위와 다양성을 존중하며 섬김과 사랑, 화해와 일치의 삶을 실천하여 학교가 사랑과 정의가 넘치는 희망의 공동체가 되도록 힘쓴다.

교육을 위한 학부모 선언문

• 우리는 자녀들을 고귀한 인격체로 여겨 이들의 의사를 존중하며
  아이들이 스스로의 재능을 따라 삶을 능동적으로 살아가도록
  돕는다.

• 우리는 아이들에게 경쟁심과 이기심을 부추기지 않고 지식과 다
  양한 체험 활동을 통해서 올바른 가치관과 이웃을 섬기는 공동
  체 정신을 기르도록 돕는다.

• 우리는 자녀 교육의 최종적인 책임이 우리 부모들에게 있다는
  점을 자각하여 우리 스스로가 아이들 삶의 모범이 되도록 힘쓰
  며, 이들을 이해하기 위해 가정에서 자녀들과의 대화에 힘쓴다.

• 우리는 자녀에 대한 교육의 권한을 교사들에게 위임하였으므로,
  교사의 전문성과 권위를 존중하며 그들이 자존감을 가지고 교
  육 활동에 임하도록 최대한 지원한다.

• 우리는 학부모가 학교 교육의 중요한 주체임을 자각하며, 바람직한 교육 활동을 위해 학교 운영위원회 등 학교 교육의 제반 활동에 적극 참여한다.

• 우리는 가정 이기주의에 근거하여 교육의 정상화에 역행하는 촌지 제공 등 비교육적 활동을 하지 않으며 아울러 사교육에 대한 지나친 의존심을 버리고 공교육을 살리기 위해 노력한다.

• 우리는 우리 아이들에게 유해한 각종 청소년 문화 환경을 정화하기 위해서 노력한다.

서른일곱 명의 애인

지은이 | 김은형

1판 1쇄 발행일 2007년 3월 31일
개정판 1쇄 발행일 2012년 6월 4일
개정판 2쇄 발행일 2014년 5월 12일

발행인 | 김학원
경영인 | 이상용
편집주간 | 위원석
편집장 | 최세정 황서현
기획 | 문성환 박민영 박상경 임은선 최윤영 조은화 전두현 최인영 이혜인 정다이 이보람
디자인 | 김태형 유주현 임동렬 최영철 구현석
마케팅 | 이한주 김창규 이선희 이정인
저자·독자 서비스 | 조다영 함주미(humanist@humanistbooks.com)
스캔·출력 | 이희수 com.
용지 | 화인페이퍼
인쇄 | 천일문화사
제본 | 정민문화사

발행처 | (주)휴머니스트 출판그룹
출판등록 | 제313-2007-000007호(2007년 1월 5일)
주소 | (121-869) 서울시 마포구 동교로23길 76(연남동)
전화 | 02-335-4422 팩스 | 02-334-3427
홈페이지 | www.humanistbooks.com

ⓒ 김은형, 2012

ISBN 978-89-5862-499-8 03800

만든 사람들

편집장 | 황서현
기획 | 문성환(msh2001@humanistbooks.com) 박민영
편집 | 이영란
표지 디자인 | 유주현
본문 디자인 | 반짝반짝
일러스트 | 강전희